中央公論特別編集

彼女たちの三島由紀夫

中央公論新社

彼女たちの三島由紀夫——目次

I 彼自身による三島由紀夫 1

婦人公論アーカイヴI 三島由紀夫

II 私の三島由紀夫 33

III 「彼女たち」との対話 51

IV 追憶の三島由紀夫 119

写真提供――文藝春秋（P69、P133）／朝日新聞社（P5、P16－17）／共同通信社（P40－41、P60－61）／毎日新聞社（P147）／藤田三男編集事務所（P27、P139）
装幀・本文デザイン――髙林昭太
DTP――市川真樹子
編集――太田和徳・田嶋萌里

I

彼自身による三島由紀夫

婦人公論アーカイヴ I

三島由紀夫

三島由紀夫氏との50問50答

A 服装について10問

①一日、何度、服を着かえますか。

朝、家を出たままだ。フォーマルなブラック・タイが必要なときだけ、女房をよんで、車で着かえる。……もともと、ネクタイはきらいだがね。（カーキ色の軍隊風シャツ。わざわざバンコックでもとめたという。広くあいた胸元が、さきほどまでのボディ・ビルのせいで、赤い。当世風にいえば、これにアイ・パッチをつけると、イスラエルのダヤン国防相ふうということになろうか。）

②ひと月に何回床屋に行きますか。

二回行きたいが、結局一回。ホテルオークラの中の「米倉」。

③あなたのお持ちの時計は何ですか。

（陽焼けした腕の、大きな角型の腕時計をグイと示して）ふだんは、これ。アキュトロン・ブローバ。パーティ用にはオーデマ・ピゲ。

④化粧品は何を使いますか。

アフター・シェービングだけ。パーモリーブとメンネン。……

オーデコロン？　ぼくはあんなもの、大きらいだ。

⑤ワイシャツはオーダーですか、既製品ですか。

既製品だ。「モトキ」のもの。オーダーはどうしても、ぴったりしないのだ。

⑥寝るときは、ねまきですか、パジャマですか。

（質問が終らぬうちに、間髪をいれず）ハダカ。パンツだけ。次は？

⑦小銭はバラ銭で持ちますか。小銭をどこに入れて歩きますか。

ホラ（と、手元の黒革の小さなボストン・バッグをあけ、中の褐色の財布をさして）これだ。

⑧服、装身具はあなた自身で選んで買い

ますか。

服は、五、六年前に「細野」に決めてから、あとは全部同じ型。生地を見るだけで、仮縫いもしない。

ジュエルリイはうるさいよ。世界中のコレクションをもっている。剣道の面をデザインしたカフスが自慢なんだ。(唇をほころばす。)

⑨出先でボタンがとれたら、どうしますか。

一度もないね、そういうこと。……自衛隊に入隊したときは、針と糸をもっていったが。

⑩ズボンのポケットに手を入れて歩きますか。

ふだんはやるねえ。しかし(胸をはって)自衛隊に入ったときは、一度もしなかった。自衛隊ではいけないんだ、アレ。

B 肉体について10問

①体重は何キロですか。身長は何センチですか。

体重は五〇キロくらい。身長一六四センチ。

②ウエストは何センチですか。

サア(と、腰まわりに手をやる。グリニッジ・ビレッジで買ったカウボーイ風のベルトが、キュッとしまっているあたり)いくらかな。非常にせまい。しかし、男性でウエストの寸法などいうかね?

③あなたの肉体で、いちばん好きな部分はどこですか。

(たちどころに)腹筋だ。上腹部。……見たまえ。(ゲンコツで、腹の上をポンポンと二、三度、強くたたく。)いいかい、たたいてみたまえ(と、インタビュアーの手をとり)、鉄のようだろう。私はミスター腹筋、とみずから号しているのだ。

④持病がありますか。

なし。

⑤あなたの美容術はどのようなものですか。

なし。

⑥のびた鼻毛をどうしますか。

ハナゲバサミで切ります。

⑦入れ歯は何本ありますか。

入れ歯はないが、継ぎ歯はある。前の(と、上の門歯をさし)これだ。

⑧何メートル泳げますか。

そうですね。一〇〇メートルはむり。二五メートルプールを往復……七五メートルだな。

⑨肱《ひじ》を洗いますか。

とくに洗わんね。だいたい洗うということは、好きじゃない。(と、耳をかいた。)

⑩どんなヒゲを生やしたいと思いますか。

ヒゲはいやだ。(もし生やすとしたら、と再度、質問しかけると)ヒゲはいやなんだ。

C 日常行動について10問

(ニッケル枠の、ベルモンド風サングラス。ドレッシィなものはきらいで、町のアンチャン風なものを好む。サングラスとはそういうものだという。金八百円也。その濃いサングラスに、後楽園遊戯場のケバケバしい広告塔が揺れる。ボディ・ビル・ジムのある旧講道館の近く、後楽園のフルーツ・パーラーである。)

①自動車の運転はできますか。

ライセンスはもっているが、しない。……タンクならできるぞ。(子供のように笑って)あれは簡単なんだな。

②ふだん出かけるときに、財布にいくら入っていますか。

スリに教えることになるから、言わない。

③トイレで新聞、雑誌等を読みますか。

新聞はもっていく。しかし、ぼくはとっても早いんだ。読むヒマもない。ありゃ、クセかな。

④栄養剤をのみますか。

昔はのんだが、いまは、やめた。もとはアメリカ製のものをのんでいたんだ。それを見て、アメリカ人がいった。(と指さして)It is killing you.

⑤一日に鏡を何回見ますか。

ヒゲを剃るとき。洋服を着たとき。

⑥いま、あなたは誰にいくら金を貸しているか思い出せますか。

(きわめてすばやく)ぼくは人に金は貸さない。金の貸し借りはしない主義なんだ。誰にも貸していない。

⑦あなたは女性の前でワイ談をしますか。

ワイ談はしない。きたない話はよくする。女性がキャーと逃げるようなヤツだ。

⑧シーツを何日使用しますか。

三日に一ぺん。

⑨週何回、自宅で夕食をたべますか。

(明確に)一回。

(日がきまっているのか、と問うと、やや不機嫌に)日がわかると、人間が押しかけて来てうるさいから、いわない。

⑩おしぼりが出されたとき、顔を拭《ぬぐ》いますか。

拭う。顔どころか、首まで拭いちゃうね。

D　女性について10問

①女性の肉体のどこに知性を感じますか。

ウーン。(ここまで、質問が終るか終らぬ間に答えていたのが、はじめて、まぶたを押さえ、一分近く沈思黙考してから)知性ね……手首でしょうね。これはおそらく、女性がハンドバッグをあけて、口紅を出したり、メモをとったりする手の動きに、関係があるのじゃないかな。むずかしいね。

②女性の肉体のどこにセックスを感じますか。

(こちらの問いにはスラリと)顔。カオをあげるのは、セックスを知らない証拠だそうだがね。つぎはオッパイだろう。

③どんな女性用水着が好きですか。

セパレーツは好きじゃない。ほら、YWCAで使っている、黒のワンピースのものがいいね。もっとも、YWCAのプールには、男性は入れないがね。

(と、苦笑する。)

④女性がいちばん不潔に思えるときは、どういうときですか。

(待ちのぞんでいたように)同性の悪口をいうとき。

⑤女性がいちばんかわいいと思えるときは、どういうときですか。

1963年１月11日、東京・東調布警察署武道場にて

女性が自分の劣等感を告白するとき。（一語ずつ区切って強調する。）

⑥何歳まで女性に惚れられると思いますか。

灰になるまで。（それから、肩をゆすって哄笑した。）

⑦あなたの母親を何と呼びますか。

おかあさん。

⑧浮気が奥さんに知られたらどうしますか。

（あっさりと）否定します。（知られてしまっても、と執拗にくりかえすと）否定します。

⑨女性と腕を組んで街を歩きますか。

エーとね（と、息を吸いこんで考えてから）あまり好きじゃないね。（自分に向ってのごとく）やはり戦中派なんだな。

（感慨深げである。）

⑩もっとも好きな女性を一人あげてください。

（たちどころに）いま、わりに青山ミチ［歌手］。

（しばらくたって）ぼくはマンスフィールド型は何にも感じない。青山ミチなんて、若くて、ピチピチしてるじゃないか。

E　なんでも10問

①あなたにつけられたニック・ネームで、いちばん好きなものは何ですか。

（腕を組む。濃い毛に夕陽があたる。）わりにつけられないんだな。愛嬌がないのだろう。

②いちばん見られたくない自分は、どういう自分ですか。

仕事をしているところ。

③生命保険に入っていますか。

入っていません。保険はゼッタイ反対なんだ。

④あなたがいちばんこわいものは何ですか。

そうね。ウン、お化け。（と、ひざをのりだして）人間にはこわさを感ずるタイプが二つあるんだそうだ。殺人とお化けの二つだ。ぼくはお化けのほうだ。なにしろ、見えないじゃないか、ねえ。

⑤いちばん好きなテレビ番組は何ですか。

「タイム・トンネル」。

⑥七十歳になったら、何をしますか。

居合い。（と、すばやい。）居合道です。

⑦日本でいちばん好きな場所は、どこですか。

（サングラスに手をかけて、とつおいつしてから）やはり、東京でしょうね。

⑧もし、あなたの家が焼けたら、何をまっ先に持って逃げますか。

書きかけの原稿。（傲然と言い放った。それからてれて、大きく笑った。）

⑨一九七〇年をどう思いますか。

（ゆっくりと、慎重に）何事かあってほしい、しかし、何事もないだろう、という説が多いようですね。これだけ。

⑩カッコいい男性五人に選ばれたことをどう思いますか。

浮世のつきあい。

（後楽園遊戯場内喫茶室にて）

（『婦人公論』一九六七年九月号）

わが家の食卓

平岡倭文重／三島由紀夫

香りと色と

平岡倭文重《しずえ》
（三島由紀夫の母）

海岸で漁師が網から洩れたいわしの頭をとり、海の水でちょろちょろと洗ってぺろりと喰べているのを真似したことがあるが、あの味はちょっと忘れられない。すべて料理は鮮度が第一条件だが、時間もそれにおとらず大切で、煮物焼物揚物を一番いい状態のもとに出しても、味や色が変ってから箸をつけられては料理人はしんから泣きたくなる。

お吸物の青味や吸口は季節感が浮び出て心楽しいものの一つ。時間に迫られながら庭の隅々を探し歩いて、これだと考えていた色彩にぶつかる時の嬉しさは口では云えない。早春のふきのとうを一、二枚ちょっと火にあぶり、香を強くして浮かす。菜種や梅の花、松露《しょうろ》、嫁菜、つくし、わらび、花柚《はなゆ》、花山椒、蓼《たで》、しその葉、山ごぼうの花、またたびの実、小菊の花や葉、みょうが、青唐がらし、これらはありきたりだが、まだ探せばいくらでもありそうな気がする。

★暑い時に無くてはならない漬物の一つにどぶ漬がある。いわば速成辛子漬ともいうべきもの。胡瓜と茄子を厚目にきざんで軽く塩押ししてから、酢と醤油でどろどろに解《と》いた辛子に漬け込む。一日で喰べられる。

★冷たいお吸物。種《たね》は鳥の笹身のせん切と春雨位《くらい》、青じその糸切りかみょうがの子を浮す。

★塩気の無いハムにいちじくの砂糖煮をつけて喰べる。コールドポークにりんごジャムのように。但しそれよりおいしい筈。
★豚の肩ロース二百匁《もんめ》〔七五〇グラム〕を三時間位ゆでて脂を抜いてから、よくもみほぐして砂糖醤油でカラカラに炒ったでんぶはお弁当向き。
★鰹の塩辛を一瓶買うと、終りは飽きてしまうが、玉子と一緒にかきまぜて固く炒ると、熱い御飯にもパンにも合う。
★糠味噌の古漬は、あまり細かくなくきざんで半日たっぷり火鉢で茹で、淡味の醤油でことこと煮て置くと、支那料理の後などちょっと酸味があってお茶漬に妙。
★大ぶりの鯛一尾に塩を強くふり、焦げる位よく焼いて深い大丼に入れ、熱いうちにお酒をひたひたにかけて置くと、翌日味が沁みこんで殊に頭がおいしい。冷蔵庫にいれると乙《おつ》なゼリーができ上る。
★葉山葵《はわさび》の甘酢。山葵の葉を茎のまま熱湯にくぐらせ五分にきざみ、塩、砂糖、酢を塩梅《あんばい》して四、五日瓶に浸け込む。ピリッとしゃれた味。
★夏向きではないが家の者が好きなものの一つに治部煮がある。金沢料理で本当の作り方は知らないが、初め酒と水を等分にして出汁《だし》昆布を入れて火にかけ、煮立ったら昆布を取り出し、マッチの火を水面につけてアルコホル分を取り、尚ぐらぐらさせてお酒の香りの抜けたところで鰹節を入れ漉《こ》す。砂糖少々醤油たっぷりで味付する。塩は一切使わない。
★鶫《つぐみ》を骨ごとたたいて丸めたもの、または間鴨《あいがも》か雉子《きじ》、無ければ鳥の笹身と肝《きも》（いよいよ無ければ大粒の牡蠣で間に合わす、牛肉や豚はそぐわない）に、丹念にめりけん粉をまぶし、余分の粉も一緒に汁にほうりこむ。生椎茸にも粉をまぶして汁へ入れる。芹を青々とゆで、一寸に切ったもの、湯波《ゆば》をぬれぶきんで包んで柔げたもの、両方を別鍋に前の汁を注ぎ温めて置く。吸口はすり山葵でないといけない。これは羹《あつもの》で羹椀《あつものわん》かお平《ひら》にいとも芸術的に盛り上げる。
★朝の食卓にふさわしいもの。キャベツを四ッ割にして元の丸い形になおし、芯の固いところは切り取る。鍋の底の方にちょっと水を入れ、丸いキャベツをどかりと置き、上から塩をふり、バタを大さじ一杯落し、ぴたりと蓋をしてくたくたになるまでゆで、皿へ盛ってからもう一度バタをかける。
★三つ葉に熱湯を通して一寸に切り、蒸茶碗に入れ、真中をへこませて玉子を落し、上から味をつけた出汁、すり生姜、もみのり、七味をふりかけ半熟に蒸す。

　どこかの本で読んだが、舌の鈍いのを味盲という。わが家の男達三人は、お天気屋あり味盲あり、匂いの鋭敏性ありで、しかも生活がてんでに違うので消化工合も大違い、その上絶対多数をたのんで発言権が強いから、いつもぺしゃんこにやられてしまう。一人位食通といえる意気《いき》な男があってもよさそうなものなのに、揃いも揃って野暮《やぼ》天《てん》ばかりで、がっかりさせられる。

母の料理

三島由紀夫

子供のころ、父が宴会からかえると、そのころからお料理研究熱の高い母が、根掘り葉掘りその日のお献立をききだすので、父が閉口している風景をたびたび見たが、さて僕自身が成人して、宴会なるものに出るようになると、家へかえって母に同じ目に会わされる羽目になった。僕は喰べたお料理を、喰べるそばから忘れてしまう。家へ帰って、きかれたって、何を喰べたかおぼえてやしない。

母の手帖には、昔の京都の瓢亭の献立だの星ヶ岡の献立だの、自分の喰べたお料理の献立がことこまかに書いてある。今でも一緒に食事に行くと、ガチ勉の女子聴講生のように母の帯の間から、すぐ手帖がとり出される。

僕は母のお料理を、「おいしい」と言わなければあとがこわいから、「おいしい、おいしい、ほっぺたが落ちそうだ」といつも言い言い喰べているが、鯛の昆布しめを出されて、「糸を引くから腐っている」などと云い出す僕だから、たとえ酷評を下しても一向おふくろにはこたえないのである。

(『婦人公論』一九五二年八月号)

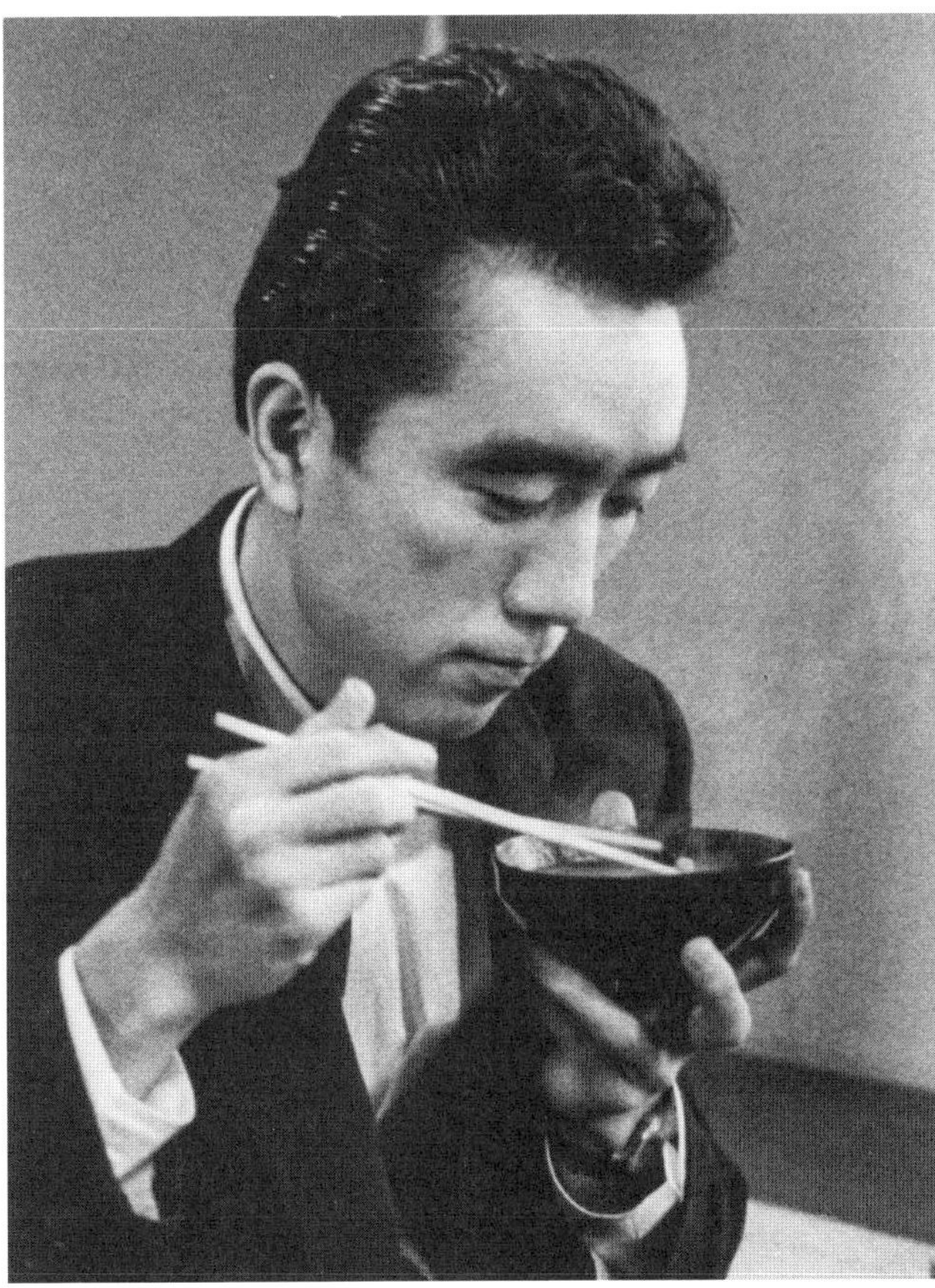

三島由紀夫（1958年、撮影・真継不二夫）

思い出の歌

音痴の私には思い出の歌などというものはない。省線電車の駅の階段の途中だとか、ぼんやり髭を剃っている最中だとかに、突然或る旋律の「無意志的記憶」に襲われることがある。その歌を全然思い出そうと思う。思い出せない。よく考えると、それがメリイ・ウィドウのある歌や、「微笑の国」のテエマ・ソングや、歌劇リゴレットの一節であったりする。しかし定かにはうかんで来ずに、記憶の音楽は、とらえがたい鳥の影のようなものを残して、又翔け去ってしまう。

*

いつも私が思い出したいと思うのはあの歌である。どうしても思い出せないあの歌は、思い出の歌とは云えぬであろう。しかしひとたび記憶の意志が働くと、あの歌からうけた感謝の記憶は、窓からさす一条の光線のように、今もありありとそこにあるのである。私の表象はむしろ視覚型だからであろう。

昨年の二月、憧れのリオ・デ・ジャネイロに深夜に着いて、とりあえずホテル・アンバサドゥールの六階に泊った。疲れていて、よく眠った。暑かったので、窓は開け放してあった。

朝、ふしぎな歌声が私の目をさました。歌は明澄なテノールで、ポルトガル語の母音と巻舌の発音の多い、意味のわからない恋歌らしいものであった。しかしこの純然たるラテン系の歌は、いままできいた北米のジャズとは比較にならず、「ここは南米だったんだな」と私に思わしめるに十分であった。

街路の側のカーテンは少しあいていた。そこから見える朝空のたとえようもない青さに惹かれて、私ははね起きた。窓から見下ろすと、街路には人の往来と、彼方の椰子の並木と、海の遠望があるだけである。

歌はどこからきこえるのか？　中庭を見下ろす窓のほうへ行って、耳を傾けた。歌は使用人たちの部屋からきこえてくるらしかった。汚ない日に灼けたカーテンが、歌のきこえるあたりの窓にひらめいていた。

やがて歌は止んだ。しかしその日から、その歌は私にとって南米それ自身を意味する巨大なものになったのである。

（『婦人公論』一九五三年三月号）

作家と結婚

「三島由紀夫が見合結婚するなんて、彼もやっぱり普通の男にすぎなかったのね」とある女性がうそぶいていたと知らせてくれた親切な友人があるし、別な友人はまた、僕くらい誤解されやすい存在は少いと云った。

世の中には完全に誤解されていないながら、絶対に誤解されていないというふうに世間に思われている人もたくさんいる。社会の大半の人はそうだということもできるだろう。あの人は磊落《らいらく》で面白い人だ、気分のいい人だ、と言われて一生を過した人が、実はとんでもない反対の性格の持主であったということもありうる。僕という人間は磊落かと思うと神経質、神経質なのかと思うと磊落に思われたりする。正反対の両方が世間にまるだしになっている点で、一番あけっぴろげなのだといえるかも知れない。

普通の社会だったら人間だけがあって、それによって、太った人は楽天的、痩せた人は神経質というふうに思われたりするが、小説家というものは、人間があってその上作品があるのだから二重の誤解の上に立ち、読者はいろいろな像を描く。またその像にすっぽりはまる作家もいるだろう。『ドルジェル伯の舞踏会』（レイモン・ラディゲ）の中にこういう文句がある。「マオはアンヌをそのとき見て、いやな気持がした。アンヌはアンヌを嫌いな人たちのえがく肖像にそっくりに見えた」

僕は自分が不機嫌な時、僕の肖像が、僕をきらいな人の描いた肖像にまるで生き写しだと思って感心することがある。

今度僕が結婚することがわかると、人はそれぞれの誤解の上での僕の結婚を考えるらしい。僕はそれについて説明を加えたり、注釈をつけたりする気持はない。しかし僕の読者が抱いて下さるごく素朴な疑問については、僕はお答えしなければならないと考えている。

まず僕の結婚については、親孝行とか何とか云われているようだが、母の体が弱ってきたというのが直接の原因ではない。かねてから僕には、結婚についての一つの妙な考えがあった。というのは、自分が若いという意識を持っているうちに結婚しなければいけないということである。僕ももう三十三、あと二、三年たったら若いという意識が全然なくなって来るだろうと思うと、それが恐ろしかった。世の中には四十男、五十男の好きな女もいる。しかし、僕はそういう女と結婚したくはない。だからかりにも青年のうちに結婚しなければいけないと思っていた。(いまやもう青年かどうかはわからないけれど……)

僕がもう一つ恐れたことは、四十までも五十までも独身でいて結婚する人はいくらでもいるけれども、男が四十近くまで独りでいると、なにかふしぎなデカダンな味が出てくるということだった。男で四十ぐらいの独り者は、おしゃれはおしゃれなりに、身なりを構わない人は構わないなりに、なにかデカダンな感じがする。だから僕はそういう感じになりたくないと思っていた。

今度二、三回見合をしてみて、見合というものの成否はその場の空気で大体わかるものだと思った。その場の空気でどんな顔をするかによってわかってしまう。もちろん永い将来のことは結婚してみなければわからないけれど……。しかし人間のことがほんとうにわかるという人があったとしたら怪しいものだ。第一印象とか、ちょっとした感じでたくさんではないか。それ以上わかれといっても無理だろう。僕は見合の第一前提条件として家庭の事情を重んじた。その意味で芸術家の娘を選んだことはよかったと思う。収入の高低というのとは別に、収入とか金とかに対する観念がそれぞれの職業によって違ってくるものなのだ。とにかく目の前で主人が徹夜して、ハアハア息を切らせて書いて、それがもとになって生活している家と、ドテラを着て、朝から酒を飲んで、株が上った下ったと言っている中にスルスル金が入ってくる主人の家とでは、生活全般の観念がおのずから違って来る。金に対する考え方もちがってくる。

僕は自分が見合結婚をしたということは、僕の特殊事情だということを強調したい。恋愛結婚をしたい人はしたらいいと思う。僕は見合結婚論者でも、恋愛結婚論者でもない。僕の特殊事情として言うならば、恋愛というものをみんなはロマンティックに考えるけれども、おのずから選択が限られていて、自分の手の届く範囲でしかできないことを僕は知っている。例えば木曽の山の奥で、向うの峠から女の子が上って来て、こっちの峠から男の子が上ってきて、峠のてっぺんで会って一目惚れするというようなことは都会ではあり得ないから、自分の行動半径の中でおのずから選択がきまってしまうと思っている。だから、自分では恋愛していると思っているけれども、要するに一つの社会的制約の中での一種のファンタジーだと考えるのだ。

　僕の場合は殊に限定されているといえるだろう。僕がもし恋愛しようとすればできないことはない。文学好きの女の人はいっぱい東京にいるから、僕は小説を書いている三島でございますと云えば、小説家というものに好奇心のある女の子が寄ってくるだろう。その中から結婚すれば、大恋愛結婚で世間は通るだろう。しかし僕にとってそれは実際くだらないことなのだ。僕がもしも有名病患者の女性に会って、それを恋愛だと錯覚したとすれば、世間は喜ぶだろうが、僕は世間のために結婚するんじゃない。結局いろいろ考えた末に、どこかにじっとといるお嬢さんで、僕の好みに合って、僕の結婚のいろいろなむずかしい条件をのみこんで同化してくれる人を見つけたいと思った。それから徐々に恋愛に入ればいいようなものだが、恋愛というものはそういうぐあいに条件附で行くものではないから、結局見合ということになる。この考えはロジカルだろうと思っている。僕は恋愛に対して実に疑り深い。自分が好きになればますます疑うようになるのだ。

　昔、菊池寛が女の子をつれて歩くと、あれは菊池寛の名前について来るんだと人が云った。それに対して菊池寛はこう答えたそうだ。「菊池寛という名前だって俺の一部だ。名前は俺のものなのだからつまり女は俺に惚れているんだ」と。この菊池寛の態度は立派だと思うが、しかし、菊池氏自身が内心そこまで割り切れていたかどうかは疑問に思われる。少くとも僕はそこまで割り切れない。

　日本では文士があまりにも社会的な人気者でありすぎて、そういういろいろな下らない迷いも出てくるが、外国では違う。パリのシャンゼリゼーの通りで、マルタン・デュ・ガールが毎朝ステッキをついて散歩していても、ニューヨークの街をフォークナーが散歩していても、誰も気がつく人はいない。僕は実際にヘンリイ・フォンダがニューヨークのシュワルツという玩具屋で三十分も待たされていたのを見ていたが、誰も振り向く人がいなかった。日本なら、寄ってたかって上着ぐらいひきちぎられてしまうところだったろうに。

　もちろん正直なところ人気がないよりもあるほうがいいにきまっている。人がちやほやしてくれれば嬉しいし、サインを頼まれればいやな気持はしない。人間はそういうものので、それをイヤだと云ったらむしろキザに聞えよう。人間はそういうことを喜んでいるうちに、自縄自縛になって、自分が滑稽な存在になってゆくわけなのである。日本では本が売れることと、個人的な人気とがいつもくっついている。これが日本の作家の宿命というものなのだろうか。

　僕は波瀾とかトラブルとかが世の中でいちばん嫌いなたちだ。仕事にさわるような波瀾やトラブルを避けるためには、すべてレセ・フェール（放任主義）にする以外、生きられない。昔気質の文士、それから最近では太宰治とか坂口安吾とかいう破滅型の文士の生き方と、僕の生き方の違うところだ。

彼等はすべて観念で動いている。家出するべし――家出する。離婚せざるべからず――離婚する、すべて観念だ。生活というものはみんな観念だと思っている。ところが僕は生活に観念を持ち込まないという主義だから、すべてレセ・フェールである。僕が太宰ぎらいなのは生活に観念を持ち込んだことだ。そういうことが文学的なことだと思っている風潮が嫌いなのだ。

こういう話がある。バルザックのそばにいた秘書が、ナポレオンの地位とバイロンの名声を合わせていま自分にくれるといっても、小説家にはなりたくないと云ったそうだ。バルザックのそばにいて、夜中にコーヒーをガブガブ飲みながらやるあの生活ぶりを見ていたのでは、小説家になりたくないと思うのも当然だろう。作家というものは、多かれ少かれそうしたものを持っている。僕の生活だってそうなるのではないかと思うし、その点、少くとも精神生活の中では、安吾さんの生活と僕の生活とそんなに隔ったものとは思えない。やはり同じ時代に生きている文士だし、僕の中にも太宰的要素だってある。しかし、太宰や安吾のように外側からもそれが見えてくるということは、いかにもいやだ。例えば川端康成さんの精神生活と、太宰さんの精神生活とをくらべてみた時、どっちがトラジック（悲劇的）かということはわからないと思う。川端さんは自殺はしないし、ヒロポン中毒にもならないし、破産もしないけれども、やはりあの精神生活というのは、太宰さんよりももっとすごいものだろうと思われるのだ。

そういう文士が、一市民である両親や、妻と暮す場合どうなのだろうか、とよく訊かれる。しかし僕はすべてレセ・フェールだから、これから少しレセ・フェールが複雑になるだけだと思っている。

僕の生活は演技だと人は云うだろうけれども、まあ世間に向って演技しているのか、自分に向って演技しているのか、ほんとうのところわからない。でも演技をしまいと思ったら、全然生きて行けないだろうと思う。生きて行くために、最小限度の要求が演技であってもしようがないと僕は思っている。

僕は結婚したら、大変いい御亭主に見えるだろうとすでに云われている。しかしシャイネンする（ふりをする）だけでいいのではないか。人間は精神だけがあるのではなくて、肉体がなぜあるのかというと、神様が人間はなかばシャイネンの存在だとしているということを暗示していると思う。ザイン（存在）だけのものになったら、シャイネンがほんとうに要らない人間になる。それならもう社会生活も放棄し、人間生活も放棄したほうがいい。どんなに誠実

1958年６月１日、挙式後の三島由紀夫・瑤子夫妻。
東京・国際文化会館でのガーデン・パーティーにて

そうな人間でも、シャイネンの世界に生きている。だから僕が一番嫌いなのは、芸術家らしく見えるということだ。芸術家というものは、本来シャイネンの世界の人間じゃないのだから。芸術家らしいシャイネンというものは意味がない。それは贋物の芸術家にきまっている。芸術家らしいシャイネンといえば、頭髪を肩まで伸ばして、コール天の背広を着て歩いているというのだろうが、そんなのは贋物の絵描きにきまっている。

僕は文学がわかるような顔をする女は女房には持ちたくないと口頃から云ってきた。自分の作品だって読まない方がいいくらいだ。しかし、だんだん読むようになるのは仕様がないし、読ませまいとして鍵をかけたところで本屋で買って読んだら仕方がない。しかし批評だけは絶対にしてもらいたくないと思っている。最後の譲歩として、読んでもいいけれども、いいとか悪いとか云うなと今から云っておくつもりである。

たとえ外で僕の作品を愚作だと云われても僕はちっともこたえないが、家の中で悪口を云われるのは困る。うちの父でも、僕が新聞小説なんか書いている時に、「つまらないね、つまらないね」と云われると、こっちは非常に困る。ましてや女房にそれを云われたらたまらないだろう。

世の中には家庭的なわずらわしさに平気な人間もいるようだが、僕はわずらわしいことを全然避けて暮したいと思う。そういう意味では女房から見れば冷い亭主に見えるかも知れない。僕にとって、仕事がすべての中心だから、普通の社会観念の損得というものは超越してしまう。明らかに損だと思われることであっても、仕事の上でプラスになると思えば、損であってもいいのじゃないかという気になる。普通の社会人と一番ちがうのはその点ではないだろうか。ほんとうに自分をいたわりたいために、喜んで損をする、それが芸術家というものだろう。

僕は普通の人がトラブル（もめ事）をエンジョイ（楽しむ）するあのやり方というものを真似することはできない。訴訟問題の好きな訴訟狂、時間をかけ、金をかけてゴタゴタして戦うあの楽しみは僕にはわからない。見方によれば人生の大部分はトラブルを楽しむ能力がなければ楽しめないものらしいから、そういう意味で僕は社会人として一人前じゃない、根本的に欠けたものがあるのかも知れないと思っている。

高等学校時代のある日、僕は、友だちと二人で電車に乗っていた。すると、子どもを抱いた奥さんを見て、友だちが「子どもはいいな」と僕に云った。僕はその時、なんて不思議な考えが世の中にあるのだろうと思ってびっくりした。その友だちは長男ではあるし、親父が早く死んだりして早くから社会的責任を感じていたのかも知れない。それから今まで、僕はずいぶん長いあいだ子どもなんて可愛いいと考えたこともなかった。しかし最近では自然に子どもがほしくなって来ている。今ではほんとうに子どもがほしいと思っているし、まず女の子が生れたらいいなと思う。普通女の子の方が男の子より育てやすいといわれているが、女というものは生れながらにして煩雑さに耐える能力を持っているのではないか。昔「処女オリヴィア」という映画を見たことがあるが、女の寄宿舎のゴタゴタが出てきて、朝から晩までゴタゴタの連続だった。小さいやきもちとか、小さい中傷とか、憎悪とか愛情とか、なにやかやがこんがらがっていて、その中でみんなのうのうと暮している。これに反して男は気が弱くて、感情のトラブルがあるところに一刻もいられないものなのだ。僕がホッと息をつけるのは、感情のトラブルがないところだけだ。

このあいだ吉田健一氏に、「お宅は子ども本位で実にいいな」と云ったら、彼は面白いことを云った。つまり子どもにわずらわされない最上の方法は、子ども本位にすることだ。子どもの心をよく考えてやり、子どもが悪くならないようにあらゆる方法を講じてやる。子どもを大事にしないと、子どもは騒いで親の仕事の邪魔をするし、最後には親に致命的打撃を与えることがある。親のエゴイズムから云っても、子どもは可愛いがるべし、というのだ。たしかにそれも一つの真理だと僕は感心した。

僕は女房に対して多くを望まない。しかし作家の妻としてどういう態度であったらいいか、という問題についてはすでに話合っている。僕自身の見聞したことからいっても、作家の女房として思わしくないような人にならないよう、これは女房教育の基本条件にしている。あとは料理が下手であろうが、裁縫ができなかろうが、女房に過大な要求はしないつもり。家事がどうしてもうまく行かなかったら、それも可愛いいじゃないかとさえ思っている。ただ対外的なことに対してだけは、僕は決して寛大にならない。もちろんどんな悪妻だって新聞に女房の悪口が出たりするようなことはない。しかし世間はもっとこわいところで、女房に対して決して寛大ではない。世間は見ている、それを知ってもらいたいと思っている。

作家の妻はどういう形で夫に協力するか。これは人によっていろいろで、一概に云えないことだろう。一緒に徹夜して辞書をひく人もあるし、着物の模様を相談する人もいる。福田恆存氏なんか「やはり女房は文学を理解して協力する人のほうがいいよ」と云っていた。そういうことについては、人それぞれ考え方の相違があって、どういうのがよいのかをきめることはできない。しかし、僕は結局、作家というものは、女房に最後まで理解されないものだと思うし、それでいいのだと思う。事実そんな理解がなくても、作家は生きてゆかなければならないと僕は信じている。

(『婦人公論』一九五八年七月号)

私の中の〝男らしさ〟の告白

この原稿は、なるたけ自分のことを書け、ということになっているが、男は誰でもそうだろうが、人から、「あいつは男らしくない」と言われるのは大の不面目であっても、自分から、「俺はこのとおり男らしいんだ」と口に出すことは、何だか照れくさい、厚かましいことに思われるのである。それだけ考えても、男にとって「男らしい」と言われることが、いかに歓迎すべき讃辞であるか、想像もつこうというものだ。

さて、男らしさとは、対女性的観念ではなく、あくまで自律的な観念であって、ここで考えられている男とは、何か青空へ向って直立した孤独な男根のごときものである。男らしさを企図する人間には、必ずファリック・ナルシシズムがひそんでいる。（ノーマン・メイラーの『ぼく自身のための広告』中の「彼女の時の時」を参照せよ。）

「男らしさ」ということの価値には、一種の露出症的なものがあり、他人の賞讃が必要なのである。その賞讃者は、女でも男でもかまわず、社会の弱者であればよい。

こういうところから、軍人、侠客、ヤクザなどの、独特の男らしさが生ずる。それは精神的勇気だけでは不十分で、肉体的勇気をも要する。それから、集団に基底を置くセンチメンタリズムが必要であり、この種のメンタリティーとファリック・ナルシシズムとが結びつくと、そこに独特の「英雄的な」自己破壊衝動がはじまる。これが「男らしさ」の悲劇性の類型である。

世間では、これらを総括して「男らしさ」と呼んでおり、従って、男らしさのナルシシズムは、賞讃する世間と相依存しているから、孤独から出発した男らしさが、結局、世間の要求する「男らしさ」の型にいつも自分をはめ込む結果になる。この意味で、真に独創的な英雄というものは存在しない。

——さて、しぶしぶ私自身のことを語らねばならぬが、私も亦《また》、「男らしさ」の評判については無関心でいることができない点で、凡俗の男である。ただ、小説家であることと、男らしくあることとは、或る点ではたしかにつながっているが、或る点ではたしかに矛盾している。世間的な男らしさは、小説特有の機能である自己分析や告白とは相容れない。自己分析や告白にあけくれる幡随院長《ばんずいいんちょう》兵衛《べえ》という存在はとても考えられない。

それから小説家独特の、ディタッチメントという精神的態度が、これまた、「男らしさ」と相容れない。

そこで私はいろいろ考えた末、自己流に、自分独特の「男らしさ」を編み出せばよいのだと考えた。検討してみると、世間のこれらの「男らしさ」の像は、女性の男性化の時代が来るにつれて、だんだんに変質して、本来の自律性と絶対性を失い、対女性的観念になりつつあり、一方では、社会の劃一化《かくいつ》に伴って、だんだんに世間の片隅へ追いやられていることが判明した。それから又、アメリカの肉体主義が次第に日本にも浸潤してくるにつれ、「男らしさ」は、肉体的象徴としての意味をしか持たなくなりつつあることも判明した。

このままで行けば、男らしさは女性の社会的進出によってますます堕落させられ、ついにはペニスの大小及び機能的良否以外に、男らしさの基準がなくなるのではあるまいか？　そして順応主義の時代は、男の精神をますます従順に、ますます古い意味で「女性化」して、こうなると、小説家なんぞは、臍曲りで個性を固執するという点だけでも、相対的に「男らしく」なってるのではないか？

こうした深遠な観察の結果、私は「男らしさ」の自律性と絶対性の夢は、もはや崩れたと考えざるをえなかった。それはもはや古いロマンチシズムなのだ。

それなら、どうすればいいかというと、今までの「男らしさ」は、女性の力をあまり軽視しすぎていたのである。敵ヲ知リ己レヲ知レバ百戦殆《アヤ》ウカラズ。まず敵を研究しなければならない。そして私は、女性の二つの弱点をついに握ったのである。

あと何百万年たっても、女が男にかなわないものが二つある。それは筋肉と知性である。この二つを練磨すれば、私の「男らしさ」は百点満点であって、ここに着目したのは、いうまでもなく私の秀でた知性のはたらきである。

私はこの結論に達するや否や、ただちにボディ・ビルをはじめ、片や、いよいよ思索と読書に耽《ふけ》った。女性のほとんどは（家内をも含めて）、ボディ・ビルなんていやらしいわ、と言うけれど、筋肉の促成栽培にこれ以上のものはなく、何も「もてよう」と思ってはじめたことではない。笑われれば笑われるほど、現代社会における「男らしさ」に対する無理解と、「男らしさ」の孤立を、私は痛感せざるをえない。しかしこのことから得る私の利得は、もはや私の「男らしさ」は、世間の鋳型にはめこまれる惧《おそ》れがないということである。

その他、私は、いい加減な約束をしない、とか、約束は必ず守る、とか、決して食言しない、とかの、自分に課したモットーを持っているが、こんなことは「男らしさ」とは何の関係もない。これらは近代契約法の基本原則で、私はただ近代社会の原理に忠実なだけである。本来の「男らしさ」は、いくら嘘をついてもいいのである。

（『婦人公論』一九六三年四月号）

1955年、後楽園ジムにて。この年９月からボディビルの練習を始める（撮影・大竹省二）

世界の旅から帰った三島由紀夫氏

聞き手＝芳村真理

——三島さんにはかつて非公式のパーティで一度お会いしたことがある。外目にはそれまで貴公子然としてお高くとまっているように私には思えていた三島さんが、こんなパーティ（遊びのパーティだった）に見えるのかな、とその時意外に思ったが、そこでみんなと騒いでいる彼を見て、案外プレイ・ボーイなんだなと感じたのを覚えている。

今度三ヵ月近いアメリカ、ヨーロッパの旅行を終えて帰国されたのを機会に、公式にお会いすることにした。それにしてもヘソ曲りで一筋なわではゆかぬ人という風評のある人とて、公式にインタヴューするとなると恐ろしかった。雑誌のグラビアなどで拝見して、広大な邸宅だなと思っていた邸《やしき》は、案外コヂンマリとしていたが、外面の装飾などは美しく、しっかりとしていていかにも三島さん好みらしいのを目にして、ますます緊張した。が、玄関に入ったとたんににおった赤ちゃんのにおいに、家庭的なやわらかい雰囲気を感じてまずはホッとする。

最近はジャズ・ブームだし、ちょうどアート・ブレイキーなどが来ている折から、まず音楽の話から始めてみた。

芳村　向うはどうでした？　音楽なんか……。

ジャズとボディビルは同じ

三島　音楽は僕は音痴で有名だからだめだけど……生まれてはじめてベートーベンを聴いてよかったと思ったんだ。ベートーベンは大体ドーンとかガーンとかだけだろう。今まで食わずぎらいで本当にいやだった。ところがスカラ座に行ったら『フィデリオ』をやっていた。『フィデリオ』はつまらないオペラで第二幕の間の間奏曲というのが長々と二十分ぐらいかかる。しかし、聴いてみて驚いた。こんなにいいのかと思った。やっぱり音がいいんだろうと思うんだ。カラヤンの指揮もすばらしい、とにかく圧倒された。もっとも、それも一種の偶然かもしれんがね。その時の胃の状態とか何かがよかったんじゃないか。その時のコンディション次第だよ。その時胃の悪い人が聴けば、なにがいいんだ、と思うだろうからね。（笑声）

　ジャズは今度あまりいいのは聴きませんでした。もっとも僕はモダン・ジャズはだめなんですよ。ホットの方が好きなんだ。

芳村　そうね。ちょうど三島さんがおるすの時かしら、アート・ブレイキーに行ったんですけど、一番騒いでいるのは三階の天井さじき。何とかという歌手が歌いながら手を叩く、ベラフォンテばりにね。みんなも知っている曲だから聴いてる方も叩くわけ。産経の舞台は大へん大きくて舞台と三階との距離があるでしょう。叩いている方は正確に叩いているつもりかもしれないけど、前にいると叩いている音が半拍以上ずれているの。だからおそらく歌う方はすごくやりにくいだろうと思った。日本じゃまだあれに完全についていくというのは……。

三島　いつかニール・セダカの時もお客の手拍子がいつの間にかおかぐらの拍子みたいになっちゃって、不思議になっちゃうんだ。

芳村　やっぱり国民性ね。

三島　アラエッサッサになっちゃう。日本のアラエッサッサでやるとピタッと合う。（笑声）

芳村　あたしもあまりモダン・ジャズよく知らないんだけど、アート・ブレイキーなんか聴いていても、あまりワッとやる方じゃない。手を叩いて騒いでる人を見ると、なにかずれがあるような気がして……向うなんか違うんじゃないかと思うんだけど……。

三島　アメリカのモダン・ジャズ、クール・ジャズは、インテリの趣味だからね。日本じゃインテリはああいうものに夢中になるというふうになっていないね。アメリカじゃ、ピリピリしたインテリが、生活に疲れてそれをまぎらすために聴いて喜ぶ音楽なんじゃないの。

芳村　頭から入っていくんじゃないと思うのよね。

三島　それは、ボディビルと同じなんだよ（笑声）。ボディビルも、インテリのスポーツなんだ。インテリは頭が疲れ、神経が疲れるから、一番プリミティブな、原始時代の、なにかこん棒を振り回すようなことをしたくなるんだろう。たいていのスポーツは一種の文明化されたスポーツだ。そこへ行くとボディビルはこん棒を振り回しているのと同じだからね。文明がやりきれないからというのでプリミティブになるのがアメリカの傾向でしょう。日本じゃ自分が原始的だから原始的なものに共鳴する。だからカイロなんかのおへそ踊りを見ていると、日本人に一番合っているような気がする。

　——生活に疲れたインテリなどと、

ご自分のことのように言われたが、お見受けしたところお疲れのようにはどうしても見られなかった。先手を打ってまずクラシックのことを言い出されたあたり、またジャズとボディビルを直ちに結びつけるなどさすがは三島さん。

アメリカ良いとこ、ひどいとこ

芳村　ミュージカルなんか相当……。

三島　ミュージカルは『バイバイ・バーディ』というのを見た。前行ったとき『ウェスト・サイド・ストーリー』を見て感心して、今度また見て感心したけれども、『バイバイ・バーディ』は最近のものです。それはプレスリーをからかったミュージカルでね。ティーン・エイジャーがいっぱい出てくるけど、うまいのなんの、感心したね。

芳村　ミュージカルは相当はやっていますか。

三島　もう完全ですね。今アメリカ人で日本にミュージカルを持ってきたいと言っているプロデューサーがいるが、僕は疑問視している。というのは、もし持ってくるなら、オリジナルキャストで、できるならオーケストラまで、全部そのまま持ってこなければ意味ない。日本のキャストでやりたいと言うが、日本のキャストでどれだけお客がついてくるか疑問だね。一人の役者で歌って踊って芝居するような人は数少ないから無理じゃないかと思いますね。

芳村　それにすごい稽古と、すごいお金がかかるでしょう……。

三島　一億から二億かかるものね。

芳村　日本じゃちょっと呼べないわね、残念ながら。やっぱりアメリカが一番いいかしら、いろんな意味で。

三島　僕はアメリカというところが好きでね。ニューヨークは特に好き。みんないやなところだと言うけど、僕は大好き。人間がみんなカーッとしていて……。

　人と約束する場合もたいてい三時十五分とか三時四十五分とか、そういう約束をする。僕たち旅行者でありながら、一週間の間に十時四十五分に何して、十一時十五分にはだれと会って、十二時には玄関のところでだれと話して、十二時半にはランチ……そんなことばかりやっていた。

芳村　ちょうど時が時だっただけにすごかったでしょうね。

三島　ケネディは一般の民衆に人気があるらしい、頭がいい人だから……。アメリカじゃ見た感じというのが非常に大きいんだな。政治家でも顔の感じが悪いととても損するね。テレビでどういう笑い方をするとか……ロバート・モンゴメリが教えているでしょう。アメリカじゃ社長になるには何フィート以上とか、何貫目以上という規準があるらしい。そういう法律があるわけじゃないけれども、世間が社長にしようと思うのには、大きくて立派な顔をしていて背が高くないと、社長という感じがしないらしい。それから歯に虫歯か何かあるとえらくなれない。だからアメリカ人は若いうちから入歯にしちゃう、スマイルが大事でにこっとしたときに金歯だとか、入歯だとかが見えたら……。

芳村　日本じゃずいぶん落第する人がありますね。

三島　日本の内閣は全部落第だよ。

（笑声）

芳村　歯みがき会社なんかスポンサーになって、強力にやる必要ないかしら（笑声）。やっぱりことごとく日本とはスケールが違うのね。フランスと日本は似ているんじゃないですか。

三島　似てませんね。ドイツが一番似ているんじゃないですか。国民性から、今の経済状態から、一番似ていますね。

アメリカで僕の芝居を上演してくれたおばさんが、もと早川雪洲と共演した女優さんなんです。今、大金持と結婚して、好きなことをやっている。その人のうちに呼ばれたんです。行ったら芝のあるテニスコートが見え、湖がある。湖といっても池の大きいやつで、そういうのは別荘によくあるからそこでは驚かなかった。丘の上に別荘があるが、それでもまだ驚かなかった。

ところがそれじゃ私の劇場に案内しましょうという。自分のうちに自分の劇場をもっている。舞台の広さは帝劇よりもっと広いですが客席は二百ぐらい。二階建てで外では野外劇ができるようになっていて、森を背景にして、『真夏の夜の夢』がやれるようになっている。逆に向こうの斜面を客席にして、家を背景にもできるようになっている。一階にはバーがあって、そこにお客を接待してごちそうする。二階は客席と舞台になっていて、舞台のうしろの壁がボタン一つでみんな開く。そうしてうしろの森を背景に舞台をやることもできる。しかも舞台が進行している間に、テレビのカメラが二階からねらっている。片方が調整室になっていて、たとえば窓がしまった音を入れるときにテレビを見ながら音を入れる。それから、お客があまった場合、別の部屋に案内して、舞台をテレビで見せる。これにはあきれかえっていやになっちゃった。

ところがまだ案内するところがあるという。車に乗って五分ぐらいいくと彼女の別館がある。大邸宅で芝生とプールがある。それは何のうちかと思ったら、夏の間そこに稽古や公演にくる役者を泊める。部屋が十二間ぐらい、一部屋一部屋オールド・コロニアルの様式でみんな客間がある。下にはダイニング・ルームがあって、外でめしを食うテラスがある。それからプールのうしろに大道具を作る工場がある。みんな自分のものなんだ。

芳村　森なんか実際に使える……それはすごいアイデアね。日本じゃどこでできるかしら、すぐ煙突が見えてきちゃったり……。

三島　ほんとうに夢のようだね。それを見たときは驚いちゃって、ほんとうに世の中がいやになっちゃった。そういうのは世界中どこにもありませんね、アメリカ以外。

芳村　大金持というのがいるからね。けた違いなのね。だけどひどいな。

三島　ひどいな、ほんとにひどい。

（笑声）

1960年、妻とニューヨークにて

——よほどアメリカがお好きなようだ。アメリカ良いとこ——はよーく解った。あまりの豪華な話にウットリとしていたが、アメリカ礼賛はまだ続いていた。そこで、ひねくれ屋といわれる三島さんが俳優として大変苦労させられたという『からっ風野郎』のことを聞いてみることにした。今までいろいろと話は聞いてはいたが、その苦労を直接彼の口から聞いてみたかったから。

わがはなやかなりし時代

芳村　そういえばあたし拝見しそこなっちゃったんだけど、『からっ風野郎』……。

三島　そのうち、うちで試写会をやります。きて下さいよ。その試写会はごちそうが出て、おみやげつける。そのかわり見たあとでほめなきゃいけない。

芳村　それじゃ、見る前におほめしますよ……（笑声）。始まる前に毎朝六時起きしたというのは、とてもまねできないと思った。ほんとうですか。
三島 ほんとですよ。
芳村 それにはほんとに感心しました。三島さんのことでそれがやっぱりいちばん印象的なのよ。（笑声）
三島 だってそうしなければ間にあわないもの。
芳村 撮影する前に少しリハーサルしていたということを聞いたんですがね。
三島 それをやってみたけど、何の役にもたたなかった。（笑声）
芳村 ほんとうは始まる前に、三日でも二日でも六時起きしてならしておくことは必要なんだけど、そういうこと何度考えてもあたしできないのよ。
三島 一度も遅刻したことはないよ。だけどいくらやってもだめだよ、おこられるよ。努力をしたっておこられてばかり、一日中おこられっぱなしでしたよ。
芳村 そうですか。
三島 僕が撮影の途中でぺしゃっとなって日なたぼっこしていたら、全然知らない大道具のおじいさんがやってきて、「三島先生、いい小説を書きますね」「ああどうもありがとう」「うちの娘があなたの小説ファンで『潮騒』なんかいいですね」「ありがとうございます」……ありがとうございますと言っていればいいと思っていたんだ。

そうしたら「ああいう小説書かれる先生がどうしてこんなことをなさるんでしょう。私は拝見していてみじめったらしくて、みじめったらしくて……」（笑声）。僕は生まれてから人からみじめったらしくてといわれたことはなかったし、思わずほろりとして……。

それから映画が終って、何ヵ月かしてからもうすっかり小説家にかえったつもりで、伊豆の西の方に取材に行ったんです。ちょうどお祭りで、演芸大会が魚市場であった。天中軒《てんちゅうけん》なんとかというとんでもないのが来ている。僕が近くの食堂でご飯を食べていたら映画でちょっとは顔が売れたのか、そこへ漁師が一ぱい出てのぞいているわけだ、そのうち勇敢なのが出てきて……そこは田子という村なんですが「田子きたか」と言うから、うなずくと、人の顔を穴のあくほど見つめて「何時から演芸やるだか」……（笑声）。そのときはさすがに、ご飯の中に涙が一しずくポツリと……。
芳村 貴重な経験じゃない……。（笑声）
三島 いろんな経験したよ。おかげでこのごろ本が売れやしない。おれショックだよ。このごろどうも。
芳村 でも普通の人じゃ経験できないことですよ。
三島 いい経験しました。もう、一生ああいう経験はないだろうな。あれから映画俳優にとても同情的になっちゃった。酔っぱらい運転して人をひいた場合でも、僕は同情する。少しでも発散しなければたまらないよ。若かったら……。

それでも、僕もあんなにいやな思いをしたくせになつかしくなる、不思議だよ。ときどき思い出して回想にひたるんだよ、わがはなやかなりし時代……炉端でときどき回想にひたって

……。（笑声）

芳村　やっぱり三島さんなんか、お仕事が全然別だからそう思うんでしょうね。

三島　あすこしか自分の働く場所がないとなったら、また心がまえも違うだろうね。

——この次の彼の言葉は特にイカす。よく読んでください。

三島　でも芳村さん、目がきれいだね。よく目がこわれないね。僕は目が割合に強いんだけど、撮影のときしきりに、石原慎太郎君なんか、目がとてもいけないと言っていたな。

芳村　あたし、たいしてそれは感じないけど。

——三島さんほどの人からおほめの言葉を頂いてまんざらでもなかったのだが、おほめの言葉はそれきりで終ってしまった。無惨。

芳村　監督という商売はどうでしょう？

三島　よくないですよ。収入は少ないし。監督の収入は、今の五倍にしなければいけない。あれだけの重労働でしょう。スターは出演だけですけど監督は全部……。

日本の映画をよくするのには、監督の収入を五倍にして、それからシナリオ・ライターにもっと生活を与えることですね。つまり、たとえば株屋のことを書くんだったら、シナリオ・ライターを五ヵ月、株屋で遊ばせるくらいのことをやるべきだ。その二つが先決条件だ。みんな企画がきまってから本を与えられて、宿屋にかん詰めになって、徹夜して書く。あれじゃかわいそうだよ。

——監督さんにはあのとき大分しぼられたはずだが、ごらんのようにそうした監督さんの立場をこれだけ擁護するとは、まったくのフェアプレー、御立派デス。それにしてもほんとのところは、「わがはなやかならざりし時代」として思い出したくもないことであろうのに、先手先手と話を出されるあたり、さすがにキレる人ではある。チャンスをとらえて少し皮肉でも、と思っていたがとうてい私ごときには歯が立ちそうにない。

あれは買えます

芳村　それはそうとこの前、安保のときに車をお買いになって、いよいよ革命が起きたらお逃げになるというお話、ほんとうですか。

三島　ほんとうですよ。餓鬼もできたし、これで僕も責任あると思っちゃって、暴動でも起きて逃げるときに、ハイヤーを頼んでいたんじゃあと思ったし、第三次大戦が起こったら、逃げるのにどうしようと真剣に考えた。それで、絶対に車を買わない主義だったんですけど、ペットを買ったんですよ。

芳村　ヨットは買わなかったんですか？　ヨットで海に逃げ出すんですよ。車じゃ日本中しか行けないじゃない。（笑声）

三島　それは大統領的な考えだな（笑声）。キューバの大統領は、ヨットをいつでも用意していた。

芳村　でも、空の方がいいかな、ときどき考えちゃうわ。

ところで香港に寄っていらしたそうですが、香港の魔窟は今でもものすごいですか。

三島　ものすごいですよ。

芳村　ほんとうですか。アヘンか何か……。

三島　それを見に行った。これはある人の案内で行ったんですけど、とにかく、殺される危険があるという。無警察状態になっている場所があるんですよ。そこへ警察が手入れして、十人くらいおまわりが入っていってもぐるぐるまわって出てくると、八人くらいになっちゃう。あとの二人はどっかに消えちゃうという。懐中電灯を照らしながら案内人が行ってくれた。その人がいなければあぶないんですよ。壁の暗いところに、もたれているおじいさんがいて、黄色い顔をしている。そして無精ひげはやして、あれは明らかに患者ですね。吸っているところは見られませんでした。

そのあとでは、サンパン〔小舟〕に乗って、パンパンを見に行った。船のパン助です。これも実におもしろかった。見た帰りに案内の人が、「あれは買えます」と言うから、「買えるのはあたりまえだろう」と言うと、「いや、一匹二〇〇〇香港ドルくらいで買えます」……一匹だって（笑声）。ひどいね。「わたしの友だちにもお金持がいましておふくろから六匹ほど買ってもらったヤツがいます」……親切なおふくろだよ（笑声）。阿媽《アマ》兼めかけにするわけね、買っちゃって……。

芳村　ほんとうなのね。伝説的なものかと思っていた。結局カスバみたいな……。南米にもそういうところあるでしょう。

三島　南米じゃ、パンパンが檻に入っている。張り店のところが、日本の格子なんていういいきなものじゃない。鉄格子みたいなのがあって、その中に入っているんだから、まるで動物園だ。それでお客に向かって、「バカヤロー」なんて、日本語で言うんだよ。僕が前に行ったときの話だけど、バカヤローとは失礼だと思ったんだが、あれは日本人に悪いヤツがいて、日本語で「色男」を、「バカヤロー」と言うんだと教えたヤツがいるんだ。（笑声）

——パン助の話が出たので、かつて『禁色《きんじき》』を読んで私も興味を持ったゲイのことや、彼のはなやかなりし頃の話をいろいろと伺おうと思ったが、このときちょうどかの美しい可愛らしい奥さんがお茶の接待に来られたので、残念ながらそのことは他の機会にゆずることにして、現在私が最も興味を持つ宇宙のことや空飛ぶ円盤のことを聞いてみた。

驚いたことには、自他ともに最高のインテリの一人と目されている彼が、私以上に空飛ぶ円盤に興味を持っていた。

芳村　宇宙とか、心霊学とか神秘的なものについては興味ないですか？

三島　ある、ある。僕は円盤協会にも入ってるんですよ。

芳村　へえー。まあうれしい。私ものすごく円盤に興味あるの。

三島　女の子で円盤に興味があるなんて珍しいね。こういうことに興味を持つのは、大体ロマンチストじゃなくて合理主義者に多いんだよ。つまり合理主義者だから非合理的、神秘的なものに引かれるというか、興味を持つんだな。

芳村　もちろん私はまだ円盤見たことないんですが、三島さんはごらんになりましたか？

三島　まだ見てないんだ。見たいと思って、去年の夏なんかは、東京上空に円盤通過という情報が北村小松さんからあったので、女房と二人で毎朝五時起きして、屋上で双眼鏡で何時間も探してみたんだけどだめでした。今度の旅行でも飛行機に乗るたびに円盤が飛行機と平行して飛ばないかと思って、一生懸命窓から見てたんだけれどやっぱりだめでした。どうも見たいと思っている人にはなかなか見えないらしいね。

芳村　大分いろいろの人が見たと言ってるんだから、いんちきじゃないわよネ。きっと何かあると思うんだけど。私も見てみたいな。

――こういうことに興味を持つのは合理主義者に多いと言われていい気になって、これから後は、奥さんも交えて、霊媒、心霊術、ｅｔｃ、ｅｔｃ、と約一時間も神秘的な話が続いた。そしていつかきっとみんなでいっしょに円盤を見ようと固い決心をした。

どうもインタヴューは相手の家庭ではしないほうがいいらしい。赤ん坊のにおいのする温い家庭的雰囲気に、いい気持ちになっているうちに、インタヴューしていることを忘れてしまったようだ。

＊

ともあれ、例によって最後の寸評を付けさせていただこう。いままで会った人も体をかわすことは上手な人たちばかりだったが、そのかわし方はこちらに見えすいた。しかし三島さんのはいつ体をかわしたのかわからないような巧妙な仕方だ、それがわかるのは一日ぐらい経ってからといった工合。公式面会でもお高い貴公子的感じはなかったし、短気で怒りっぽいと聞いていたが、そんなところは全然見うけられず、やさしい、子供っぽいところのある、親しみやすい感じ。これがあざやかな演技だったとすれば、それこそ真の俳優と言うべきだろう。といっても女の目にはなんとなく可愛げのある演技者ではある。彼には母性本能をそそるなにものかがある。自分で言って自分でうけているような大声な笑い方、ボディビルを一生懸命やるなどひたむきな少年を感じさせる。それでいて、こうしなさいと言われたら女はそうしなければならないような恐ろしさも持っている人。女はこんな男性に弱い。私もこんな人を……（奥様ゴメンナサイ）。ともかくどこから見ても満点だったが、奥さんがいるということで九十五点にしておく。

（『婦人公論』一九六一年三月号）

◀次頁写真、一九五三年頃、自宅玄関前にて（撮影・田村茂）

II
私の三島由紀夫

酒井順子 「際」の近くで

子供の頃から全く少女漫画を読んでこなかった私にとって、語弊を恐れずに言うならば、二十代になってから巡り会った「少女漫画的なもの」が、三島由紀夫の小説でした。

単純に、兄の少年漫画ばかり読んでいたせいで少女漫画に親しむ機会を持たなかったのですが、しかし女子たるもの人生のどこかで、きらきらしい成分を欲する時がやってくるようです。「盗賊」「遠乗会」「殉教」といった三島作品に出てくる上流階級の人々の乱倫ぶりやら軽井沢やら乗馬やらといった事象が、私を夢中にさせることとなりました。

つまり私は、三島作品における〝学習院成分〟にうっとりしたのでしょう。きらきらしいのはそれだけでなく、三島の文章もまた、豪奢。華麗な比喩表現は、少女漫画の主人公の目の中の星のように感じられたものです。

三島が自決したのは私が四歳の時でしたから、本人の姿は記憶に残っていません。が、あの「楯の会」の派手な制服や、馬込のビクトリア朝コロニアル様式風のお屋敷の様子からも、少女漫画的なケレン味が感じられたものです。

学習院から東大へ進み、大蔵省に入るも作家の道へ……という三島のプロフィールもまた、貴族的雰囲気が漂う作品群にふさわしいように思われました。銀の匙《さじ》をくわえて生まれてきた人が作家になったのだなぁ、と思っていたのです。

しかし三島は、「貴族的」ではあったけれど、「貴族」ではありません。三島の父方の祖父である平岡定太郎《さだたろう》は、福島県知事や樺太庁長官を務めた人物であり、父の平岡梓《あずさ》も東大から農商務省に入った役人ということで、世間から見ればエリート一家ではありましたが、定太郎は播磨国（兵庫県）の農家の生まれ。平岡家は身分制度のある時代においては、華族ではなく平民だったのです。

三島は昭和六年に学習院初等科に入学しましたが、これは三島を溺愛した父方の祖母・夏子の意思によるものでした。農家の出の夫・定太郎に対し、夏子は、三河国奥殿藩主の家系の生まれ。気位の高い夏子は、最愛の孫に、貴族的な教育を受けさせたかったのでしょう。

今でこそ学習院は、誰でも入ることができる学校となっています。しかし戦前は、然るべき紹介者がいないと、平民の子は入ることができませんでした。三島の入学にあたっては、

「爵位もないのに子息を学習院に入学させるなんて役人の風上にも置けぬ」

と、父・梓は周囲から言われたとのこと。三島もまた学習院において、爵位が無い家の子であることをコンプレックスに思っていたようです。

しかしそのコンプレックスがなかったら、あのようなきらきらしい文学は生まれていただろうか、と私は思うのでした。平岡家は、世間的には「上」の階級に属していたけれど、ハイソサエティーの中では「下」の方だった。だから

こそ三島は、当たり前にそこに属している人よりも強い思いを、ハイソサエティーに抱いていたのではないか。もしもハイソサエティーの中で「上」の家に生まれていたとしたら、三島は小説を書こうと思ったのでしょうか。

平安時代においても、貴族社会についてせっせと書いた紫式部や清少納言は、貴族ではあるもののさほど身分の高くない、いわばB級のお嬢様でした。平安女流文学の優秀な書き手達は、見事なほどに皆、B級お嬢様だったのです。

そして三島は、日本に身分制度が存在する最後の時代に、B級お坊っちゃまとして生まれました。B級であったからこそ、彼の「身分」に対する意識は鋭く、彼等のソサエティーの中心にいた天皇に対する思いもまた、特別なものがあったのではないか。

日本が戦争に負けて民主化の道を進む時代、つまり日本が様々な「差」を排除していこうとする中で、三島は身分の「差」のみならず、男女の差や貧富の差など、様々な差の彼方《あなた》と此方《こなた》を洞察していました。それは、彼が遥か上の方ではなく、実は「差」の際《きわ》に極めて近い場にいた作家であったからこその視線だったのではないかと私は思います。

歌舞伎の女形は本当の女よりも女らしいものですが、三島は本当の貴族でなかったからこそ、貴族より貴族らしく、その世界を怜悧に描き出しました。おぼこい私がそんな「きらきら」に夢中になったのも宜《むべ》なるかな、という気がいたします。

『禁色』を拒絶した母

ヤマザキマリ

少女時代、戦争という不条理と向き合わされ、その後の混乱期を読書にすがって生き延びてきた母は、まだ小学生だった私にスタンダールやドストエフスキーを読めと勧めてくるような人だった。彼女の部屋の書棚には古い文学全集が並び、仕事の合間に自分でもその中の一冊を引っ張り出して読み耽っていることがあった。私の誕生日もクリスマスも、プレゼントは児童文学や図鑑だったが、全て「自分も読みたいから」という前置き付きで、そのジャンルの幅も広かった。

そんな母が、一度だけ私の読書に口を挟んできたことがある。居間の机の上に、高校の図書室から借りてきた三島由紀夫の『禁色《きんじき》』が置いてあるのを目に留めるなり、「こんなの読んでるの？　よしなさい」と、軽侮の感情をあらわにした。どうして読んじゃだめなの、と聞いても、「ミッションスクールなのに、図書室にこんな本を置いてるなんて、いやねえ」などと濁すので、私の『禁色』への興味と期待はいっそう高まった。

私には母の拒絶の意味がよくわからなかったし、今もはっきりとはわからない。彼女は自ら様々な常識のボーダーを超えてきた冒険者だったが、中身は敬虔なクリスチャンであり、同性愛に対してまだ開かれた見解を持っていなかったことは大きいだろう。何にせよ、読み終えてみると、想像していたほど突飛な作品だとは思わなかったし、母にとってこの話の何が気に入らなかったのか、その疑問は解けないままだった。

この小説が『群像』、次いで『文學界』に連載されていた一九五〇年代初頭、日本がまだGHQの占領下に置かれていた最中に、三島は朝日新聞社の特別通信員として、人生で初めての海外旅行に出かけている。四ヵ月かけてハワイからアメリカ、ブラジル、そして欧州のフランス、イギリス、ギリシャとイタリアを訪れ、その旅の見聞録はいくつかの文芸誌で発表されたのちに「アポロの杯」というタイトルで一冊の書籍にまとめられた。

『禁色』の主人公である南悠一は、あたかも〝ペロポネソス派のアポロン像〟のような美青年だとされているが、アポロンはまさに古典の唱える理想の美の極みであり、その姿をそっくり擬《なぞら》えた悠一は、三島が自ら文字で象った彫像だ。もともとギリシャは三島にとって憧憬の地だったそうだが、芸術と太陽の神であるアポロンの神託があるとされるデルフィの神殿で、三島は古代文明への想いが、強烈な燃焼力を持ったエネルギーへと転化して彼の中に注ぎ込まれるのを感じたに違いない。

その後訪れたローマのヴァチカン美術館では、私も敬愛する賢帝ハドリアヌスの愛人だったギリシャの美青年アンティノウスの彫像に魅せられて、イタリアを去る前に再び美術館まで挨拶に訪れたという。ハドリアヌスとアンティノウスの老いた知識人と若く美しい肉体を持った青年との関わりは、例えばジャン・コクトーとジャン・マレーにも通じるし、『禁色』の老作家檜俊輔と南悠一の関係にも重なる。

私がイタリアのフィレンツェへ留学した時の身元引受人は、小さな画廊と出版社を経営していた、イタリアにおける同性愛文学の草分けである老作家だった。この人にもやはりアルゼンチンから亡命してきた若い詩人の同性パートナーがいて、この詩人がフランスのガリマール社から出版されたばかりの『禁色』の翻訳書を、周りの仲間に自慢していたのを覚えている。

母が初めて私の様子を見にフィレンツェへ来た時、その老作家と詩人と一緒に夕食を取る機会があった。夕食の場ではとても楽しそうだった母だが、家に帰ってから二人の関係性を告げると、その表情はたちまち不穏なものとなった。『禁色』を読むなと言った時とほとんど同じ顔つきだった。

女性の社会進出がまだ世間では異質な扱いを受けていた頃、夫を早くに亡くして女手一つで音楽という分野で人生を切り開いてきた母は、女性が本来携えている逞しさと臨機応変性を存分に発揮することで、周囲の男性たちを圧倒してきた人だ。考えすぎかもしれないが、母が女性に恋愛感情を抱けない男性に違和感を覚えるようになったのは、女性たちが社会の過酷さと向き合って生きていく上で、どうしても身につけねばならぬ強《したた》かさを、表層的な次元で軽々しく否定されているような気持ちになったからかもしれないし、男性に人生を託して生きる女性と自分を一括りにしてほしくない、という思いもあったのかもしれない。

私は自分の漫画にも登場させたハドリアヌス帝が、妻には一切の関心を払わず、繊細な感性の持ち主であるギリシャの美しい青年に情熱を抱いていたこと

1970年７月27日、自邸にて

に、深い理解を覚えたものだった。自らも豊かな感受性を持った建築家であるハドリアヌス帝が表現者として求めていたのは、神話的な妄想を現実の世界に体現してくれる、美しい青年であったのだ。
三島は「女ぎらいの弁」という随筆の中で、「女性は抽象精神とは無縁の徒である。音楽と建築は女の手によってろくなものはできず、透明な抽象的構造をいつもべたべたな感受性でよごしてしまう」と述べている。考えてみれば、女性をそういう視点で捉えている作家が描き出した『禁色』の世界を、音楽家である母が好意的に受け止めるはずはない。娘には、自分の味方でいてほしかったのだろう。
だがいつだったか、母がいきなり「テレビで三島由紀夫を古典扱いしていた。もう誰もこの人の作品を読まなくなったということかしら、呆れるわね」と口にして、私は少し驚いた。母は女性を蔑む三島由紀夫を、同じように蔑みながらも、一人の稀有で貴重な文学者として、しっかりと認めてはいたのだった。

蒼井　優×美波

三島戯曲に挑む

『サド侯爵夫人』上演にあたって

二〇一二年三月、東京・世田谷パブリックシアターにて上演された舞台『サド侯爵夫人』（三島由紀夫作、野村萬斎演出）。上演を前に行われた、サド侯爵夫人ルネ役の蒼井優、ルネの妹アンヌ役の美波による対談を再録する

蒼井　いざ稽古が始まってキャスト全員で台本を読んでみたら……、いやもう、せりふがたっぷり（笑）！　あらためてすごい戯曲だなーと思いましたね。

美波　ドーンと来た感じだよね。一人で台本を読んでいた時は、一緒に澁澤龍彦さんの『サド侯爵の生涯』も読んでみたりしたんだけど、やっぱりすぐ理解できるような戯曲ではないなって。ここに描かれている時代の熱とか厚みを考えると、今の自分の生活は薄いなと感じたりしましたね。

蒼井　三島戯曲には重要な言葉が次から次へと出てくるじゃないですか。私は、ここがキメぜりふ！　と感じるところを流してしまう悪い癖があるんですよね。そんな自分の弱さと向き合うことになるかな、と。もう逃げても逃げても、地雷だらけみたいだもんね。（笑）

美波　また来たか！　ってね（笑）。その逃げちゃいけない地雷（言葉）を一つ踏んでも、あ、これは次の言葉のための加速（修飾）だったんだ。で、またそれは次のための……。

ルネ役の蒼井優（右）とアンヌ役の美波。世田谷パブリックシアター『サド侯爵夫人』舞台写真より（撮影・石川純）

蒼井　そうそう、だからボーッと読んでしまうとどんどん突っ走っちゃって収集つかなくなる。逆算しなきゃいけないところがたくさんあるんだよね。演劇は瞬発力じゃない、ということを強く感じます。あと、萬斎さんに「表情はなるべく抑えて、音で表す方が演劇として面白いかも」と言われて、なるほどな、と思った。そう言われてみると麻実れいさん〔サン・フォン伯爵夫人役〕や白石加代子さん〔モントルイユ夫人役〕は、ほとんど顔の表情なしに言葉を発していたの。

美波　ああ、確かに！　表情が入るとイメージが分散されちゃうのかもしれない。私も「台本の文字を追うんじゃなく、目をつぶって声だけを聴いた方がいい」と萬斎さんに言われました。そうやってほかの人のせりふを聴いていたらすごくイメージが浮かんできて面白かったんだけど、そんなふうに聴き入ってしまっていいのかなって……。役柄としての芯を持って、相手の話を聴く耳を持つ……くらいのスタンスだとすると結構しんどいなって思った（笑）。白石さんや麻実さんの声を聴いていると、画《え》がとってもクリアに見えるんですよね。やっぱりすごいな！と。かなりぜいたくな稽古場だと思います。

＊

蒼井　三島さんがあとがきに、アンヌは〝少女の無邪気さ〟を表すというようにそれぞれの役の定義を書かれていて、ルネの場合は〝貞淑〟。今は、物語が進むうちになんとなく一本筋の通っているように見える〝貞淑〟という言葉がどんどんねじれて、貞淑の意味が変わっていければいいのかな、なんてイメージしているけど……最終的にどう見えてくるか、分かりません（笑）。萬斎さんは、稽古で一度おっしゃったことが後になってもブレないのでとても信頼していますね。求めていらっしゃることが確実にお腹の底に落ちている感じがする。そこに近づけるようにがんばりたいと思います。ご自身が役者さんだから、こちらが上手くやれなくても、やろうとしたことを理解してくれるしね。

美波　そうだね。萬斎さんがおっしゃるココ！　というポイントは絶対だから、「あーまた言われた」と思うところはまだクリアできてないんだなと分かる。稽古場ではある意味、萬斎さんがサド。（笑）

蒼井　そう、私たちのサド侯爵として、いてくだされぱいい。（笑）

美波　幕が降りる時に〝サド教〟じゃないけど、神を崇拝するような宗教的な感覚を観客の皆さんと共有できる芝居になるといいな。

蒼井　私たちはしゃべり続けて、お客さんには聴き入っていただく。うわー効いた！　と思うくらいの、いい疲労感を味わっていただけるといいよね。舞台上にあたかもサド侯爵が見えてくるような芝居にできればと願っています。

（『シアターガイド』二〇一二年四月号）

三島由紀夫のある風景

石井遊佳

いろんな場所で三島由紀夫を読んだ。

私の読書史は三島文学から始まる。高校時代、三島由紀夫を片っ端から読んでみようと思い立った。大阪城の見える教室の窓辺の席で、『金閣寺』『仮面の告白』『真夏の死』など次々読んだ。純度の高い、透明な理知の張りつめるレトリカルな三島由紀夫の文章は青春期の読書にふさわしい。私は読書という孤独に身を置くことを好んだ。三島文学は青春にふさわしい孤独を与えた。だから教室で、友人との雑談より窓辺の読書を選んだ。絆を渇望するがゆえに外界を拒む、狷介《けんかい》で成績の悪い高校生の手にいつも三島の文庫本がある。十代の誇りと傲《おご》りにとって、朝まだきの氷柱《つらら》よりしたたる一滴の燦爛《さんらん》のごとき、三島由紀夫の孤独だけが必要だった。

二十数年後、インドに因縁が生じた。サンスクリット文学研究者である夫の留学に随《したが》い北インドのヴァーラーナシーへ行った。日本から持っていける荷物は限られ、本は文庫本のみ五冊を選んだ。その中にも三島の作品は含まれていた。私が選んだのは、正直、三島と聞いて誰もが第一に挙げる作品ではない『愛の渇き』だった。

　ヴァーラーナシーは停電が多い。たいてい朝から午後の早い時間までだが長引く日もある。私は部屋で『愛の渇き』を読む。その日は午後遅くなっても電気が来ない。ページが昏《く》れてゆく。ベランダに面したドアの方へじょじょに椅子が寄っていく。ベランダでの読書は気が進まない。舗装もされていない細い裏通りをひっきりなしに人と牛と山羊が行き来し、オート三輪がけたたましいエンジン音と排気ガスをふりまいて通る。だから日が傾くにしたがい、少しずつ、虫のように光の残る方へにじり寄る。最終ページの最終行を読み終わった。夕間暮れの中でただちに私は文庫本の最初のページを開き、一行目から読み始めた。『愛の渇き』はそういう作品である。間もなくわずかな光も尽きた。諦めて立ち上がり、ベランダの洗濯物を取り込む。

　インドとの因縁は終わらない。六年後、南インド・チェンナイへ行った。日本語教育について知識も資格も経験もない日本語教師として赴任するためである。再度のインド行きを目論んだ夫の策略だ。アダイヤール川に近い小さなIT会社の自宅のデスクの上に置かれた数冊の文庫本の中にもやはり『愛の渇き』があった。そして九十分に一度、休憩のため教室から息も絶え絶えに戻ってくる無能な日本語教師を待つ。ミルクティーの湯気の中で本に手をのばし、その数ページを繰る間だけ無慙《むざん》な現実を忘れた。そこにはいつも、十代の頃からよく知る永遠の美の世界が流れている。この状態は断続的に二年あまり続き、累積疲労がピークに達しようとする中、同じデスクに向かって小説を書き私は作家となった。

なぜ『愛の渇き』なのか。作者自身の解題や創作ノートによると、この作品は戯曲的要素を盛り込んだ短編の田園小説として構想された。形式の束縛のない小説と異なる、古典劇の自然で自明な形式感を三島は羨望する。「化物のような」自身の感受性を嫌いぬいた三島は、厳密な様式による規範的束縛にこそ心安らいだのではなかったか。本作は程よい長さであることもあって、この規範的意識が三島の他の特性や「田園にとじこめられた都会人の一群」という小説の素材と相俟って、戯曲の様式美を取り込みつつもステレオタイプに陥ることなく比類ない充実へと結実したのだろう。堅固な形式をもつ古典的戯曲を下敷きとした緊密な構成、田園の風景描写の繊細きわまりない詩的感性、アイロニカルな人物描写、火のモチーフなど古代世界への憧憬、それらの各要素が方法論的意志のもとに統べられ清麗な音楽として作品内に響いているのだ。

理屈を言えばそんなところだろう。だが、三島由紀夫には、それを超えたものがあると思えてならない。

ふと見上げた真夏の空の異様さに立ちすくんだことがないだろうか？　恣《ほしいまま》に展開する積乱雲の純白と空の青のきわどい対比。精緻な陰翳で彫りぬかれた空中楼閣のあらゆる細部が、美術館の薄暗がりで見る彫刻像よりはるかに真に迫って見えるのにショックをうける。嘘だ、そう思う。これほどの劇的で圧倒的な幻影が事もなげに空に浮かんでいる事態が許されていいはずがない。こんな空が存在してはいけないのだ。周りを見回す。道行く人は誰も空など見

ていない、この悲劇的な明晰さを気に留めることもしない。世界の虚無が、私だけに、真夏の空という扉を開けここまであけすけに暴露《ばら》されていることに私は戦慄する。三島の文章はまさにそのようなものだ、この世に有ることが信じがたい。これほどの劇的で圧倒的なものの存在することが信じがたい。そしてそれは私の宿命となる。自分が世界に選ばれたあの瞬間、垣間見た深淵を、自身のカルマの指さす場所へと連れ歩く。いつも理由を知らず、宿命的に自分の前にあり、ただ私はそれに身を涵《ひた》す。三島由紀夫を読むことに理由などいらない。

北村紗衣

地球人には家族は手に負えない

クィアSFとしての『美しい星』

三島由紀夫の『美しい星』（一九六二年）は、一種のひねったクィアSFとして読める小説だ。「クィア（queer）」というのは定義しづらい言葉である。LGBT関係のこと＝クィア、と思っている人もいるのだが、これはあまり正確とは言えない。もともとは「変態の」「奇妙な」というような意味の侮蔑的な表現で、のちにいわゆる世間一般の「フツー」と違う、セクシュアリティに関連する何らかの逸脱を広く包含する概念として使われるようになった。文芸批評では、とくに性や生殖にかかわるところで「何かが違う」ものをクィアと呼んで分析することが多い。

三島由紀夫はクィア批評で分析しやすい作家だが、この文脈では『仮面の告白』（一九四九年）や『禁色』（一九五一～五三年）などのほうが注目されがちだ。しかしながら、三島の作品の中でも変わり種とされる『美しい星』にはものすごく「逸脱」したところがある。埼玉県飯能《はんのう》市に住む一家全員が、ある時から自分たちは異星人だということに目覚めてしまった……という展開は、SF的で風変わりであるだけでなく、当たり前のものとして受け入れられている「家族」という制度の奇妙さを浮き彫りにする。一見、自然に見える制度を問い直すところに、この作品のクィアさがある。

この作品の注目すべきポイントとして、主人公である大杉重一郎の家長としての自意識がある。大杉家には「飯能一の材木商で、大きな財産をのこした先代」（五頁）の遺産がある。ところが重一郎は「劣等意識に苛《さい》なまれた青年期」を経て、「実利家の父からは罵られ、（中略）父が生きているあいだは怠けながら会社の仕事を手伝っていた」（二五頁）ものの、現在は何もせずに暮らしている。芸術が好きだが、とくに才能はない。空飛ぶ円盤を目撃して自分が火星人だという意識に目覚めるまでは、「いつも凡庸に見せることを忘れない」（六四頁）男だった。

こうしたさりげない描写からは、重一郎が家長としては先代に引け目を感じており、「無為」（一六頁）に過ごしていたことがわかる。ところが、自分が火星人だと考えるようになり、さらに家族も全員、地球人ではないということに目覚めた後、重一郎は家長として生き生きと活動を始める。自分よりも思慮がないと見なした妻や子供たちを「自明な優越感」（二五頁）をもって守るようになるのだ。これまで家長としての自分のあり方に不安を抱えていた重一郎は、火星人になることによってそれらしく振る舞えるようになる。ここには大きな皮肉がある。自らは火星から来た特別な存在であり、地球の習慣よりも一段高いところにいると思うことで、重一郎は地球人の習慣である家父長制や家族制度によりよく順応し、男として、父としての威厳を保てるようになるのである。途中で重一郎は、自分たちの宇宙人としての出自を秘密にしていたことについて、妻や子を守ろうとする「古い家族感情にとらわれ」（二八頁）ていたと反省するが、そのすぐ後に「家長は、一家があげて円盤に接する折を切望していた」（二九頁）と述べており、結局は「古い家族感情」にとらわれたままだ。

『美しい星』は、突然異星人の自覚に目覚めた一家の家長として活躍する重一郎を中心に、家族という閉じた共同体の薄気味悪さを辛辣に描いている。この作品においては家族というものが、メンバーが全員、それぞれ異なる星から来た宇宙人であることを自覚するという奇妙な経緯によって異化されている。全員が別々の星から来た（つまり血縁があるのかもよくわからない）ことになっているにもかかわらず、大杉家の人々は家族としてさらにまとまろうとし始める。地球人だった時にはいささか手に負えないものだった家族が、異星人だという選民意識によって強い絆で結ばれたものになるのである。一家は互いにこの選民意識を高めあい、盛んに異星人としての活動を行うようになる。この活動は結局、良い結果をもたらさないのだが、それでも大杉家の人々は家族であることをやめられない。

『美しい星』における家族像はブラックユーモアにあふれている。家族というのは地球人には手に負えないくらい厄介なものだ、と示唆しているかのようだ。そしてこの変わり種扱いされてきた『美しい星』には、現代の日本文学において大きな後継者がいる。村田沙耶香の作品、とくに『地球星人』（二〇一八年）は、人々が当たり前だと思い込んでいる家族、性、アイデンティティといったものを、異星人という設定を用いてより徹底的に問い直した小説だ。村田の作品は非常によく考えられたクィアSFと言えるものが多いと思うが、『美しい星』はこの潮流の祖先だろう。

＊引用は全て新潮文庫版『美しい星』（二〇一七年、六十刷）に拠る。

III

「彼女たち」との対話

岸田今日子さんと
恋愛を語る

幸福のありか

岸田 ずいぶん永いこと、お会いしなかったわね。だから、三島さんと対談というお話があったとき、凄く嬉しかったの。

三島 もう先《せん》、北軽井沢浅間牧場へ、皆で一緒に馬で行ったとき、面白かったね。

岸田 とっても。それで、東京の何とかクラブで習った馬術が、ナンの甲斐もなかったのね。（笑声）

三島 そうなんだ。馬がいうこと聞かないんだもの。でも、裸馬が水を飲みに行くときは、神秘的でよかったな。

岸田 よかったわねえ。あの頃は、父〔國士〕がいたし……。父に、こんなにも早く死なれてみると、少しでも永く父と一緒にいたかったと思うけれど。

三島 先生と、ずっと御一緒じゃなかったの。

岸田 ええ、十二年前に母が亡くなったでしょう。そしたら父は、主婦のいない家庭は仕様がないといって、信州の松本の、いい主婦のいるお百姓さんの家庭に姉妹を預けちゃったの。女学校の二年と三年のとき。そこで、いい主婦を見習わせるということ……口で言っても聞いてもできない、いい主婦のやっていることを、体で覚えるだろう、という父の気持だったのね。

三島 普通の家庭では、女の子は腫れ物みたいに思ってなかなか手放さないでしょう。先生は、衿子さんと今日子ちゃんに、よっぽど自信を持っておられたんだな。

岸田 内心ではビクビクしていたのよ。でも、実行してみなければ仕様がない、と思ったんでしょう。そして、東京の会社員の家庭よりも、農村の主婦の座の方が、もっと主婦らしいと思ったのね。
三島　僕は、皆な先生の夢だと思うな。日本の農村に、フランスの農村みたいな、非常に伝統のある、有産階級《ブルジョアジー》の根になる生活があると思われたんじゃないかな。
岸田　そう、それなの。
三島　そして先生は、愛情に溺れたりすることが嫌いなんだ。もしそのときに、今日子ちゃんたちが、お父さんの傍に甘ったれていたがったりしたら、先生はとても困っちゃったろうと思う。テレちゃったりして……。
岸田　うちの親子ってそうなの。だからこっちも、そのとき、お父さんの傍にいたい、なんて言わなかったの。
三島　とても清潔な親子ですね。日本的なべたべたしたところがないんだ。お互いにさらッとしたところに、先生の理想があったと思うな。
岸田　そうなの。そんな風だったから、女学校を出ると姉は美術学校へ行くし、私は自由学園の寮へ入れられちゃったけど、寂しくなかったわ。馴れちゃってて……今でも旅なんかへ行っても、寂しいと思わない。それはいいことかどうか……。
三島　君は性格的には、今、自分を幸福だと思う方かしら。
岸田　思う方。
三島　僕は思わない方。
岸田　可哀そうに。（首をかしげて、心から同情した風に）
三島　アハハハハ……同情されたね。
岸田　私は、三島さんは可哀そうだと思う。いつも仕事に縛りつけられて。
三島　幸福なんて主観的なものだからね。いい例が、皇太子殿下ね。皇太子殿下は窮屈な生活を自分で幸福だと思ってはいないと思うんだ。もし自分が、そこらのアンチャンだったら、どんなにいいだろうと思っているだろうね。内親王さんもそう思うでしょうね。だから、人の幸福というものは、傍から云々できないんだ。
岸田　だから、人間としての幸福をどこに見出すかということは、およそ愚問？
三島　でもやっぱり、男の幸福と、女の幸福は違うと思うな。男は、野心が満足させられないと、幸福じゃないだろうな。
岸田　でも、恋愛で成功するのも、一つの野心の達成じゃないかしら。
三島　それはあるよ。でも恋愛の世界は、二人だけの世界だもの。
岸田　ああ、そうか、対社会の野心なのね。
（三島氏は、量感《ボリューム》のある声で、逞しい話し振りだ。今日子さんは、はっきりと透る、しかし静かな話し振りである）

ロミオとジュリエット

三島　恋愛観ってよくいうけどね、恋愛観をもって恋愛をするバカなんていないものね。一つの恋愛から恋愛観を作っても、別の人を好きになったら、また別の恋愛観が生れる。今日子ちゃんの場合、彼女は彼女らしい恋愛をしているんだろう、と思って、微笑ましく思っているんですよ。

岸田今日子

岸田　あらア……どういうの、私らしいって？
三島　私らしいってのはね、つまり、僕がテレビジョンなどで、君と対談した経験からいうとね、なかなか負けちゃいないんだ、この人は。だから君が恋人に対して、近松の描く女の如くなっているとは、全然想像できない。いつでも彼女の方が落着いていて、彼の方が慌てているだろうと思うんだ。
　それじゃ彼女の方が冷たいのかというと、そうじゃなくって、非常に情熱的《パッショネート》ですよ、今日子ちゃんという人は。パッショネートだけれども、非常に抑えて泰然自若だからね。だから、彼女と恋愛する相手は、相当にさるものだと思うね。彼女の性格に全然負けちゃうような男なら、彼女は嫌になるだろうし……。
（ちょっとした言葉の途切れのあと、今日子さんが言おうとする呼吸《いき》と、三島氏の発言とがぶつかる。三島氏、「失礼」と会釈してつづける）
　岸田先生は、温かさというんじゃなくて、別の意味で、今日子ちゃんを包容していたでしょう。そのお父さんの映像《イメージ》も、男性に対して今日子ちゃんは持っていると思うけれども、そういう包容力ばかりじゃなくて、別のものを男性に求めるでしょうね。
岸田　そうよ、確かに。三島さんは、お母さんのイメージというものが凄く強い？　恋愛をするとき……。
三島　そうでもないよ。そういうことにしておくと万事便利だから、表向きはそういうことになっているけれどもさ（笑声）。人間はいろんな心理があると思うな。僕は引きずられてもみたいし、引きずってもみたいし……。
岸田　逃げてもみたいし……。
三島　追っかけてもみたいし……。
岸田　今、恋愛していても、していないって言う人もいるのね。
三島　耳が痛い。（笑声）
岸田　ずるいなア。カンニングしてる。（笑声）
三島　これは、しかしね、差し障りがあるからね。どこかでこれを読むかも知れないから。
岸田　彼女が……？
三島　うん、読むわけでしょう。
岸田　そうか、じゃ堪忍してあげる。私って、凄くロマンチックだから、恋愛は『ロミオとジュリエット』でなければ嫌なの。だから、相手もそういう風であってほしいと思う。私がそういうことを言えば、仲谷さん（『紙風船』で今日子さんと共演した、許婚の仲谷昇氏）は、自分も同感みたいなことを言うけれども、それは分らないわ。でも私、相手が口でそうだって言えば、満足しちゃうのよ。ほんとにそうかどうか確めようと、そういう風には思わないの。
三島　ああ、そう!?
岸田　でも、分らなくなっちゃう。ほんとうに私がジュリエットだったら、例えばパーティーに来る男の人を、ロミオ以外の人は綺麗だとは思わないだろうけれども、私はやっぱり綺麗だと思って見ちゃうんだもの。私、ジュリエットにはなりきれないのかしら？
三島　今日子ちゃんはやっぱり女の子だな、と思うのは、そういう夢を持っているからなんだ。今の世の中に生きている男の子は、なかなかそんな夢を持っていないよ。仲谷さんは、それはとてもあなたを愛していると思うけれども、自分がロミオで、君がジュリエットだという夢は持っていないだろうね。

『更科日記』を思い出すんだけれども、これは菅原孝標《たかすえ》の娘が、『源氏物語』なんかの小説類に熱中して、物語のように生きようと思うんだが、現実では平凡な地方官へお嫁に行って、結局は仏の恵みを後生の頼みとする、あれね。あの生き方。『ボヴァリー夫人』もそうだけれども、女の人の悲劇は、夢の世界への憧れだね。しかし概して男の子って、そんな面を持たないよ、子供のときから。

われわれ、散文的に生きてゆかなければならない。小説家にとっては小説がそうだけれども、俳優にとっては、芝居が唯一の夢でなければならない、と思うんだ。生活に夢を持っている間は、芝居というものが、切実になってこないんじゃないかという見方もできるね。意地悪な見方をすればね。

芸術と恋

岸田　その生活と芝居ということについてね、私、とっても変だと思うことがあるのよ。

小沢栄さん（俳優座俳優）の奥さんが自殺なさった当時、何かに、「小沢さんが他に女性を求めたのは、刺戟がなければならなかったからだ」ということが書いてあったのよ。もしほんとうにそうだったら、ずいぶん変だと思うわ。不純な関係で刺戟を求めるということは……。

三島　うん、うん、だが僕はね、そういう風に考えないね。僕は、芸術とはとても変なものだと思う。ある場合には、いわゆる人の世の掟も踏みにじるものだと思うんだ。小説でも芝居でもそうなんだ。小説が書けなくなって、そのバカなことをする場合があるものね。

岸田　それで何かになる？

三島　あるいは悪い結果になるかも知れない。しかしとにかく、小説が書けなくなったとき……芝居なら、どうしてもこの役がうまくできない、そういうときに、パッとある女の人が出てくる。これに縋《すが》ったら、何かを摑めるような気がするんだよ。

岸田　その気持は、分ンないことはないんだけど、年がら年中その女の人が傍にいなければ、仕事が出来ないような状態になることもある？

三島　そういう状態になるのは、僕はちょっと甘いと思うな。どっかにからんでいた仕事の焦燥から、ポンとジャンプできたら、あと、きれいに整理すればよかろうと思うんだ。小沢氏のように、ダラダラになって悲劇が起るというのは、仕事とその方と、両方大事にしたからじゃない？　そうでなくて、仕事の方一つを大事にすると、非人間的になるんだ。

岸田　『藤十郎の恋』？

三島　そうなるかも知れないね。あれは極端だけれどもね。

岸田　例えば三島さんの場合、生活がメチャクチャになってしまっても、仕方がないというの？　私生活が、すべて芸術でもって割り切れるというの？

三島　僕は、生活がメチャクチャになるのと、非人間的になるということとは、違うと思うんだ。人間的だからメチャクチャになるんだ。仕事のための犠牲は、全部甘受するさ。

岸田　まア、厭だ。

三島　厭だね。つまり作家は、トーマス・マンが言っているように、均衡のとれた無色透明な生活をもっていなければできないんだもの。でも僕は、自分じゃいつも失敗してますよ。しかし、そういうことができなければ、自分が間違っていると思うんだ。

岸田　（独り言のように）芝居やめようかな私。

三島　自分の私生活を全部諦めたら、俳優は凄いものになると思うな。自分の奥さんの浮気をじっと堪え忍んで、『オセロ』をやれるような男だよ、ほんとうの役者というのは。

岸田　そういう風に考えるのが、夢物語じゃないの？

三島　いや、夢だと思わないな。そういうものだと思うな、僕は。

岸田　『藤十郎の恋』なんか、話としてはきれいだし、面白いけど、やっぱりそういうんじゃないと思う。

三島　ああ、なるほどね。そりゃあ、今日子ちゃんみたいな考えの人もあるんだよ。ロマン・ローランさ。君の考えと、ロマン・ローランの考えが通じるんだ。そういう人間主義的な作家と、非人間的な作家の考えが、ずっと対立してきているんだからね。人間が先か、仕事が先か……だんだん話が難しくなってきたね。

岸田　私たち、まだ俳優じゃない——卵だけど、俳優としての要素が、仲谷さんと私とは、全然違うんです。そういう異質同士の結びつきが、とても魅力なの。そして同時に不安なの。どっちかがよけいに役がついて、実力も名前もどんどんあがっちゃったときに、片っ方は非常に寂しいだろうと思うし、片っ方はただひたすらに喜べないだろうと思うの。

三島　そこのところが一番難しいでしょうね。生活は別として……。僕は思うんだ、世間から見ると、例えば、夫の座と妻の座と入れ替っている夫婦もある。それでも夫婦の間で諒解がついていれば、何も問題にすることがない。僕は美しいと思う。だから、俳優としての素質が違うとか、ゆき方が違うということは、いいことですね。

今日子ちゃん、例えば、劇であなたが仲谷君と『ロミオとジュリエット』をやった場合に、あなたは一番幸福だろうか。

岸田　……

三島　芝居って、そんな簡単なものだろうか。芝居と生活とが、そんなことで、一致するだろうか。

岸田　……

三島　あなたがジュリエットになりたいというのは、全然生活だけの夢？

岸田　そうね。それは、もちろん芝居でだってやりたいわよ。でも芝居は、それがすんじゃえば、終っちゃう夢だから……。

三島　芝居って、儚ないもんだね。

岸田　だから、凄く魅力がある。

驚きからの逃避

三島　今日子ちゃんは、明日から名古屋で『紙風船』の公演だって？

岸田　明日の朝の特急で東京をたちます。

三島　そのあとは？

岸田　公演には十月まで出ないけれど、楽屋当番があるからとても忙しいの。後見《プロンプター》をやったり、お茶汲みしたり、衣裳の手伝いしたり……修業の一つだから。

三島　そこが新劇のいいところだな。僕はね、新劇の楽屋って好きだしね、僕の書く情熱《パッション》が一番起きるのも新劇ですよ。ただ残念なことに、あまり見る気が起きない。というのは、新劇には様式が足りないからなんだ。

岸田　書くことに魅力があるというのは、様式を創り出そうという意図を織りこむことができるからなの？

三島　書くとき、自分の考え《イデー》を、完全に様式化してやってみたい、という野心は持つね。しかし、新劇に自分のものが上演されたのを見て、僕は失望したことはないよ。このくらいだな、と思うんだ。現在の新劇の限界を知っているからさ。

劇には型《スタイル》が、様式が、どうしても必要ですよ。現在の日本の新劇には、それがないんだ。みんな、ゆきつくところは、ロシアのスタイルになってしまう。日本の新劇としてのスタイルが、どこからか出てこなければいけないと僕は思うな。だが、今日子ちゃんが生きている間は、ちょっと無理だと思うな。あと、百年たてばよくなると思う。少くとも、新劇は進んでいることは確かなんだから。

岸田　私ね、映画はわりに見る方なんだけど、歌舞伎はあんまり見ないのよ。映画だったら、ナンか新しいものがあるだろう、と思って見るの。ところが芝居は、ああ、あの人とあの人が出ているんだったら、ああなる、ということが見ない前に分っちゃうの。だから、あまり見る気がしないのね。

三島　それは確かにあるね。しかし、歌舞伎の様式は、出来すぎるまでに出来ちゃってるからね。歌舞伎はなかなか死なないと思うな。絶対死なない。

岸田　観客のことだけれど……新派とか、新国劇とか歌舞伎などにはお客が多いけど、新劇はずっと少いでしょう。あれは、いわゆる大衆演劇には、純粋に笑うことがあったり、泣けることがあったり、きれいな人が出てくるし……つまり、一番直接的な感覚というものが、中心になっているからだと思うのよ。

ところが、新劇は、あまりきれいな人は出てこないし、何か難しいことばかり言ってるという印象で、観客が少いんじゃないかしら。

三島　うん、うん、それも考えられるしね。それから……何て言うかな。大衆に受けるには、大衆を驚かしてはいけないんだよ。生活を脅かしてはいけないんだ。ところが、今の時代たるや、驚かされる要素ばかりなんだけれど、多勢の人はそれに気がつかないで、一日一日生きているのだからね。しかし、ほんとうにわれわれがやりたいことは、半分眠っている大衆を驚かして、起したいということだよ。新劇もそうだよ。多勢の人が、もっと驚きに対して反省し、自覚するようになれば、純文学も新劇も、もっと大衆に受けるんだけれども
ね。

しかし、僕は絶望的じゃない。これからは、もっと大衆に食いこんでゆく。僕、そう思う。

いじめたい一心

岸田　『潮騒』、読みました。大好き、三島さんが、ああいうの、今まで書かなかったのは不思議ね。

三島　七年前から、考えてはいたんですよ。僕は『ヘルマンとドロテア』とか、『ダフニスとクロエ』とかいうようなものが、書きたかったんだけれども、僕の文体が整理がつかなければ、書けないと思った。単純な文体が書けないで、あんなもの書いたら、いやらしくなるだけだからね。

岸田　私は『ダフニスとクロエ』ね、ああいうものが小さいときから一番好きなの。だから、『潮騒』は、三島さんの作品の中で一番好き。

三島　あれは小説じゃないんだ。登場人物が、道徳とか、環境とか、目上の人とか、そういうものに満足して、従っているからさ。こういう人物は、ほんとうは小説にならないんですよ。小説として書いたら、あんなに環境に従順でいさせられるはずがない。しかし僕は、そういう人間にも美しさがあるということを書きたかったんだ。むしろ物語としてね。
　またあれを、あまり純潔だ、純潔だと言われると、困るんだけれども……僕は、いわゆる純潔というものに疑問を持っているからさ。だから、ああいう純潔もあっていいと思うんだ。素裸で肉体をぶっつけ合って、少しも汚れない純潔というものが、あってもいいでしょう。
　佐藤美子《よしこ》さん（歌手）がね、「清らかな小説を書いたから、三島由紀夫が、少し清らかな顔になった」と言うんだよ。「ウソつけ」ってんだ。前から清らかな顔なんだ。（笑声）
　今日子ちゃん、ファン・レター来る？

岸田　新劇だけでは、あまり来ないで、ラジオでのファンが、一日に一通くらいね。平均して……。

三島　僕んとこも平均して一日一通だな。男と女と半々。非常に無邪気なのも来ますよ。この間、面白い手紙が来たの。
「お前さんの小説を、彼女と私と、二人でさんざんけなして気が合っちゃった。そこで恋愛をした。そして二人で心中することにした。しかし、一度だけ三島の面《つら》を見てから死のうということにしたから、都合のいい日を知らしてくれ」だってさ。アハハハハハハ……。（今日子さんも大笑い）

岸田　それで知らしたの？

三島　放っといたさ。

岸田　なあンだ、つまんない。

三島　「新年お目出とう。お前なんか死んじまえ」なんてのがあるよ。

岸田　「あなたって大嫌い」って愛し方かも知れないわ。（笑声）

三島　僕は少年の頃、よくそういう愛し方をされた。僕は中学時代、同級生にずいぶんいじめられた。屋上から僕の鞄を落っことすんだよ。万年筆三本もそれで折っちゃったんだ。食堂へ行くと、僕のお皿へお醤油をドクドク入れちゃって、野菜サラダ食べられないのさ。世の中には、見るからにいじめたくなる人間というのがいるんだね。

岸田　いるのよ。

三島　『ゴンクールの日記』にね、「この男なら、どんなにいじめてもいいという男が存在するのは、いかなるわけか」と書いてあるんだ。僕は、何とか人をいじめたいと思っていたな。年がたっていよいよ番が廻ってきてね、今はいじめたい一心だ、人を見ると……。今日子ちゃん、しっかりやってね。

岸田　ええ、うんといじめてください。

三島　お互いにしっかり勉強しよう。若い者同士だから……。

（両方から手をさしのべて、固い握手）

（『主婦の友』一九五四年九月号）

1960年３月、文学座『サロメ』主演の岸田今日子と
演出の三島由紀夫

中村勘三郎丈と歌舞伎を語る

楽屋嫌いのファン

勘三郎　三島さん、あなた、芝居見ていらっしゃるときの御自分の様子を御存じ？

三島　知りませんね。

勘三郎　（上眼を据えて、ちょっと怖い顔をして見せて）じーっとこうやって見てますね。お囃子《はやし》部屋から見ると、あなたいつも前から三列目の、同じ場所だからすぐわかるんだ。あなたの、あの見ている感じがいいんだな、とても。

三島　弁解しますけれどもね、芝居を見ていて、ときどきスッと筋書を見るでしょう。あれは観客心理ね。飽きたとか何とかいうんでなくて、かなり緊張してるときに、ちょっと見るんだ。

勘三郎　あれは平気。

三島　僕は、舞台のあなたをどんなに好きだったって、楽屋へ行こうとは思わないな。

勘三郎　そうだ、全然来ない、三島さんは。

三島　これは、僕の頑《かたく》なな意見なんだけれども、ほんとうに舞台を愛しているということと、楽屋のその人に関心を持つということとは違うと思うな。われわれの方でも、小説よりも、やたらに小説家本人に興味を持って、会いたがる人があるけれども、舞台の芸術より、楽屋内の俳優に興味を持つというのは、不健全だと思うんですがね。

勘三郎　大阪に、僕のファンで、阪大の学生さんがいるんです。お医者さんの卵らしいんだけれども、アルバイトをしながら、電車賃まで節約して、立見の切符を買う。僕が大阪で二十五日間やれば、二十五日、毎日来るんですって。それで、宣伝部の人が僕の楽屋へ行こうと誘うと、「楽屋で会う必要はない。僕は、勘三郎の舞台だけを見たいんだ」って言うんですって。
三島　純粋だな、絶対のファンだな。僕は、そういう心掛けの芝居好きって、好きですね。
最近、若い人で、歌舞伎に関心を持ち出した人が多いんでしょう。あなたの後援会の集りのときに、僕が見た中にも、十代《ティーンエイジ》より、ちょっと上くらいの若い人たちがたくさんいた。殆《ほと》んど、熱狂的な勘三郎さんファンだ。
勘三郎　そうね。あの若い人たちが、三階で、僕を見る会を作ってね、僕の本名の波野からとって、若波会と名づけて、研究会をやってるんですよ。劇評などを書いたパンフレットを、そう……もう三十冊も出したかな。二月《ふたつき》に一ぺんくらい、僕を囲んでいろいろ論じ合うんだ。
三島さんは、いくつぐらいから歌舞伎ファンにおなりになったの。
三島　十一か十二の頃、祖母さんとお袋につれられて、十五代羽左衛門と六代目菊五郎合同の『忠臣蔵』を見に行ったのが最初ですよ。六代目が、道行きのお軽《かる》をやってから、すぐ六段目の勘平《かんぺい》になったりして……。
勘三郎　そうそう、グルグルと役を変えて見せましたね。
三島　実によくって、その最初っから歌舞伎にとっ憑かれちゃってね。

ぬき衣紋の伝統美

三島　僕はかねがね、勘三郎さんに、若い観客を啓蒙していってもらいたい、と思っているんだけれど。
勘三郎　どういう意味で？
三島　僕はね、二枚目（色事師、柔弱な色男役）の役が、歌舞伎の伝統を持ちつづけ、伝えてゆく上に、一番大事だと思っているんです。
歌舞伎の二枚目は、大そう腑甲斐ない男ね。あれは、歌舞伎が発達した当時の——今から三百年前の頃の武士道の影響ですね。男のくせに女に惚れるような奴は、男の屑。反武士的、つまり反道徳的と考えたんでしょう。ところで、武士、町人を通じての道徳といえば、家、父、男の道徳なんだから、反道徳的な男とは、つまり女性的な男ということになる。その頃の女性的な男、恋愛専門家になりそうな男といえば、容色を売って宴席に侍ったり、男色の対象になったりした「若衆」でしょう。この若衆型の発達したものが、歌舞伎の二枚目だから、着物はぬき衣紋《えもん》にして、きれいで、大人になってもふにゃふにゃしてて、頼りなくて、あっけらかんとしてて、ちょっと突っつくと転ぶようなのね。
勘三郎　上方《かみがた》（京阪地方）では、二枚目のことを「突っころばし」と言う。
三島　そう、二枚目の、あの様子からきてるのね。更に二枚目には、三枚目（道化役）の味もなくちゃいけないんだ。何かしら間の抜けた滑稽さがなくちゃいけない。『稲妻帖《いなずまぞうし》』の名古屋山三《なごやさんざ》なぞ、自分を恋してる女中のお国が、自分を助けるために犠牲になって毒死するという悲痛な事件の中にあって、実につかまえどころのない顔をして、のほほんと構えている。あんまりいい気なもんで、見てておかしくなりますね。

つまり、若衆的性格と、三枚目的雰囲気が、立役《たちやく》（美しく立派な、主要な男性の役）の要素ととけ合ったところに、丸本《まるほん》もの（人形芝居からきた歌舞伎）の、本格的な二枚目ができてるんですよね。

ところで、最近の若い人が、この本格的な二枚目の演技を見て、そのうまさがわかるだろうか。却って悪役の赤《あか》面《つら》の方が男性的でいい、なんて考えないでしょうかね。

勘三郎　「ぬき衣紋は女みたいで嫌だから、キチッと衿元を合せて着てください」と言ってきた若い人がありましたよ。あの、嫌味なほどの腑甲斐なさが、二枚目の身上なんですよ、と話したんだけれども。

三島　そうだ、そう思うな、僕も。あの味がわからなくなったら、歌舞伎の鑑賞はおしまいだと思うんだ。そりゃ、ごくごく少しの面で、時代感覚に副《そ》うように工夫するところがあるとしても、二枚目の本格とするところは、どこまでも正しく伝えていかなくちゃいけないと思いますよ。昔の話を新しい感覚に合うように演ずるのは、新国劇の領域だ。歌舞伎がそんなことしていたら、存在意義がなくなっちまうもの。

勘三郎　同感だな。

三島　勘三郎さん、あなたの二枚目の演技は、正しい、本格の二枚目の演技だと思いますよ。『妹背山《いもせやま》』の久我之《こがの》助《すけ》、『稲妻帖』の名古屋山三、『鈴ヶ森』の権八など、立派なものだな。あなたのあの二枚目の型をくずさないで、ほんとうの歌舞伎の型、歌舞伎の美は、どこにあるかを若い人に啓蒙してもらいたい。正しい型を伝えてもらいたい。僕、そう希《ねが》いますよ、ほんとうに。（情熱をこめた口調）

勘三郎　有り難う。僕、若い人好きだから、一緒に勉強してゆきますよ。古い言いぐさだけど役者に年はござんせん、私も若いんだから、まだまだこれからが勉強です。

くどきと思い入れ

三島　去年の文士劇でね、『弁天小僧』をやったでしょう。

勘三郎　ええ、川口松太郎さんが弁天小僧でね。

三島　あのとき僕は、呉服屋浜松屋の第三番目の番頭をやったんですよ。文《ぶん》金高島田《きんたかしまだ》の美しい娘に化けて、浜松屋に来た弁天小僧菊之助が、金をゆする男と見破られ、（声色で）「知らざあ言って聞かせやしょう。浜の真砂と五右衛門が、歌に残せし盗人《ぬすっと》の、種はつきねえ七里ヶ浜、その白浪の夜働き……名せえゆかりの、弁天小僧菊之助たア、俺がことだ」。あそこであぐらをかいて、片肌ぬぐでしょう。

こう正体を現されても、一番番頭、二番番頭、三番番頭は、すぐに驚いちゃいけないのね。

勘三郎　そうそう。第一の番頭の「かたりであったか」というせりふのところまで、いずれも知らん顔をしてなければならないんだ。第一の番頭がそのせりふを言って、初めて二番、三番番頭が、「ヤア、ヤア」と驚くわけですよ。

三島　ね、僕はちゃんとそのことを知ってるから、せっかく知らん顔して黙ってるのに、一番番頭が間髪をいれず、「困ったことになったなア」なんて言うんだ（笑声）。すると二番目も、「困ったなア」（笑声）。そんな中だから、僕だけ知らん顔していたら、僕だけ下手に見えますよね。下手に見られるのは嫌だから……。

勘三郎　何かしたの？

三島　「ふーん」と、思い入れをしたですよ。

勘三郎　こいつぁ面白いや。（大笑い）

三島　それにつけても思うんだけど、歌舞伎というものは、新劇や新派よりずっと映画的ね。つまり、観客に対して、あなたは、今ここの芝居を見ていてくだされればいいのだ、と、はっきり知らしていますよ。花道で演技があるときは、本舞台はピタッと静まって動かない。観客は安心して花道の方を見ていればいい。ワキ役の役者は、さっきの番頭たちのように、眼の前でどんな大事件が起ろうとも、せりふがあるまでは知らん顔をしていて動かない。観客は、安心して主役の演技へ眼を向けていればいい。賢明な処理だと思うな。新劇となると、始終、舞台全体の動きに気を配っていないと、片隅の方で、どんな重大な芝居がやられているかわからないでしょう。

　つまり、映画的にいつも一こま一こまに分れて演技されてて、それが全体として流れてゆくのが歌舞伎のゆき方ね。

勘三郎　なるほど。

三島　そしてその流れを、あるところで停滞させ、心理的な強調をして——心理的な結び目、結び目をつけて、観客に劇の流れをキャッチさせている。

中村勘三郎（十七代目）

そしてその結び目に、大へんな技巧を使っている。それがみえであり、くどきであり、思い入れなんですよね。
勘三郎　そして立廻りね。
三島　そうなんだ。僕は、歌舞伎のみえは、映画の大写しと考えればいいと思う。その大写しの型が、團十郎なり、菊五郎なり、それぞれの名優の型として、伝承されているわけね。菊五郎のみえは、ピタッと一瞬間見せて消えてしまう。吉右衛門は、デッサンを固めてゆく方《ほう》だったですね。
勘三郎　思い入れとなると、特に型として伝えられていないから、大そう難しいし、苦心のしどころというわけね。
三島　そうなんだ。大体思い入れというのは、自分の心の中を相手に知られては困る、しかし観客には知らせる必要があるというときに、その心理を表現するためによく使う手ですね。
『伊勢音頭』の、お紺の思い入れなど、典型的なものだと思うな。勘三郎さんの前だけど、解説しますか。（笑声）
お紺という女郎が、愛人の福岡貢《ふくおかみつぎ》のために、刀の折紙《おりかみ》（刀の銘の証明書）を何とかして手に入れたいのだけれど、その折紙は、自分のところへ通ってくる嫌な嫌な男の手にある。そこでお紺は、その嫌な男の前で、心ならずも貢に愛想づかしを言ってみせる。男は、貢への愛想づかしにだまされて、折紙をお紺に渡すでしょう。お紺は折紙を胸に抱いて、団扇で顔をかくし、貢がしおしおと去って行った後を見送り、深い思い入れをする。この思い入れによって、観客にも、ああお紺は、心にもない愛想づかしをしたんだな、ということがわかって安心する。
シェークスピア劇で、非常によく使われる手に、「傍白《ぼうはく》」というのがありますね。お客の方を向いて、せりふを言うんです。例えば、「なんてこいつは腹黒い奴だろう」と、お客の方へ言う。その腹黒い相手には、ちゃんと聞えているんだけれども、聞えない約束になっているのね。東西同じ、古典劇の手法ですね。
くどきは、恋愛の舞踊的表現でしょう。日本人は、殊に昔の人は、恋愛を口でもって綿々と言うことがないから、それを型で表現したわけですよね。もちろん、くどきには、『熊谷陣屋《くまがいじんや》』の相模のくどき、『太功記』十段目の操《みさお》のくどき、『先代萩』の政岡の、「三千世界に子を持った、親の心はみな一つ……」のくどきなどのように、悲しみ、憤りもある。つまり、激情の舞踊化が、くどきですね。
勘三郎　立廻りも舞踊の一種。
三島　そうですよ。音楽《ミュージカル》映画で、恋人同士が語り合ってるうちに、感情が高潮してくると、歌い出すでしょう。あれが歌舞伎の、恋愛のくどきね。オペラで言えば、アリアに当りますね。立廻りは、オペラの中のバレエに当りますね。
勘三郎　若い人にもピンとくる解説だな。

六代目と播磨屋

三島　僕は、勘三郎さんを好きですよ。

その勘三郎で、何より買う点は、せりふ廻しのよさ、めりはりのよさですよ。漢字で、「活殺」と書いて、歌舞伎ではめりはりと読ませる、言い得て妙、面白いね。

勘三郎　せりふを、生かすも殺すも、めりはり一つ。

三島　そうね。めりはりというのは、せりふにリズムとアクセントをつけることでしょう。このリズムとアクセントにも、それぞれのせりふについて、伝統的なものがあるけれども、伝統的なものを、その通りにやったんじゃ、声色になってしまう。その伝統的なものの中に、それぞれの役者の味を出すのが、難しいのですね。

勘三郎　そうそう、そこが役者の苦心のしどころなんだけれども。

三島　そう、苦心しなければいけないと思う。

吉右衛門のめりはりには、僕はいつも詩を感じたな。吉右衛門は、たとえ体は衰えても、せりふで客を呼べる役者だと思っていたのに、急に亡くなられた。古典歌舞伎の芸脈に、また一つ、大きな空洞ができた寂しさを感じますね。

勘三郎　全く突然に亡くなってしまって……。

三島　吉右衛門の最後の舞台となった『熊谷陣屋』で、あなたは弥陀六《みだろく》でしたね。洒脱な味を適度の品格の中に生かして、実にいい弥陀六だった。「弥兵衛さんはどこにか……そんなお人はいてじゃござりませぬ」という、あのあたりの難しいところも、よくやっていましたね。

勘三郎　あそこは、兄（吉右衛門）が、特にやかましく言ってくれたとこなんですよ。うちの兄は、人前では決して褒めたりなんかしない人だった。それが、僕と二人だけになると、何でも言ってくれましたよ。あの『熊谷陣屋』の初日のあとで、僕の楽屋へ、兄がやってきて、あたりを見廻してね。誰もいなかったものだから、「弥陀六、よくできたよ」といかにも嬉しそうに言って、ふところから財布を出して、お小遣をくれましたよ。御褒美なんだ。子供みたいな気がしてたんだな、僕が……。（勘三郎丈、思い出つきぬ面持でつづける）

兄が当り役とした、その中でも当り役の、直実《なおざね》が最後だったのですから、僕としては、「兄さん、立派な御最期でした」と言いたい気持で一ぱいです。兄は、あの舞台では、足は不自由になっていたけれども、せりふは、実に一段といい調子だった。敦盛《あつもり》の身代りにわが子、小次郎を討った直実が、世の無常を夢と悟って、戦場にあるまま剃髪出家する。そして、陣太鼓のとどろきを後に聞きながら戦場を去って行く。その最後のせりふが、

「今ははや、何思うことなかりけん。弥陀のみ国へ行く身なりせば。十六年は一《ひ》と昔……夢だ……夢だ」

というせりふ。そしてそのせりふが、役者としての兄の最後のせりふになったのです。戦場を捨てた直実と同じように、役者の戦場である舞台を、兄もまた去ってしまった。そして、「弥陀

のみ国へ行く身なりせば」という、実に感慨無量です。

亡くなる日の少し前に、兄が大好きだったそばを持って、病床を見舞ったんですよ。そのとき兄は僕の手をとって、「もう俺は、これでお前には会えないよ。さようなら」と言ってね。どうも兄の顔色の様子が、いつもの病気のときとは違うな、とそのとき思ったんです。「嫌ですよ、兄さん、そんなこと言って……」と元気をつけたのでしたが……肉親の予感、とでもいうのでしょうかね。

三島　六代目〔菊五郎〕と播磨屋〔吉右衛門〕と、あなたは二人の大きな師匠を亡くしてしまわれた。しかし、その芸の伝承が大きく生きて、あなた方中堅が、名優と呼ばれる日を期待しますよ。

勘三郎　吉右衛門劇団はこれからもずっと、吉右衛門が生きているつもりでやってゆきます。

めりはりのことから、つい兄のことを思い出しちゃって……。

三島　胸を打たれるお話です。

六代目菊五郎のめりはりが、また実に凝ったものでしたね。僕が今でも忘れられないのは、『赤垣源蔵』のせりふですよ。飲んだくれの源蔵が、兄の塩山伊左衛門の家へ行って、徳利の別れをして帰ってみると、下駄にお灸がすえてある。さすがにむっとして言うせりふ……僕がやると声色になるけど、ちょっとやってみようかな。（三島氏、荘重な改まった声音で、ゆっくりと）「これも誰《たれ》ゆえ……（ちょっと間をおく。緊張をときほぐすように、すらりと軽い調子に変り）酒ゆえだなア」……というわけね。

勘三郎　似てる、似てる。（笑声）

三島　典型的な「時代世話」のせりふまわし、前の半分は、実に鮮かな時代もののめりはり、後半分は、軽く冗談にまぎらす世話のめりはり、実にうまかったなア。武家の世界を扱った時代ものでも、町人の生活を描いた世話ものでも、六代目のめりはりは実に正しかった。直侍《なおざむらい》のせりふなぞも、未だに私の頭の中にしみついて忘れられない。

東京の人は、ヒをシと言うけれども、六代目には絶対にそういうことがなかったのね。

勘三郎　親父さん（六代目）のめりはりの仕込みは、一語もゆるがせにしなかった。実にやかましかった。

三島　外国でも、吉右衛門とか、菊五郎のような立場のある人は、実にせりふがうまいんですよ。シェークスピア役者として一流中の一流、ジョン・ギールグッドの舞台を、僕ロンドンで見たけれども、そのせりふのきれいなこと、めりはりのうまいこと、そりゃもう大へんなものですよ。

頰に光る涙

三島　勘三郎さん、アレですね、舞台で一人の役者がしどころをまちがえると、周囲《まわり》の役者がぜんぜん困っちゃいますね。

勘三郎　それはもう、大へんだ。

三島　文士劇で、『鈴ヶ森』をやったときに、僕は雲助で、小林秀雄氏と一緒に花道に出たんですよ。揚幕《あげまく》の中で、小林さんが、怖い顔して、「三島、本舞台へ出たら、お前右へ行けよ。俺が左へ行くから」と言ったんだ。本舞台へ出て、僕が約束通り右へ行ったら、小林さんも右へ来ちゃった。（大笑い）

勘三郎　そいつぁ困ったろう。

1959年、文士劇で弁天小僧を演じる三島由紀夫（撮影・樋口進）

三島　「あっち、あっち」と小声で言っても、間に合わないんだ。（笑声）

勘三郎　舞台で、相手役がしどころのいいようにするっていうことは、これは大事なことなんだな。

三島　先代の梅幸《ばいこう》ね、あの人は、例えば、『大蔵卿』の奥殿の「きりりんない、きりりんない」で、常盤御前《ときわごぜん》をやった場合に、舞台の上手からちょっと中央へ寄ってくれるんで、相手役の大蔵卿が、みえの型をとりよかった、というんですね。あなたが二枚目をやる場合の、相手の歌右衛門さんね、あの人は、女形《おやま》として、そういう気の使い方をする人ですか。それともしない方《ほう》かな。それは、その人の主義で、善悪じゃないと思うんだけれども。

勘三郎　六代目が、いつも僕たちに言ってたんですよ。「若いときは、何としても、女形の修業をやらなくっちゃいけねえよ。女形をやっとくと、細かい気働きができるようになるんだ。また、自分が立役なり二枚目なりで、女形を相手にする場合、女形の気持がわかるから、お互いにやりいいんだ。女形をやれ、やれ」と言ってね。幸四郎君にしても、段四郎君にしても、みんな一応、女形をやってますからね。親父さん、やはりいいことを言ったと思いますね。

歌右衛門さんの場合は、女形ばかりでしょう、ねっからの女形だから、三島さんの言うように、特に相手のしどころを考えなくても、自然にそこへゆくんじゃないかと思うな。隙のない人ですよ、歌右衛門さんは。実に隙がない。

三島　なるほどね。僕は、女形というものの宿命を、歌右衛門ほど、あんなに見事に自覚している人は、いないと思う。自分の宿命を知るとは、自分の限界を知ることね。歌右衛門は、自分の限界の中で、最大限に、自分を発揮している。とても利口な人ですね。

甚だしい例は、大谷友右衛門だけれども、宿命を自覚しない女形には、僕は感心できないな。友右衛門は、門閥がないとかいう可哀そうな面もあるだろうけれども、しかし、要は心構え――つまり、徹するということだ、と思いますよ。

女形の芸というものは、世界の中の島である日本の中の、歌舞伎という小世界の中の、そのまた女形という小さい世界でしょう。その中に徹しきるということは、なかなかできるものではないと思う。歌右衛門はそれをやっているし、そういう強さが、舞台からビンビンひびいてきますね。

あんなになよなよしていながら、どっしりした役者よりも、もっと精力的《エネルギッシュ》なものを、歌右衛門は感じさせる。それは、女性では表現することのできない限界の女性美、結局は男性的なものですよ。女の情熱《パッション》の表現とは違うんだ。男というものを、最後のギリギリまで押えつけて、その男の力だけが芸になって出て、真の女性美以上の女性美を表現する。女形の真髄ともいえますね。

あなたと歌右衛門との舞台は、呼吸《いき》がぴったり合ってますね。こないだの『朝顔日記』でも、歌右衛門の朝顔、実に実によかったが、あなたの宮城阿《みやぎあ》曽次郎《そじろう》もよくやってるんで感心したんですよ。やりにくい役をね。

勘三郎　歌右衛門さんは、相手役としてとてもやりいい人ですね。こういうことがあったんですよ。あの人は、舞台で泣く人じゃないんですよ。それがね、『一本刀土俵入』で、僕の駒形茂兵衛が、歌右衛門さんのお蔦が、二階から放り投げてくれた巾着と櫛《くし》、かんざしを貰って、大事に風呂敷に包んでいるときに、お蔦が上から、「しっかりおやりよ」と言うでしょう。そこで、僕がひょっと見上げたら、歌右衛門さんの頬に、涙が光っている。オヤッ、と思ったら、歌右衛門さん顔をそらした。こっちは感情家だし、本気にこみ上げてきちゃった。それであの場では、毎晩上と下で、泣いて喜んでいる。そういう風に、呼吸の合うところがありますね。『隅田川』にしても、『滝口時頼』にしても、歌右衛門さんとは、ぴったり呼吸が合うんですよ。

三島　呼吸の合ってるの、わかりますよ。大阪の中村扇雀ね、若い女形として、好きだけれども、歌右衛門のところまでゆくのには、まだ将来がありますね。しかし、若い女形は歌舞伎の花だ、勉強をつんだ、きれいな若い女形が出るのは嬉しいですよ。

勘三郎　僕も、上方の芸風は好きですね。

迫害に耐えて

三島　ところで、勘三郎さんの結婚ロマンスを、ぜひ聞いてきてくれって、若い人から頼まれたんだけど。

勘三郎　ロマンスなんて、トンでもない。見合結婚ですよ。

三島　役者と、役者の娘さんとが、見合結婚？

勘三郎　と、お思いでしょう。ところが私が、その当時、芝の小父《おじ》さん（菊五郎丈のこと）のところへ習いに行っても、彼女は女学校へ行ってて留守、夜は寝ちゃうでしょう。お互いに知らない。それで、こういう話があるけど、どうだいと言われてね、僕の好きな小父さんの娘だし、一ぺん会わしてくれ、というので見合ということになりました。見合がね、たまらなかった。まあ、よしましょう。（笑声）

三島　どうぞどうぞ。

勘三郎　僕、白粉《おしろい》焼けで顔がブチになってて汚いから、直そうとして太陽灯をかけたら、かけ過ぎたのね。真黒になっちゃった。仕方がないから、それで会いましたよ（笑声）。彼女はね、「スキー焼けですか」って言いましたよ。「いいえ」ってね。まさか、あなたに会うため太陽灯をかけ過ぎまして、じゃ一生頭が上らない。

そこで僕も言いました。あの当時、彼女は太っていて、あまり逞しいから、「あなたは円盤投でもおやりですか」と言ってやった。（笑声）

三島　お互いにめりはりをきかしたのね（大笑い）。それで、すぐ結婚？

勘三郎　いや、結納を取り交してから、ああでもない、こうでもないで、四年たっちゃったんだ。というのは、つまり、僕には、敵があったんですね。酒癖が悪いとか、夜更しでいけないとか、「娘をやったら、トンでもないことになるよ。よしたまえ」とか、あらゆる変なことを、親父さんの耳へふきこむ人たちがあった。ところが親父さんだけは、どっしり構えて、そういう中傷には一向に耳をかさない。

三島　六代目らしいですね。

勘三郎　親父さんが、「聖司（勘三郎の本名）、お前もほんとうに敵が多い奴だな。お前を褒める者は殆んどねえぞ。たった二人だけ、褒める奴がいたけど」って、しんみり言ってましたがね、その二人は未だにわかりませんよ。

親父さんが頑張ってくれたんで、こうなったんですがね。結婚式は帝国ホテルでやったけれども、悪口言ってた人が、「盃《さかずき》のときに、きっとブーッと空襲警報だよ」なんて言ってね。昭和十九年の、十二月二十八日でしたからね。こっちは、鳴るもんか、と祈っていたら、盃のときはもちろん、式が終るまで、鳴らなかったね。嬉しかったね。

三島　その迫害が、ある意味で、あなたを大きく育てているともいえるんじゃないかな。

勘三郎　自分で言うのもおかしいけど、人間、叩かれなきゃ駄目ね。いい気になってると……。

（『主婦の友』一九五四年十一月号）

高峰秀子さんと
映画・結婚を語る

〝鬼神〟は泣かず

三島　御熱演を、いま拝見してきましたよ。

高峰　そう。

三島　なにしろ家に来る人がみんな……鬼瓦みたいな顔の人まで、『二十四の瞳』では泣いた泣いたって言うでしょう。大達《おおだち》〔茂雄〕文相が涙を流したっていうし……反感もっちゃって、僕見なかったんだ、今日まで。

高峰　それはいけないね。（笑声）

三島　さっきも、僕の左の席の若い紳士がハンカチのお代りをして泣いていた。前の年輩の紳士も泣いてたし、鬼神も泣かせる映画だね。

高峰　それで、鬼神は泣いたの？（笑声）

三島　鬼神は泣かなかった（笑声）。僕、映画や芝居見て、泣いたことってないもの。シモンズという英国の評論家の小説論の一節だが、「人間を泣かすということと、わいせつ感を起させることとは、芸術で一番簡単なことだ」と言ってるんですよ。僕もそう思う。泣かせることだって、そう簡単にはできないけれど、殊に日本人は、ともかく泣かせられないと感動しないからね。

僕だって、魂がないわけじゃないから、感動はするんだよ。最近、スタンダールの『パルムの僧院』を読み返してみて、ちっとも感傷的なところはないけれど、実に人間の真実をよくつかんでいる点に、改めて感動しちゃった。やっぱり大作家だと思ったね、人間をえぐってるもの。

『二十四の瞳』の終りの方で、四十近くなった君が、岬の墓地へ行く道を、一人で歩いて行くところを、後ろからロング（遠い距離からの撮影法。ロング・ショット）で撮っていたね。あそこは感動的だね。後ろ姿に、見事に年齢と孤独感が出ている。

高峰　ありがと。

三島　それから最後のところで、盲目の磯吉に写真を撫でさせる。あの処理には感心したな。

高峰　今度のでは、全国の先生方から、ずいぶんお手紙を貰ったわ。

　そして、私は私なりに、先生方の働きについて考えさせられもしたし、その人たちの姿が、ほんとに描けたかどうか、俳優としての自分を反省もしたわ。

真実と演技

三島　僕は妹を亡くしてるから、妹に似た顔の子供が出てくると、ちょっと、じーんときたね。

高峰　そう、妹さんおいくつで？

三島　十五で亡くなったんですよ。あ あいう映画見てると、高峰さん自身が胸を熱くして演技してるように見えるけど、映画って、そういうものじゃないでしょう。

高峰　そうなのよ。あのね、コトエという女の子が、肺病で寝ているところへ、大石先生が見舞に行くと、コトエが泣いてかき口説くんだけど、せりふがわからなかったでしょう。

三島　そう、全然わからなかった。

高峰　あれは、ほんとうに泣いちゃったからです。映画の場合、ほんとうに泣いてしまったんじゃいけないの。どんなに気持をこめてやっても、その実は、わからせようわからせようと一生懸命なの。だから私たちは、どんな場合にも、役に溺れこんじゃうということはないのよ。

三島　うん、わかる。ね、君、冷たい芸術だね、映画って。芝居は、場面がつづいてゆくからいいけれども、映画となると一場面《カット》ずつ、細かく切れてる。

高峰　一場面、一番長くて四分くらいだな。

三島　しかも俳優は、ずーっと流れてる感情を出さなくちゃならない。

高峰　撮る順序も、お天道様の御機嫌次第だから、物語《ストーリー》の真中や終りから始めたりね。

三島　『二十四』ではどんな順で撮ったの？

高峰　四十近くなった大石先生が、柿の木から落ちて死んだ八津《やつ》の墓場で、慟哭する場面があるでしょう。あそこよ。

三島　へえ、あの老《ふ》けがしょっぱなだったの。

高峰　そう。だから、最初ロケを見に来た人たちが、「高峰秀子って、えらいお婆ちゃんやな」と言ってさ。（笑声）

三島　人間業じゃないね。僕なんか、とても映画俳優にはなれないよ。（笑声）

高峰　アップなんかでも、相手はいないけど、いるような顔をしてやらなくちゃね。

三島　アップは、眼で、勝負がついちゃうね。

高峰　眼は大事ね。恋するときばかりじゃない。（笑声）

三島　例の『ローマの休日』でね、王女になるヘップバーンは、感情が十あれば十通りに、眼を変えてやっている。反対に、新聞記者になるペックの方はひどいよ。十のうち八まで無意味な眼なんだ。グレゴリー・ペックというのは、なんて大根だろう。あの役者は好き？

高峰　好きでも嫌いでもないナ。

三島　モンゴメリー・クリフトとウィリアム・ホールデンね。ちょっと目にはクリフトの方がうまそうだけれど、よく見るとホールデンの方が、個性は稀薄だが芸はうまいよ。『麗しのサブリナ』は、僕の好きな映画なんだけど、あそこでもホールデンはうまいね。自分の責任ある仕事を持たず、女を追いかけて遊んでる男の動作を見事仕分けてるね。

　君はどっちだろう……ウィリアム・ホールデンの型だろうと思うな。

高峰　そうだと思う。私には個性がないもの。

三島　君は、妖婦《ヴァンプ》にしか向かないというような顔はしてないもの。

高峰　既製品だな。（笑声）

三島　個性が強すぎていけず、弱すぎていけず……強すぎる人は脇役に廻るより仕様がない、ということになる。

高峰　私、女優ではイングリッド・バーグマンが好き。好きというより、尊敬だけどね。バーグマンは、どっちかというと、モンゴメリー・クリフトの方でしょう。柄にない役はできないでしょう。だけど、堂々としてる。立派だナ。

三島　僕は、ヘップバーン好きだな。

役を生きる

三島　さっきの一場面《カット》ずつ撮る話だけど、感情をつなげるためには、俳優自身が脚本《シナリオ》を読みこなしておくことが大切だね。

高峰　そう。よく読みこなして、自分の頭の中に、きっちり入れちゃう。そして、自分の役がわかったかわからないか、自分の役を生きることができているかどうか。そこが勝負のしどころね。

　もちろん撮影が始まれば、本番の前に、監督さんが演技をつけて、試み《テスト》を繰返すわよ。だけど、その場になってから、いくら監督さんの言う通りにやっても、前もって自分で役を生きてなきゃ、人形になっちゃって駄目なのよ。ですからね、俳優としちゃ、撮影が始まっちゃえば、じたばた騒いだって間に合わない。もうやけくそだからね。（笑声）

三島　君の最初の映画出演は、四つのときね。

高峰　そう、蒲田時代の『母』というのにね。

三島　演技の上で、何か武者修行みたいなことやったの？

高峰　ううん、あまり勉強も努力もしなかったわ。初め映画に出されるの厭でね、大人なんて大嫌い、大人には絶対なりたくないと、子供心に思ってたのよ。だけどそのうちにだんだん、これが自分の仕事だ、と思うようになっちゃった。そして、子役から大人の役に移る、一番むずかしい時期には、『馬』とか、『綴方教室』なんかに出られたんだから、私は運がよくてきたのよ。結局、私なんか馴れでしょう。見様見真似で……（自分の言葉に、ホン、と笑い出して）ずいぶんまた、投げちゃったね。（笑声）

だけど、それほんとうよ。二十歳くらいまでは、何が何だかわからない、無我夢中でできちゃった。この二、三年よ、本気で、一作一作に魂をこめてやるようになったのはね。

三島　高峰さんがフランスへ行ってきたのは、確かにプラスなんだよ。飛躍の踏み台になっているね。

高峰　自然に何かを感じとってきたかもしれないね。

高峰秀子

隙だらけの構え

三島　俳優座の青山杉作さんの演出を見たけどね。抱擁して、キッスするとこなんだ。青山さん、パイプをこんな風に持っていて、「ほら、キッス、一、二の三、エッチャッチャノチャ」とやるんだ（うまい身振りを示される。笑声）。そりゃ見事なもんだよ。青山さんの体が、一回転して、俳優がその通りやって、ちゃんとできちゃう。青山さんは、「俺は乞食袋を一ぱい背負《しょ》ってるから」と自分でも言ってるよ。ロシアの十字のきり方も知ってるし、十三世紀の決闘のやり方も知ってるんだから。

高峰　三島さんは、キッスの演出できる？

三島　できない。実際にやったことないもの。
高峰　お気の毒ね（笑声）。私の家へいらっしゃいよ。乞食袋が一ぱいあるから。（笑声）
三島　演出家でも、さっきのキッスのように、型から入る場合と、心持から入る場合とあるよね。例えば演出家が、俳優に夫婦の情愛を出させようとして、心持から入ってゆくけれども、十遍繰返してもうまくゆかない。そこで、筋書にはないけれども、「ちょっとその釘から、洋服を取る仕草をしてごらん」と言って、その通りやったところで、俳優が、ふっと何かをつかんで、心持が出る場合もあるんだよね。その反対の場合も。

木下〔恵介〕さんは、どういう演出？『二十四の瞳』を例に取ってさ。
高峰　人物のその場面の心理から説明して、演技させる。それが実に実に熱心なのよ。五つや六つの十二人の侍にだって、子供だからってあっち向け、こっち向けと、人形のようには一度だって使わない。「先生が別れてゆくという んだけど、そんなとき君はどんな顔するだろうかな」。そこで子供は、一生懸命考えてるのね。
三島　木下さんは、君にもそういう風に演技をつけたの。
高峰　ううん、私には全然。「秀ちゃん、今度は秀ちゃんをカタキだと思って睨みつけてやるからね。欺されないよ。いつもは、見とれてるうちにすんじゃうけどさ」なんて言ってね。こんなこと言われちゃ、秀ちゃんなるもの根がバカだから、むやみと嬉しくて空恐ろしくて、自分で一生懸命考えてやったよ。監督と俳優と、お互いの信頼というのかな。生意気みたいだな（ウフン、と首をすくめて笑う）。『カルメン故郷へ帰る』のときも、木下先生だったけど、やっぱりそんな風よ。
三島　だけどうまいよね、君。前半の分教場の場面と、本校へ移ってからの後半とでは、君としてはどっちがやりよかったの。
高峰　後半の方が、俳優としての自分から言えば、ずっと好きね。芝居があるから。
三島　うん、うん、なるほど。
高峰　初めの方は、とてもむずかしかった。子供の自然さとは競争できないもの。大体、子供とか、犬とか馬とか、天真らんまんが出てくると、大人の俳優は駄目なのよね。
三島　下手すると、さらわれちゃうね。
高峰　そう。子供の顔を、じーっと撮《うつ》してる方が、下手な大人の芝居より、よっぽど見てられますからね。しかも今度は、その天真らんまんが、十二人という束になってるでしょう。その中で私が芝居をしたら、一人だけ浮き上っちゃう。だから、子供たちと勝負をしようなんて考えて、じたばたするのは、どだい間違ってるよ。それこそ素手で、裸で、こっちが子供の自然さに近づくよりしようがないのよ。

よく、あの役者は地でやってる、というけれども、地が出たら、大したものだと思うの。地が出せるようになって、「どこからでも撮りやがれ」という隙だらけの構えができたら、一流じゃないかしらと思うの、私。
三島　そりゃ確かにそうだ。

撮り直しの日本記録

高峰　『潮騒』ね、あれが映画になるときに、三島さん何かの点で関係《タッチ》した？
三島　原作者としての注文は相当出したけど、根本的にどうこうということは言わないね。僕には、映画の脚本《シナリオ》の読み方がわからないんだ。脚本家《シナリオ・ライター》の才能、素質と、小説家の素質とは全然別、劇作家の素質も全然違うからね。だから僕は原作までで、その先は、映画会社の方針もあるし、てんやわんやで僕なんかにゃ全然わからないな。
高峰　天真らんまんと言えば、こんなことがあったわよ。二里の道を歩いて、大石先生を見舞に行くとこがあったでしょ。あのシーン撮るのに、十二人の侍が申し合せたように交る交るN・Gを出してね。とうとう一日がかりで、七十九回目にやっとOKが出たのよ。七十八回のN・Gってのは、おそらく日本映画界の新記録だって（笑声）。われわれ大人は、N・G出す度に、監督さんの顔色うかがって冷汗かくけど、羨ましいよね、天真らんまんは。（笑声）

結婚ってよくわかんない

三島　話は変るけど、僕の伯父がね、九月号の『主婦の友』の、「三島由紀夫、岸田今日子さんと恋愛を語る」というのを見て、これは岸田今日子とうちの甥が恋愛をしてるのかと思って、あわてて読んだというんだね（笑声）。そしたら恋愛について語るということなんで、やっと安心したんだって（笑声）。
　高峰秀子、三島由紀夫結婚対談、ということになると、これまた、心配するよ（笑声）。でも高峰さんって、とてもニヒリスト（虚無主義者）でね、面白くなりっこないんだよ。
高峰　（開き直って）ちょっと、その論聞こう。
三島　とってもニヒリストなんだ。男がみんな馬鹿に見えちゃうんだ。
高峰　どうして、そういうこときめるの。本人がいるんだから、本人に聞いてよ。じゃあんたは、どうして結婚しないのよ。（笑声）
三島　必要がないもの。君、用もないのに、渋谷から築地まで電車に乗るバカがいる？
高峰　困っちゃうね、こういう皮肉屋は……箸にも棒にもかかりゃしない。
三島　じゃ君は、嫉妬という感情を知ってる？
高峰　ああ、大へんなやきもちやきよ。私、硫酸ぐらいぶっかけるわよ。恋愛もするけど、やきもちなんてことの中に巻きこまれる自分を考えると、哀れで、腹立たしくて、厭ンなっちゃう。面倒くさい、そんなことよしちまえ、のんきに働いた方がいいと思っちゃう。だから私って、結婚できないのよ。
　ね、三島さんや！　男の人って、女の人を隅から隅までわかって、自分のいものになりましたと、ほくそ笑みたいんでしょう。

三島　そうでなきゃ、御亭主は満足しないらしいね。

高峰　ところが私は、そうならないの。ナンか変なところがあるのよ。

　だから結婚して、もし亭主から嫌われるとすれば、そういうところで嫌われると思うのよ。それは私の、永い間の仕事と生活が習慣づけたものなんだ。自分でちゃんとわかってる。裸になれないのよ。虚勢は張ってないけどね。私、虚栄心はあまりないの。背伸びして、人よりよく見られようなんてことはないの。知れてるものね。

三島　自尊心は強いんだ。高峰さんが愛嬌ふりまいてるところって、見たことがないね。

高峰　それが取得《とりえ》だと思ってんの、私。もう褒めるとこない？（笑声）

三島　君、いつか、縁談があったとか、どうとか言ってたね。

高峰　ええ、ありましたよ。全くもの好きだと思うわ。どういう気なんだろう、ちょっと見合してひやかしてみたいと思ったわ。（笑声）

三島　見合したの。

高峰　しないわよ。（いたずらっぽく眼をくるりとさせて）三島さん、御縁談は？

三島　一度だけあったね。だけど僕は、人格尊重主義者《ヒューマニスト》だから、見合してみるということができないんだ。

高峰　私、わかンないナ、結婚というのは。（ちょっと考えてしんみりと）寂しいから結婚するのかしら？　これ、聞いてんのよ。

三島　僕は寂しいなんて感じを持ったことがない。好きで独身をつづけてますよ、僕は。

高峰　それは男だからよ。女は、やっぱり寂しいよ。仕事があるときは、くたびれて帰ってきて、すぐ寝ちゃうでしょう。これで亭主がもしいたら、足手まといでどうなるかしら、と思うわよ、そんなとき。だけど仕事がなくて、ぽかんとしてるときは、「はてな」と思うわよ。恋人持てば、周囲《まわり》がうるさいし……うるさいことなんかかまわないと、押し切らせるほど凄い魅力のある人もないのね。

三島　だから君はニヒリストなんだ。そんな魅力ある奴なんているもんですか、世の中に。

高峰　それほどの魅力はないけど、まあ一生苦労してみたいと思う程度なら、結婚するのでしょうかね。お年寄でも若くてもさ。そういうことじゃないのかな、結婚って。（投げ出すように）よくわかンないや、三島先生に聞こうよ、先生に……。（笑声）

恋と仕事と

三島　じゃ君は、外国の映画男優で誰が好き？

高峰　ジェームス・スチュアートが好き。

三島　男の魅力もない、あんな何もないのを？

高峰　男らしいとか、へったくれとかいうよりも、人のよいということ……

善意というものには、私、両手をあげちゃうね。
　私、四つの年から人に物を買って貰ったことないよ、親からもね。みんな自分で稼いだ。だから、今さら亭主に頼っちゃおうという気持はないわよ。誠実な人で、人間としてピカッとしたものを持っていればいいと思うね。

三島　僕は、ちょっと悪い奴が好きだな。そうでないと、退屈しちゃうよ。

高峰　でも、くたびれるわ。三島さんは、どんな人を選ぶの？　奥さんに。

三島　僕なんか、姉さん女房で、何でも世話をやいてくれないと困る。年が必ずしも上でなくても、性格的にね。やたら裾にからみつくんじゃ困る。今夜は高峰さんと会ってるから、どうも臭いとか言ってさ。（笑声）

高峰　私はよく世話するわよ、献身的よ。好きな人と結婚したらね。今の仕事だって、好きな夫が、「やめなさい」って言えば、はい、と言ってやめちゃうな……食っちゃえ。

（高峰さん腕を伸して、三島先生のお膳に残されているほうれん草を食べる）

三島　いやに世帯じみてるね。

（両手で、そのお小皿を高峰さんのお膳に移される）

高峰　いいじゃないの、ほうれん草だもん。ほうれん草、高いのよ。知らないでしょう。
　三島さん！　あんた、べたべた好きってことある？　私ないナ、駄目だナ、一度べた好きになりたいわ。

三島　僕も、そういうのは、幸福だろうと思うよ。もしそういう人ができたら僕は、自慢じゃないけど、「好きだ好きだ」って言える人間だよ。いまだかつてないけれどね。
　しかし人間、生きてる限り、愛恋の気持のないときって、ないだろうと思うんだ。濃かれ淡《うす》かれね。

高峰　三島さんは今も、心のほのめくような女友達はあるわよね。

三島　そりゃいくらかね。

高峰　だけど私の見るところ、研究材料以上じゃないね、あんたの場合。

三島　『藤十郎の恋』？

高峰　あんた、坂田藤十郎ほどいい男だと思ってんの（笑声）。ちりめんの着物着せてあげようか。（笑声）

三島　言うね（笑声）。君にだって、ずいぶん、あったじゃないか。今だってさ。

高峰　ほのめいてるかどうか知らないけどね。
　恋にも、仕事と同じに体当りでぶつかれば、もう少し幸せになれるかも知れないナ、私。

（レンガ色の地に、黒の細いたて縞が粋《シック》な結城の袷《あわせ》。濃紺無地の袋帯をしめて、純白の衿元をきちっと合せた高峰さんの双眸に、キラリと、〝女心〟が光る。
　三島先生、じっとその表情を見ている）

（『主婦の友』一九五四年十二月号）

石井好子さんとシャンソンを語る

トランク一つ提げて

三島　石井さんとは、パリで二度遇《あ》ってるけど、最初はオペラ座の横の中華料理屋でしたね。

石井　そうそう、春ね。

三島　あなたが、キャバレーのシェエラザードに出ているときだったから、「僕も見に行っていいですか」って聞いたんだ。そしたら君言ったね。「あなたなんか、来られないわよ。あんな入場料の高いところ……」(いたずらっぽく言って哄笑)

石井　あら、そんなこと言わない、言わないじゃないの。私、日本人が見に来てくださると、なつかしくって、嬉しくって、涙ぐんじゃうのよ。いつかも踊り子が、「一ぱい日本人が来てるわよ」って言うから、胸を躍らして舞台へ出て行ったら、安南人がずらっと並んでいたので、とてもがっかりしちゃったの。そんなだから、三島さんにそんなこと、決して言わない。

(三島氏、笑いつづける)

三島　でも、パリのキャバレーは高いよ。

石井　そりゃあ、高いわよ。三島さんはあのとき、掏《す》られてお金がなかったから、ヒガンじゃってたのよ、きっと。

(大笑い)

三島　石井さんは、上野の音楽学校を出てから、渡辺弘の〝スターダスターズ〟の専属歌手をしておられたんですね。

石井　ええ、ジャズを歌ってたんですけど、ジャズで一番大切なリズムというものが、どうしても私の体に入ってこないの。これは何とかしなくちゃならない、何かいい音楽を勉強したいと思って、サンフランシスコの音楽学校へ行ったんです。

そこに一年いるうちに、キャバレーでの仕事をくれた人がいて、さて歌おうとしたら、アメリカ政府が、「もし歌って金を取るなら、即日送還する」っていうんですよ。

三島 講和前だったからですね。

石井 そうなの。そこで、仕方がない、パリへ行って、一ヵ月でも二ヵ月でもいいから、シャンソンの授業《レッスン》を受けて、日本へ帰ろうと思ってね、学生服にトランク一つ提げて、残り少い金を持ってフランスへ渡ったんです。昭和二十六年の十一月末ね。

三島 それからすぐ歌い出したわけ？

石井 ええ。フランスへ行く船の中で知合いになったアメリカ人がね、パリに着いた翌日、最もパリらしい雰囲気で有名なキャバレーへ行ってみないかと言うでしょ。私ついて行ったの。その主人で、パスドックという人が、パリの一流シャンソン歌手で、優しい心のこもったシャンソンの幾つかを歌ったの。それがとってもうまいの。私感激しちゃって、レッスンを受けさせてくれないかと頼んだんですよ。その翌日また訪ねて行ったら、パスドックが、満員のお客の前で私に歌えって言うんです。私、日本の「さくらさくら弥生の空は……」っていうのを日本語で歌って、ほかにアメリカの歌とシャンソンを歌ったんです。

そしたらパスドックが、すぐ一ヵ月の仕事の契約をしてくれました。

得られる限りを

三島 僕は、あるフランスから帰った人に、「シャンソン、歌えますか」って聞いたら、「いいえ、私はシャンソンは知らない。私の歌はメロディーです」という、気取った言葉を聞いたんだけどね。

石井 シャンソンはフランスの流行歌で、メロディーの歌手だという場合は、フォーレとかドビッシーとかの、近代的古典のようなものを歌う人なのね。つまり古典《クラシック》しか歌わないということなんでしょ。メロディーは、ドイツ語の歌曲《リード》みたいなものね。

三島 日本ではシャンソンというと、ジャズよりも高級で、趣味がいいとされてるんだけど、シャンソンにもある下司《げす》な面白さというのは、日本人には分っていないんじゃないかと思うな。

石井 結局は、フランス語をうまく訳すのが難しいから、範囲がきまっちゃって、下司なところが出ないのね。

三島 そういう味が、ほんとうはナンともいえないんだけれどもね。日本では「暗い日曜日」とか、「人の気も知らないで」というような歌だけが、シャンソンだと思われてきたね。

石井 自分で歌う？

三島 アハハハハハ。

それで、パスドックのキャバレーのあと、次々に仕事があったんですね。

石井 ええ、そのキャバレーで歌っているときに、興行師が聞きにきて、ずっと仕事をくれたんですよ。もちろんそれは、下積みの仕事からコツコツね。スペイン、イタリー、西ドイツ、ベルギーなんかの、劇場や、キャバレーで歌いました。

三島　言葉はどうだったんです。

石井　私、パリへ来て三ヵ月ほどは、英語しかできないでしょう。だから、パスドックがテレビや放送に出してくれたり、パリで仕事しいいように、とても親切にしてくれるのに対しても、「有り難う《メルシー》」と言って、にっこり笑うより他に、どうしようもないの。スペインへ行くにしてもベルギーへ行くにしても、何月何日何時までに行け、とマネージャーに言われると、契約書を貰って私一人で行くの。反対の方向へ行く汽車に乗っちゃったこともあるし、駅からキャバレーへの道が分らなくてうろうろしたり……そんな失敗談は初めのうちは数えきれないほどあったけれど、そんなことは、悲しいことでも何でもないわね。言葉は分らなくても、人間同士なら必ず了解できるものだっていうことがよく分ったわ。

　そんな風にしていて一年半ばかり後に、モンマルトルの「ナチュリスト」で向う一年間歌う契約をしたんです。

三島　「ナチュリスト」っていえば、パリ一の盛り場にある裸踊りで有名なキャバレーだ。世界各地からの観光客が、大てい一度はのぞいて見るってね。

石井　そうですって。私は衣裳つけてるんだけど、裸の女たちが出るレヴュで歌うの。

三島　フランス人というのは、人種的な好奇心が少いでしょう。白から黒まであらゆる色彩《ニュアンス》の人種が行ったり来たりしてるからね。そしてあなたが、日本の当時の運輸大臣の娘だなんてことは、斟酌しないでしょう。

石井　全然しませんよ。私も、そんなことを言う気もないし……私ね、どこの馬の骨だか分らないような、一人の日本の女として、自分というものを試してみたいと思ったの。芸人の生活の中で、得られる限りのものを身につけたいと思って努力したんです。

恋の腹いせ

三島　フランスでは、コンセルヴァトワール（パリの音楽学校）などを一番で卒業した人でも、仕事がなくて、カフェーあたりを流して歩いている人が一ぱいあるね。

石井　そうなの。

三島　そんな風に、競争者が多いから、フランス人は、芸というものに対して、決していい加減な考えを持っていないね。実に厳しいんだ。

石井　そう、もの真似を、極端に嫌うのよ。日本では、割合に、もの真似を好きらしいけれど。

三島　日本では、殊にジャズ歌手なんか、誰かに似せなければ売り出せないよ。

石井　向うじゃ、誰かに似ちゃわないように、自分の個性を出すということに、とても苦心し、努力するのよ。有名なシャンソン歌手の半分は、エディト・ピアフにしても、イーヴ・モンタンでも、みんな歌詞にアクセントがあるの。そして、それがよく生かされて個性になってるのね。私は日本人だから、どうしたって舌足らずのところがあるでしょう、誰の真似でもないでしょう。

三島　それが魅力になり、個性になっているんだな。そして、パリの劇壇というところは、そういう風に芸そのものに厳しい一方では、情実か金か、っていうことが、とてもあるんですよね。その金も、自分の金じゃない。パトロンが出すんだ。劇団の内部の、ちょっと人に言えないような関係ってのは、日本どころじゃないでしょう。

石井　確かに一方では、おっしゃる通りよ。人気が出てきた歌い手とか踊り子なんかには、すぐパトロンの誘惑の手がのびてくるの。私ね、ある劇場に出ているときに、突然、舞台の数を減らされちゃったのよ。そこの有力者が、パトロンの誘いをかけてきたんだけど、もちろん、お断りしたでしょう、その腹いせなのよ。（笑声）

石井好子

三島　フランス人らしいね。

石井　だからって、いうこと聞くことはできないわ。どんな目に遭わされたって、とにかく……私には、歌の才能なんてものが特別にあるわけじゃないんだから、自分一人で、人に頼らないでコツコツやって、その努力がどこまで勝つか試してみよう、っていう気持で歌いまくったわけなの。

三島　そういう世界で、あなたが一流のキャバレーの主役歌手の座席を、一年間も持ちつづけているということは、大変なことだな。あなたの人気が大きいので、パリの日本人は肩身を広くするって聞いたもの。

石井　過大評価されると困るけれど……。

三島　パリのキャバレーは、大てい夜の十一時から夜更けの二時半までね。

石井　そうです。「ナチュリスト」だけは、十時から三時半までで、パリ一の重労働なのよ。

三島　日本のキャバレーの客は、殆んど男ばかりだけど、向うは大てい女づれね。

石井　ええ、そして、酔っぱらっている人ってあまりないでしょ。たまに酔っているのはアメリカ人よ。そんなのが高い声を出したりすると、外へ出されちゃうの。だから、仕事はしいいんです。

　三時半に終って、自分のアパートに帰って、お化粧を落していると、東の空が、静かな寂しいコバルト色に明けてくるの。床に入るとどっと疲れが出て、そのくせなかなか寝つかれなくて、うとうとしていると、朝の流しのギターの音で目がさめることがあるのよ。スペインの歌やシャンソンで、一曲終るごとにチャリンと音がするの。道行く人が投げてゆくのね。私も窓を細めにあけて、五十フラン（一フランは約一円）投げたりするの。

　お昼すぎには起きて練習所へ歌をさらいに行って、夕方は語学校へ行って……そして十時前には楽屋入りするんだけれど、その間に放送やテレビに出たり……。

徹底したケチ

三島　舞台は、三百六十五日、一日も休みなしだったの。

石井　ええ、一日も休まないんです。時間にしてみたら、ちゃんと八時間寝てるのに、仕事以外のときは、何だかいつもぐったりしてるの。夜寝ないせいなのね。「あなた毎晩遅くまでキャバレーに出て、そんなことしてたら体をこわしますよ。音楽会とか放送だけに出るようにしたらどう」なんて言う人もあったのよ。音楽会や、ほんの薄謝しか出さないフランスの放送局に出るだけで食べてゆかれるのなら、そんな苦労はしやしないけれど、そんなことじゃとても暮してはいけないんですもの。

三島　失礼だけど、石井さんが日本へ帰られる前で、キャバレーの収入はどのくらい？

石井　パリでは五千円よ。

三島　日立《ひだて》（日給）？　そう、少いね。

石井　もちろん税金はひかれるし、物価は日本より少し高いし……私、私の義兄の妹で、デザイナーの朝吹登水子と一緒にアパートに住んでたんですけどね。その普通のアパートの家賃が、月四万円よ。だから生活は楽じゃなかったわ。スペインなどは、一日に三万円くれたし、ドイツじゃ二万円ぐらい、イタリーでも一万八千円ぐらいだったわ。だから皆な、ときどきそういう外国へ稼ぎに行くのよ。でも、パリをあまり永くあけておくと、仕事がなくなるから、生活が苦しいからって、しょっちゅう行くわけにはゆかないのね。

三島　ケチは、フランスの有名な国民性だからね。バルザックの『ゴリオ爺さん』なんてのは、ケチの標本だけど。日本では京都がそうだっていうけど、古い文化を持ったところはケチですよ。そこへゆくとブラジルなんかは、新開地だからケチじゃないんだ。

石井　ほんとうに私、フランス人ほどケチなの見たことがないわ。楽屋へサンドイッチを売りに来るでしょ、そのサンドイッチの大きさが、外で売ってるのよりこれっぽち、ほんの少し小さいっていうので、踊り子たちと売り手が、わめき合って喧嘩してるんだもの（笑声）。実際、フランス人って、よく喧嘩をするのね。

三島　自己を主張して、権力に屈しない国民だからね。

石井　そうなのよ。私たちの舞台稽古でね、振付の先生が、こうしなさい、と言っても、三十何人の踊り子たちが、まず口々に口答えするのよ。「私はそうは思わない、こうしようと思うのに」なんて、罵りわめくのよ。足踏みして怒鳴ったりね。コーちゃん（越路吹雪さん）が、舞台稽古を見に来て、「ナンと喧嘩の多い国だ」って、あきれ返ってたわ。

そんなだから、楽屋は大変よ。三十五人の女たちが、いらだった叫び声を、ひっきりなしにあげてるんだから、阿鼻叫喚の有様になることがあるのよ。「メルド（糞）」「コション（豚）」なんてひどい言葉で罵ってるのもいるしね。

三島　あとはけろっとしてるんでしょう、言うだけ言ってしまえばね。

石井　そうなの。喧嘩はこれでおしまい、というところへくると、女同士でもちょっとキスし合って、それでサバサバした顔してるわ。

三島　石井さんも派手にやったの？

石井　私、普通の会話はできるようになったけど、憎まれ口を叩いたり、議論をたたかわすなんて、とうていできないでしょ。ただ黙ってニヤニヤ笑ってるもんだから、「あなたは、なんていつもおとなしいの」「あなたみたいに優しい人いないわ」って、いつも言われてたわ（笑声）。あんなに喧嘩するのは芸人だけかと思ったら、女学校でも、生徒が先生に口答えして大変だって……。

三島　その代り陰口は言わないようだね。

石井　陰口を言う人があると、怒るのね。そして、言われてる人を弁護してるわ。

三島　日本でよく、窓口の役人根性なんて言うけれども、向うが本家だよ。バルザックの『小役人』に、それがよく出ているけれど……。

石井　その窓口には、大てい中年の小母さんがいて、意地悪をしなきゃ損だって顔してるの。顔を剃らないから、口ひげがはっきり見えるほど伸びててね。その顔の通りに、意地悪の限りをするの。あんな人の旦那さんは厭だろうと思うな。どうしてああいうのが多いんでしょう。

三島　はばかりにしゃがんでる小母さんなどもひどいね。

石井　え？　ああ、便所のね。

三島　シャボンを出すわけじゃなし、タオル一つ出すわけじゃない。そうしているだけで、チップを取ろうというんだからね。（笑声）

パリ女気質

三島　パリの男は、生活に疲れてるように見えるね。アメリカのピンピンしたのと違うね。

石井　ほんとうにフランスの男って、汚っぽいのがいるわね。手の爪が黒かったりして……。

三島　ワイシャツの衿にしみができているのは、アメリカなどじゃ探したっていなかったけど、僕はパリの男で初めて見たな。

石井　そして、女は実に美しいでしょ。

三島　そうそう。女は魅力だけが売り物だ、という意識を非常に強く持って生きているように見えるね。美しくて女らしいという点で、完全な女はフランスにしかいないかも知れない、と思うくらいだね。フランスの男と女は、同じ人種じゃないという人がいるくらいだもの。

石井　娘さんにしても人妻にしても、就職の状態なんかは大体日本と同じだけれど、違うところは、フランスの女は憂身《うきみ》をやつすのね、化粧にだっておしゃれにだって。フランス人はお風呂へは殆《ほと》んど入らないで、体を拭くんだけど、女の人は足の爪の先まで拭きこんで、オーディコロンをつけて魅力的にしておくのね。たとえ貧乏でもね。

三島　三十ぐらいの奥さんの色っぽさは、ナンともいえないな。僕はシャンゼリゼーの通りにたたずんで、ぼんやり街を見ていたら、三十ぐらいの奥さんが実にたくさん眼につくんだ。その殆んどがスーツを着てるんだけれども、スーツであんな優雅《エレガント》な感じが出せるものかと、驚いたな。

石井　向うじゃ、スーツは高いの。大てい五万円くらいなのを買って、それを十年は着るでしょう。

三島　しかし、あの三十女の美しさには、何か計算があるね。

石井　そうなのよ。一生について、ちゃんと計算がしてあるのね。いつか私、フランス人と教会の前を歩いていたら、結婚式を終えたばかりの新郎新婦が出てきたのよ。「ああきれい！」と私思わず言ったら、そのフランス人が笑って、「ああ、コキュがまた一人ふえた」って言うのよ。コキュって、妻をほかの男に寝取られた男のことでしょう。それが一人ふえたなんて……日本では想像もつかないことね。とにかくフランスの未婚の女は、絶対と言っていいほど身が固いのよ。というのは、フランスでは、結婚するときに、日本でいう持参金を持ってゆくでしょう。

三島　ドットというんだね。

石井　ええ。つまり処女性も、持参金の大きな部分として大切に保管しておくのよ。そして一たん結婚してしまうと浮気して、その浮気の代償……というかどうか、夫以外の男からお金をとって、それでおしゃれに憂身をやつして、いつも美しく、すべての男性にとって魅力あるようにしておくのね。ちゃんと計算がついてるのね。こういうことは上流社会で特にひどいんですって。

三島　フランスじゃ、御亭主も大丈夫じゃないし奥さんも大丈夫じゃない。

石井　そう、旦那さんの方は旦那さんの方で、お金のありそうな女に興味をもって近づいてゆくのよ。パリの街を一人で歩いていても、男の人がついてくるっていうことは、まずないわ。お

金がありそうには見えませんからね、私なぞ。（笑声）

幸福の在りか

三島　パリで女の人が独りで暮してゆくっていうのは、辛いなア。男だって辛いもの。

石井　健康なときは、忙しさに追われて感じないのよ。だけど、いつだったか風邪をひいて、胸が苦しくって、声が出ない、ベッドの中で、どうしようかと泣きたくなったわ。それでも仕事は一日だって休めないから、その夜も、かすれる声で寒気を耐《こら》えて歌ったときは、しみじみ情《なさけ》なかったわ。

三島　パリでの独りというのは、東京での独りというのと、まるで単位が違うんだものね。

石井　ほんとうにそうよ。アパートでも、隣りに誰が住んでいるか知らないの。隣りといっても、ドア一つ、壁一《ひと》重《え》なんだけれど……。

三島　寂しい生活だなア、ドアをパタンとしめたら、もうそれっきり。心臓麻痺でも起したら独りで死んでるだけだよ。

石井　そして、一週間ぐらい、誰にも知られないかもしれないわ。

三島　日本なら、どうも様子がおかしい、なんて、隣り近所で、すぐに騒ぎ出してくれるけどね。

石井　なにしろ他人《ひと》のことに、とやかく関心を持たないんですもの。それがまた、パリの大きい魅力でもあるのね。それほど孤独な生活を、ちょっとしてみたくならない？　忙しくて疲れてくると……。

三島　僕は厭なんだ、独りでいるのはね。仕事をするとき以外は、しょっちゅうザワザワしていたいな。

石井　パリで『潮騒』読んで感心しちゃったけれど、三島さんはおいくつ？

三島　僕は満三十。青春は去ったと思って、悲観してるんですよ。（笑声）

石井　まあ、私の弟と同い年じゃないの。それにしては、ずいぶんマセてんのね。（笑声）

三島　フランスでは、二十代三十代で深刻に落着いちゃってるのが、一ぱいいるでしょう。

石井　だから私みたいなのんき屋は、向うでは二十七と言っても平気で通るわ、五つだけサバを読んでもね。ほんとの年を言うと、みんなびっくりしてる。

三島　日本的にしつこい質問になるけどね、結婚は向うでなさる気持？

石井　私、日本にいるとき一度したでしょ、まア失敗のような形に終っちゃったから、当分、誰ともしたくないんです。男と女が、無用に拘束し合う結婚という制度そのものが嫌いになったんです。

三島　本筋は、僕と同じ考え方だ。僕は、なるたけ、生活に波風を立てないようにして生きたいナ。結婚生活による紛争《トラブル》が一番厭だ。

石井　ひどく疲れてくると、いっそ結婚しちゃって、旦那さんに稼いでもらおうかな、ナンてぼんやり考えることもあるのよ。だけど、そんな経済的な面からばかりの考え方では、もちろん幸福な結婚が成立しようはずがない。

御返事は「エヘヘ」

三島　女の人の愛情は、どうしても尊敬につながるわけ？

石井　私は二十二、三までは、尊敬できる人、ということに結婚の標準をおいていたけれど、それは間違いだったわ。今の私は、尊敬よりも何よりも愛情――愛情がすべてに立ちまさって強いと思う、しみじみと。それは、三十になると、はっきり分るわ。

三島　でしょう。それはそれでいいんだな。その女性《ひと》のふだんの言葉から察すると、ちっとも尊敬できないだろうと思うような男と一緒になって、楽しく暮している人は、いくらもあるもの。

石井　そう、愛情ね。

三島　僕の知っている女性《ひと》で、力道山が好きで好きでたまらない、っていつも言ってたんだ。ところが彼女に恋人ができてみると、ウラなりの胡瓜みたい（笑声）。そういうことがあるんだな。

石井　それでいいのね。一生をお互いに純粋に愛し合えて、しかもお互いに拘束しないで、のびのびと暮せそうな人……そういう人との結婚は幸福でしょうね。私、男でも女でも、お友達をとっても大切にするの。ほんとうのことを言ってくれる友達、憂鬱なとき、寂しいときは慰めてくれる友達ね。男の友達との間に恋が生まれれば、それはそれでいいし……パリでそういう恋人があったかと聞かれれば、……御返事は「エヘヘ」ですね。（笑声）

三島　それも、パリだから平気で通用する。お節介屋の多い日本じゃ、とても黙って放任しといてはくれない。

石井　私、日本の誰かの随筆集で、こんなことを読んだのよ。「ある奥さんが、『うちの隣りの奥さんは、いつも押入の中に入って、節穴から隣りの様子を覗いている』と話したけれど、話したその奥さんは、節穴から覗くということをまたどうして知っているんだろう」（笑声）。ちょっとゾッとしたわ（笑声）。たしかに日本での生活には、そんな風な覗き合いが多いわね。他人《ひと》がどんな生き方をしていようと一切かまわない……というパリ人の生き方は、その点では安らかね。貧乏しながら勉強するには、もってこいのところね。

三島　四月にまたパリへ行かれて、ずっとあちらで生活なさるつもり？

石井　いいえ、私、一生を外国で送るということは、何といっても根なし草で、幸福とは思わないの。また、いつまでも芸界に身をおきたくもないの。私の希望は、日本に帰って歌の先生をすることです。そのためには、今の程度じゃまだまだ駄目、もう何年か、先生になるもとを作りにパリへ行ってきます。アパートの六階の私の部屋――屋根裏の小部屋の窓から、パリの灰色の屋根屋根がずっと見渡せて……その灰色の波にぽっかり浮んだように、ノートルダム寺院がそびえている。雨の降る日は遠くけむって――あの街には、まだまだ吸収しなくちゃならないものが一ぱいあるんです。

（『主婦の友』一九五五年三月号）

越路吹雪さん
ミュージカルスみやげ話

一目ぼれ？

越路　おかえんなさい！
三島　やア、ただいま！（握手）僕と結婚することになっているんだってね。式をいつにするか、日取りを決めなくちゃ。きょうあたり発表しようか。
越路　おおきに。
三島　親切にあの新聞記事をニューヨークにまで送ってくれたやつがいるんだよ。
越路　私の談話まで出てるっていうんでしょう、驚いちゃった。
三島　コーちゃんと僕が去年の出発直前に知り合って一目ぼれしちゃったんだそうだ。一目ぼれって、いいじゃないか。
越路　一目ぼれ？　あのずいぶん長い間のこと、どうしてくれんの？（笑声）
三島　君の裏も表も知ってるとは知らずにね。ハッハハ……。それはにせものだったかな。（笑声）
　それより、テアトロン賞おめでとうをいわなくちゃ……。
越路　ありがとう。去年はミュージカルやら新派やらいろいろと働いたから、そのごほうびっていうだけのことよ。私は生れてから一度も賞ってものをもらったことがなかったので、照れちゃって……。
三島　その照れさすのが、賞をやるほうの目的だったのかもしれないな。「照れとらん」賞とはいうものの。（笑声）
越路　元気そうになったわね。
三島　全然元気、きょうはコーちゃんとミュージカルの話をしようと思ってきたんだ。
越路　東宝の県《あがた》洋二さん〔振付師〕があなたから葉書をもらったとかで、二人でいろいろ話してたのよ。

三島　どうして県さんを東宝が外国にやらないかと思うんだ。

越路　それで県さんに話したの、もう少し経つと行けなくなるから、今のうちに一緒に行こうよって。お金がなくなったら一部屋にしてもいいんだから……。（笑声）

三島　今度は県洋二と結婚するか。一妻多夫っていうのはよくないよ。

越路　少しはやらしたらどうかな。

三島　しかしあのデマはちょっとほほえましかったな、今ごろコーちゃんが楽屋でげらげら笑ってるだろうと思うと、とっても楽しかった。

越路　最近、また何とかいう新聞には、三島が向うにいて、それを追って三月に越路吹雪が出発する、だって。（笑声）

三島　しかしおもしろいね。それでどうなの、旅行は実現しそう？

越路　まずオーストラリアに行くのだけれど、それが終ってから後、一人だからどうしようかと思って……。

三島　アメリカの女性は平気だよ。十代の女性がどんどん一人で旅行してる。今度僕は各種各様の踊りを見て来た。僕がもし振付師だったら、どんなに勉強になったかわからない。それで県さんに手紙を書いたんだ。ほんとにおれがこんなものを見るのはもったいないと思ったね。

にせものでもすばらしい

越路　どこが一番おもしろかった？

三島　ハバナにある世界一のナイト・クラブっていう「トロピカーナ」に行ったけれども、そこのショウはすばらしいもんだ。ニューヨークなんかじゃ、ああいうショウは見られない。踊子がそろっていて、主にチャチャチャだけど……。

越路　どんなショウをやるの。

三島　そこは二つのショウがあるんだ、十時半と十二時半にね。最初のショウは非常に民族的なものを取り入れてる踊りが多い。二度目のはニューヨークから今帰って来ましたという振付師がいてね、マンハッタン・メロディー……。これはつまらなかった、やっぱり輸入品でね。

　それから、ドミニカの田舎で、ホテルに来ていたバンドがあった。よれよれのシャツを着て、変なひげをはやして、タバコのちょびたのを吸いながらメレンゲをやった。完全に参っちゃった、よくて。日本の大使が、三島さんがあんまり夢中になって聞いてるんで、チップを出さなきゃならなくなったとかいって、ブツブツ云ってたけど、僕はそのままその五人を日本に連れて帰りたいと思った。あんまりそのメレンゲがよくてね。

　メキシコ・シティでは毎週水曜日の夕方から民族舞踊を見せる「リヴァロールのアート・ギャレリイ」という会があって、そこに行った。メキシコのあらゆる地方の民族舞踊、たとえばユカタンやオアハカやヴェラクルスやの踊りとかアズテックの酋長の踊りを見せる。その酋長の踊りなんかは、からだに鈴をつけた裸の男が四人ばかりで床を踏みながら踊るんだけど、とにかくおもしろいんで感心した。ガチャガチャ、バタバタ、とにかくたいへんな騒ぎなんだ。ニューヨークでメキシコ人に会ってその話をしたら、お前はにせものを見て来た、あすこのショウはにせものだというんだが、僕はこう思うんだ。たとえば日本でも吾妻歌舞伎がほんとうの歌舞伎かといわれたら、僕だってほんとうの歌舞伎でないといいたくなる。しかし、あれは一応歌舞伎のテクニックはもっている。西洋人があれから歌舞伎的なものを汲みとることは自由だろう。とかく外国人に対しては、「あれはにせものだ」といいたくなるわけなんだな。

越路　同じようなことをやってるものね。

三島　ヴードゥもにせものを見ちゃった。ヴードゥっていうのはアフリカの宗教でハイチにあるやつなんだが、これには、人間を犠牲《いけにえ》にするとか、白人が見ると殺されるとか、いろんな伝説がある。僕は不幸にしてほんとうのヴードゥを山の奥で見られなかったけど、にせものでもすごかったよ。

　いろんな女が失神状態で泥の上をはだしになって出る。着物は泥だらけ、ほっぺたにまで泥をつけて、床の上をよろよろするんだ。その上に神主がおっかぶさる。そうするとみんなが白い布をかぶせて、周りを踊るの。変なエロの踊り。それから神主がラム酒を柱にぶっかけて火をつける。ミコたちがその火のついた酒を体に塗りたくる。肩とか、からだの方々から火が燃えている。それを歓喜して転げ回って喜ぶんだ。そして黒いにわとりもってきて、にわとりはギャッギャッといって羽根が飛ぶじゃない。そうすると、踊り憑いた顔をしたミコがにわとりをなすりつけて喜ぶの。とっても変なもんだ。

越路　やりたかったんじゃないの、それを。（笑声）

日本のミュージカルはイタリア級

越路　今度はパリはやめたの？　きらいだっけね。

三島　やめた。この前金を盗られたしね（笑声）。ローマでミュージカルを見たよ。レナーテ・カステルというイタリアでとっても人気のある喜劇役者の主演するミュージカルだった。僕はあんまり退屈なんで途中で出て来ちゃった。

越路　どんな劇場だった？

三島　わりと大きかった。有楽座くらいだ。東宝ミュージカルと何もかもあんまり似てるんで、つくづく感心しちゃった。つまりエノケンさん中心のミュージカルで、台本なんかどうでもいいっていうのがあるでしょう。やたらにワンマンショウの場面の長い、あれなんだ。男が女を口説くのに、どんなかっこうをしていいかわかんないで、椅子に腰かけていて、ひざを組もうとするんだが、なかなか片方のひざが上らない。それを、とってもしつっこく二十回くらいやっていて、ひょっと上っちゃうの。つまんないんだ。そんな見せ場がいっぱいあるミュージカルなんだ。
越路　歌い手なんかは？
三島　それもたいしたことないの。ミュージカルの間にはさまって出てくるけど、全然筋と関係ない。
越路　同じじゃないか、あたしなんかそれをやってるよ。
三島　それが出てくると、また出てきやがったと思う。カーテン前で長々と歌うんだ。全然日本と同じだろう。
越路　思い出したでしょう、そのとき（笑声）。でも、客席まで降りなかったろう、あれは日本の方が進歩だよ。マイクなし？
三島　マイクは全部使ってた。場合によっちゃ、ほんとに歌ってるんじゃないと想像されるものもあった。一部分の歌は録音でやってるらしいと思われる節もあった。全然日本とおんなじね。だから日本もローマの水準までいってるわけだ。
　おれは日本に帰って、どうせ東宝ミュージカルを見るんだから、これは見る必要がないと思って出ちゃった。（笑声）
　しかし、これからしばらく、日本のどこかでキューバの踊りだとか、ハバナの踊り、現地の踊りだとかいってやり出したら、おれはきっと吹き出すだろうな。
越路　私だって吹き出したもの。日劇に帰って来たときは、絵本みたいな気がした。
　メキシコの酒場に行って哲学者みたいな顔してやる踊りを小さな女の子がやってるんでしょう。そのくせ中に入ってしまうと、自分もけっこうやってるんだけどね。
三島　だんだん慣れちゃうからね。
越路　当分日本のは見ないことだね。

越路吹雪

三島　歌舞伎、文楽……みたいなものはいっぱいある。まず東宝ミュージカルを見なけりゃ。

越路　つまんないよ。

三島　いや大丈夫、イタリア級だもの。

越路　またそんなこといってら。あーアよかった、そんな踊りしなくって。また誰かさんの大きな笑い声が客席から聞えるからな。

セクシーなスペイン舞踊

三島　スペイン舞踊っていいな。お正月にマドリッドの「ザムブラ」というナイト・クラブですごいのを見た。女が一人で踊るんだけれども、それがとっても意地の悪そうなおしゅうとさんみたいな顔をしている。それでものすごい迫力で踊るんだ。ことによかったと思うのは、指を鳴らして足拍子を踏みながら、お客のすぐ目の前の舞台をぐるぐる回っていく。今まで顔は真正面が見えていたのが、だんだん横に向いていって、後にからだが向いていく、あの瞬間が実に不思議だと思った、ダイナミックでね。とってもよかった。

越路　首の線がきれいだね。

三島　背中の線までのところがなんともいえなかった。指を鳴らすのはどうすんの。

越路　あれも一つの稽古ね。

三島　見てると、男のかかとと女のかかとの高さは大体おんなじだね。女もそんなにハイ・ヒールじゃない、中ヒールだ。それでなけりゃ折れちゃうからな。

越路　でないと鳴らないんですよ。

三島　踊手の男の腰にはパッドを入れてるんだって。腰がきゅっとなっていないで、だらっと下ってたらこっけいだよ。（笑声）

越路　いやだね、女だって具合悪いよ。

三島　おしりが重要だよ。スペイン舞踊を女がやってるとき、まゆを寄せる顔がすごいんだ。あんな妙なセクシーなものはないよ。

越路　いいな、あたしよりいっぱい見ちゃって、ほんとにもったいないよ。

『ジャマイカ』と日劇舞台

三島　ニューヨークのミュージカルでは、わからないところにマイクがあるというが僕はそんなこと信じられない。僕はいつも、はばかりながら一番いいところで見ていたから分るんだが、フットライトのところに足をひっかけるくらいにして歌っている。マイクがあるわけないよ。

越路　あたしも見たわけじゃないから知らないけれど、劇場を建てるときから マイクが天井かどこかに隠してあるんだっていうけどね。歩きマイクの方はいやだよ。

三島　やってた、やってた、イタリアで……（笑声）。ちゃんとやってた。

越路　悲しいな、まあいいや。この間はコードの具合が悪くて、おなかのところがぴりっときたの。あとで楽屋で見たら、赤くなってた。しゃべってる間中、歌ってる間中、電池を背負ってるんだものね。

三島　感電死しちゃうよ。しかし分裂症は治るんじゃない？　分裂症の電気療法は頭に陽極をおき、おしりに陰極をつける。

越路　おかげさまでずいぶん治ったよ、憎らしいな（笑声）。あんたのいってるのはワイヤーレス・マイクじゃない？　ひもがついてるの、ついていないの？

三島　電池のはイタリアでやってるのを見たよ。「私はあなたを愛しています」とかいって、さて歌い出すと、今度は声が全然機械の声になっちゃう（笑声）。ひもがついているのはハバナで見た。

越路　私たちとおんなしだな。

三島　ニューヨークのミュージカルで一番日劇の舞台に近いと思ったのは、リナ・ホーンの『ジャマイカ』だった。それは台本、振付からいっても、舞台装置からいってもあの水準は日劇をちょっと上げたくらいだ。だけど人気はある。だって君、ばかばかしいんだ。舞台の上に変な波布があって、土手みたいにこしらえた波の断面の上に船があって、恋人同士がいる。何が始まるかと思ったら、途中で例の波の土手に電気がついて、それが深海の景色を紗幕ごしに見せて、その中を魚が泳いでいく。恋人同士が「魚たちも恋をささやいているじゃないか、さあ私たちも歌おう」といって、歌が始まるとぱっと電気が消える。まるで日本じゃない（笑声）？　で、批評家はほとんどけなすんだけれども、お客が喜んでいる。ミュージカルではそれがはやっていた。

越路　批評家の間では評判が悪いのね。

三島　ただ『ニューヨーク・タイムス』は理想的中間ミュージカルだと賞《ほ》めていた。今までミュージカルはあまりにも凝り過ぎていたものが一方にあり、片方ではあまりにも通俗的なものがあったけれども、やっとその中間的なものが出たというわけなんだ。

　それから、これはナイト・クラブだが、グリニッチ・ヴィレッジで四人でレヴューをやってるのがあった。これはおもしろかった。

越路　どんなの？

三島　この部屋（八畳）の倍ぐらいの小屋だよ。僕が行ったときはお客が十五、六人だった。舞台の幅はほぼ畳にして三畳分くらい。その狭いところに男二人、女二人とピアノの伴奏がついている。それで帽子をかえたり、上着をかえたり、かなり長くやるんだが、実におもしろい。レハールのオペレッタをパロディーにしたのと、『ローズマリー』をパロディーにしたやつ、昔風のラヴ・ソングをうんとこっけいに歌うんだ。

越路　おもしろいだろうな。

ミュージカルはアメリカの歌舞伎

三島　結局ミュージカルはアメリカだという結論になる。一つのジャンルを作っているという点じゃアメリカだね。

　アメリカのミュージカルはりっぱなものだね。アメリカ人が生み、作ったものだ。その意味でアメリカの歌舞伎だと思う。もちろんウィーンのオペレッタみたいにブドウ酒のとろっとしたふんいきはない。かさかさしたものだと思うけれども、あらゆる技術の粋を集めて、さあ見てくれというところは完全なものだね。そしてショウのためにあらゆるものを犠牲にする。バーンスタイン作曲の『ウェスト・サイド・ストーリー』という評判のものがあって、『ロメオとジュリエット』を現代に移したミュージカルなんだ。プエルト・リコ人の少女とニューヨーク子の少年が愛し合うんだが、二人はそれぞれ別の不良団に属してる。そしてプエルト・リコ人の不良団とニューヨーク子の不良団が対立して、絶えずけんかをしてる。最後は結局悲劇に終るんだけれども、僕は台本そのものはあまり感心しなかった。ニューヨークではバーナード・ショウの芝居をミュージカルにするとか、シェークスピアをミュージカルにするとか、一つのマンネリズムになって、なんの必然性もそこにはないんだ。『ロメオとジュリエット』を現代にもってきてもしようがない。歌はいいのもあるけれども、台本そのものやロマンチックな場面は実に常識的だが、踊りのけんか場面が売物になってる。それがすごい迫力で、振付だけで見せるミュージカルだね。毎週誰かが指を折るというすごいもんだ。
　僕はどうしてああいうことになったか聞いてみたら、稽古の間に台本の大部分が削られていくんだって。ショウのためにすべてを犠牲にして、文学的なものをどんどん殺していく。そして最後にできたものがああいう形になって出てくる。そういう点からいって秦豊吉は偉いと思う。アメリカに行ってそういう気持になったけれども、帝劇ミュージカルはばかにしたものじゃない。

越路　アメリカの新聞記者が私にインタヴューしたときにあのころの話が出てね、『モルガンお雪』がよかったという。彼はずっと見ているんだから、あとはイミテーションだっていうのね。日本のミュージカルはできないかというんだけど、あたしもほんとうにそう思うけど、じゃどうしたらいいかっていうことになると、むずかしいな。

三島　むずかしい問題になってくる。秦豊吉は西洋のやり方を守ったわけで、休憩は十五分一つだけで、あとは幕なしで、やったでしょう。ニューヨークではみなそうですからね。どのミュージカルも八時半に始まって、十時ごろに休憩十五分あって十一時十分に終ることになってる。帝劇ミュージカルは油っこかったな。あのまま、もしあれが正当な方向に進んでいたら、相当日本のミュージカルも高い水準にいっていたと思う。

越路　この間『モルガンお雪』を再演したのよ。だけど、今考えてみると、あのころの方がミュージカルだった。最近のは、違うものができてしまったということね、完全に。

三島　逆行しちゃったんだ、昔のアチャラカに。

越路　秦さんは世界的感覚をもってた人で、日本にだけとどまりたくなかったのね。アメリカに出しても恥しくな

三島由紀夫（1958年）

いという自信をもっていたからよかった。

三島　あの人は生きてるときはしゃくにさわったけれども、死んでみると一種の偉才だね。ほんとうにたいしたものだった。あの視野の広さは十年、二十年、三十年先を見ていた。長く外国生活をしていて知らない間にそういう感覚が身についてきていたんだな。

話を戻して、ショウのために文学を犠牲にし、何を犠牲にするという精神は、おれは文学者だけれどもミュージカルをやる場合には仕方がないと思う。ただ、ほんとうにわかるやつが犠牲にするのでなきゃだめだ。ショウの専門家がこれはいらない、あれは削れというふうにやるんでなけりゃ絶対だめだな。

越路　たいへんぜいたくなものだからな、ミュージカルっていうのは。

三島　そのかわり準備期間が長いからね。初めからなら一年はかけてるだろう。

越路　もちろん日本のタレントも働き過ぎるのよ。すぐ商売になっちゃうでしょう。それが今度台本はできても、タレントが集まらないという結果になる。しかも十分な報酬をくれればいいけれども、ミュージカルがさ、そうじゃないものね。

三島　ミュージカルの予算じゃ三十万ドル、一億円以下っていうのはないよ。一興行最低一億をかけてミュージカルをやる。小屋は帝劇程度で、舞台装置だってそんなに豪華絢爛というほどじゃない。ローマのは安いけれども、豪華絢爛をねらっているんだ。舞台装置では『マイ・フェア・レディ』のがすばらしかったけれども、あとは日劇に毛のはえたくらいのものだ。

越路　装置が簡単なのは、やる人間にいかに内容をもたせるかということになってくるわけだからな、さもなければらんと飾りたてるかになるものね。

三島　ただ僕は裾野の広さが非常に違うと思った。ブロードウェイのショウのシーズンのさかりには、ブロードウェイで二十五劇場、オッフ・ブロードウェイが二十五劇場、そうすると五十だろう。登場人物は最低に見積って平均十人として五百人働いていることになる。そのほかに失業している俳優が倍はいるだろう。そして僕の芝居でもオーディションをやると、たちまち百人ぐらい集まる。その中にはすばらしい技能をもった人もいるし、すごい美人もいたり、優秀な人がいるんだ。歌を歌わせてみればうまいしね、それがみんな埋れている。そういう層の厚さがあった上でのセレクトされた人たちが舞台に出るわけなんだ。日本じゃコーちゃん一人だものね。

越路　今度はあんなことをいってら。

三島　一人しかいないんだから、かけがえのない人だよ。

越路　向うじゃ振り落され、振り落されて踊手になるんだものな。だから厳しいわよね、ほんとうに。

三島　そしてどんな端役でも夢中になってやっている。

もう一つ感じたのはモダン・バレエだけれども、僕はニューヨーク・シティ・バレエに完全にほれた。モダン・バレエはスピードとダイナミズムだけのものではないということを感じた。あれはある一面ねちっこい、いやらしい、あくどい、複雑微妙なものがある。それが日本では知られていないで、モダン・バレエというと、スリとか、サラリーマンが出て来て地下鉄の前で跳んだり、はねたりするもので、むやみに早く、むやみに跳躍が多いもの、忙しければモダン・バレエだと思っている。

越路　ドラマのがっちりしたものでしょう。

三島　そして心理描写、官能描写のやにっこいものだね。それは古典バレエの欠陥を補うために必然的なものなんですね。ストラヴィンスキーの『オルフェウス』を見たけれども、オルフェウスが地獄から帰って来て振り向くまいとする。ユリディースは振り向けようとする。そのカーテン前をあっちからこっちまで横切る間、二人の人間がそれこそこねくりまわっている。それがたいへんな長さなの。千姿万態を演ずる。それから『ザ・ケイジ』でも雌ぐもが雄ぐもとの性交のあと、雄ぐもを食い殺すすさまじい、やにっこい、デュエットはみんな知らないんだね。あれはモダン・バレエの大事なもう一面で、それがあるから片方のスピードが生きてくる。

文士ミュージカルはだめ

越路　私がアメリカに見に行くのもいいけれど、もっとほかの人も行ってくれなきゃだめね。

三島　僕もそれを痛感するな。君はもちろん行かなきゃだめだけど、といって、重役や代議士がニューヨークに行って、今晩はミュージカルでもどうですか、と誘われて見に行ったんじゃなんにもならない。専門家が三十回ぐらい一つものを見るくらいの気持で行かなけりゃだめだ。

東宝くらいの大会社になれば、来年一つやろうと決めたらスタッフを半年くらいアメリカにやって、見せたらどうかと思う。見たら自信がなくなって書けなかったらそれでもいい。それくらいのロスを見込んでやるんだ。ただ、日本人でいやなのは、向うですぐあれを使ってやれという気持だな。日本でやる場合はこうあるべきだと練り直さなければだめだ。

越路　向うの記者もそういっていた。日本のミュージカルは日本でしかできない、それを探さなけりゃいけない。それには一度向うから来てもらってはどうかといっていた。

三島　アメリカのミュージカル映画を見たってだめなんだ。あれは地方でニューヨークのミュージカルに行けない人のために、ニューヨークの舞台をそのまま見せてほしいという要望を満たすために非映画的な演出をやってるわけだ。だから、みんなだらだらしている。それを日本で見て、あれを使ってやれということになったら、日本はほんとうに片田舎になる。こんな情ないことってあるか。それより中心部に飛び込んでいって、あれはいけない、これはいいと選択して、消化するようにならなきゃだめだよ。東京とニューヨークが直結しなけりゃショウ・ビジネスは絶対だめ。日本にはそれがハリウッドを通してくるんだものね。ニューヨークの人は西海岸を軽蔑してるんだよ。だから、ハリウッドの仕事は西海岸の仕事だから、われわれの代表的な文化ではないと力説している。

越路　しかも、それの何分かを日本はとってるんだからね。

三島　僕は日本の若い文士がミュージカルを何も知らないでやってもだめだと思う。僕もそういうことをやって失敗したことがあるから、僕を含めてのことだが、結局それは無理だと思う。つまり専門家ですごく強力な人がいて、僕が絶対に信頼できて、僕の台本のここはいけない、これはいらないと削っていける人、しかも僕が口惜しいけど、やっぱり相手が正しいと思える人が一人いなければ、絶対だめだと思う。僕はそんな人の出現を切望するな。

越路　私もそうだな。絶対に信頼できて、こっちの歌もどんどん直され、お前の色はこれだといってくれるくらいの人がほしいな。何年先のことかしら。

結論としては、一回ぐらい見たんじゃだめだから、多くのものの中から自分のものとして消化でき、日本人がやるものとして世界に出して恥ずかしくないものを選択し、作っていくことになるな。

三島　これはやつらにはできないだろうというところのこつ、その穴を探し出すことね。藤田嗣治が成功したのはケトウにできない線描ができたからでしょう。僕は芸術家でありながら、やつらのできないところをねらった、スペキュレーションに成功した。ショウ・ビジネスでスペキュレーションをやらなければ、何をやることがある？
僕は自分の仕事より、そういうことばかり考えていた。だれにも頼まれない、よけいなお世話のことばかりね。それで県さんに手紙を書いたんだ、惜しくてしようがなくてさ。

越路　県さん、ほんとにゆかないかな。私がオーストラリアをすませたら、どっかで落ち合えばいいんだからね。

三島　僕がまた行くよ。ニューヨークで結婚しましょう。

越路　そうしよう、フフフ……。

三島　二人の夫と君と。（笑声）

「結婚してねェ」

三島　ニューヨークのやつにかなわないことが一つあるんだ。それは黒人を使えることだ。『ジャマイカ』の踊りじゃニグロのダンサーが全部で三十人ぐらい出る。それがすごい迫力なんだ。ものすごいからだをしてるだろう。

越路　肉体的な条件が違うものね。

三島　西洋の踊りはあくまでも肉体を見せる踊りだね。僕は黒人のなまの顔はきらいだけど、舞台で見ると実におもしろい。

越路　いいね、あの色も。

三島　シティ・バレエでメノッティの新作バレエ『ユニコーンとゴーゴンとマンティコーア』という中世伝説の三怪獣で、詩人の青年期、中年期、老年期を象徴させた神秘的なバレエを見たけれど、その中で、黒人のバレエ・ダンサーがユニコーン（一角獣）になって出てきた。顔を全部隠して馬のような顔にして白い衣裳をつけて、胸からおなかだけが裸の真黒なんだ。その白と黒の対照がまるで絵に描いたようだね。きれいったらないのさ。白人の肉体にはああいうきれいさはない。
それから、僕は妙なものに感心するんだけども、メトロポリタンのマディラ初演の『カルメン』が実によかった。本場のオペラ・コミック以上だ。

越路　新しいの？

三島　考えに考えたものだね。あらゆるものの長所をとって、たとえばフランス人なんか伝統に甘えて『カルメン』の演出をやってる。僕がパリで見たので一番ひどかったのは、カルメンが死ぬ前に十字を切ったのがあった。カルメンがいい女になって、お客の同情を呼ぼうとするわけだ。これはつまらないとあきれたことがある。ところが、メトロポリタンのはたとえば細かいことだけれども、カルタのトリオで「ラモール、ラモール」とやって、最後のふだのラモールでカルメンが目を上げると、目の前にホセが立っていて、ホセの影がじっとカルタの上に落ちている。そしてお客が拍手をしている間は静止したままなんだ。ホセはお客に背中を向けたまま立っている。それが実に暗示的でいいんだ。それからラストの闘牛士の部屋でも、高い窓があって群衆が窓のカーテンを閉めて行く。部屋の中が薄暗くなって、どうなるのかと思っていると、カルメンが刺されてカーテンによろよろと倒れる。しかけでカーテンは裂けてそのカーテンもろとも、床に倒れる。窓から闘牛場の夏のひざしがぱっと入ってくる。そこがとってもいいんだ。

越路　考えたものね。

三島　実にリアルなんで感心した。アンソニー・パーキンスの芝居も見たけれども、あの役者はきらいだな、僕は。『ジャマイカ』の「プッシュ・ザ・ボタン」という歌は日本じゃはやっていないの?

越路　聞かないな。私が聞かないだけなのかもしれないけど。

三島　「プッシュ・ザ・ボタン」というのは、ジャマイカの原始生活に対して、ニューヨークをからかって、ニューヨークじゃなんでもボタンを押せば出るという話なんだ。かなり長い抒情的なソロがあって、お客が退屈してじりじりしているところに、急にコーラスが加わり「プッシュ・ザ・ボタン、プッシュ・ザ・ボタン」と急テンポでやる。よくある手だけれども、ミュージカルでは歌にああいう演出がなければ絶対にいけないね。ニューヨークでは至るところで氾濫している。とてもはやってる。

越路　ほかにどんなのがはやってるの?

三島　『ウェスト・サイド・ストーリー』の「ジー・オフィサー・クラップ」という歌がある。不良少年どもがお巡りに訴えるつもりで歌う。おれたちを捕えたり、とがめたりするけれども、おれたちは、社会学的病気、精神分析上の病気なんだ。おれたちは病気なんだから、それはわれわれの罪ではない、社会の罪だという、とても人を食った歌。それについている「ウィ・アー・シック・ウィ・アー・シック」というリフレインがあり、ニューヨークではこの「シック」(病気)という言葉はとても利き目がある。インテリは大てい「シック」なんだから。

越路　それもこれからでしょう。まだ聞かないな。

三島　コーちゃんも今は元気そうだけれども、楽屋に行ってみると、いかにも疲れてげんなりしてるよ。注射を打ったり夜は睡眠剤をのんだりさ。

越路　きょうだってすごいのよ。朝から稽古があってさ。きょうはあんたに会うんで興奮してたのかもしれない。

(笑声)

三島　そうか、やっぱり日取りを決めようか(笑声)。睡眠剤はこのごろ流行の心中のときにとっておかなきゃだめじゃないか。

越路　そうすっか。

三島　コーちゃんをひとえに好きなのは、あんまり利口すぎないで、どっか抜けたところがあって、大人物だからなんだ。すぽっと抜けてるところがある。女優さんでもとっても利口な人がいるけど、僕は好かないな。

越路　よかった、好かれて。結婚してねェ。(笑声)

(『中央公論』一九五八年三月号)

有吉佐和子さん
女は悲しくない

趣味としての″悲しみ″

三島　まだ有吉さんとは、しんみり話をしたことがないんだものね。……今日はしんみり話しましょう。
有吉　（にッと笑い）羽織をぬごうかしら。
三島　いつもサーッと逃げちゃうんだもの、その調子で。「女は決して悲しくない」といったのは、誰かしら？
有吉　さあ誰がいったの……。(笑)
三島　あなたの最初に出した『ずいひつ』の中じゃないかな？
有吉　あれはあのまま書いただけ。
三島　というと？
有吉　口惜しいけど、女ってあまり頭がよくないというのが私の持論なの。頭のわるい人のほうが悲劇を好むでしょう。そういう意味で、女は喜劇について行けないで——悲劇を好んで、自分を悲劇の女主人公に設定する趣味があるんですね。実際、カゼ一つひいたこともない人が（『不如帰』の）″浪子″さんのような悲劇のヒロインを自分で仮想したり……。
　危険なのは、そう思ってタオヤメを装っていて、それで男がひっかかってきて一生を保証してくれていた時代はいいけれども、男の人も経済力がだんだん少なくなってくると、一生を養ってくれる甲斐性はなくなるわけでしょう。
　そういうときに、いまだに悲しがる趣味を持っていることは危険なんですね。だからもっと健康な、広濶な気持で、自己韜晦《とうかい》みたいなものから立ち上ったほうが良いんじゃないかしらということを、ちょっと書いたんです。
三島　それは確かにそうだけれども。
有吉　こういうと逆説好きの三島さんは、女も頭がいいよと言い出すでしょ？
三島　意地にもそう言わなければならないね（笑）。感情問題というのは、生活の中に夾雑物《きょうざつぶつ》として入ってきますね。男はそいつを早く整理しないと気がすまないから、そこで理屈をもって取っちゃう。女の人の感情問題てのは、悲しみ、喜び、嬉しさ、センチメンタリズムから苦悩まで入って、それを三度三度のご飯のごとく食べているんだよ。
　また女の人は、そういうことに割にタフですね。前に『処女オリヴィア』という映画を見たことがあるんです。それが女の寄宿舎の中で、朝から晩まで嫉妬が入りみだれ、人をおとしいれようとしてる。それをまた登場人物がとってもエンジョイしてるみたいに撮ってある。あれは女の人の長所で、一種の生存力だと思うんだ。……非常にタフな生命力で、感情を消化する。
　男は感情を追い出せないと、仕事ができませんよ。弱いからね。（笑）
有吉　夾雑物がジャブジャブあっても、女って平気でしょう。
三島　泰然自若だね。そうかと思うと、不意に泣き出したりする。それも立派に泣くんだね。（笑）
有吉　そうです、そうです。私なんか全然そうですよ。
三島　小説の中で、女性心理を書くとすると、そういう感情をつけなければならないでしょう。女流作家では、——幸田文さんなんかそうだね。
有吉　幸田先生は、むかしの日本の女をとってもつかまえていらっしゃるでしょ。それから岡本かの子は、それを消化した形もあるけど、やっぱりジャブジャブですね。
三島　ああいうことが男にはなかなか出来ないんだよ。女流作家の作品の面白さは、そういうところだろうと思うナ。
有吉　松竹の大谷〔竹次郎〕さんは、評判の小説はぜんぶ秘書に読ませて、その筋を聞くんですが、女流作家のものは自分で読まないと分らないんだって、筋だけじゃ。
三島　なるほど面白いことを言うナ。女の人のものは非常に具体的だからね。具体的な面白さは、なでたり、さすったりしないと分らないもの、口で言えないからね。

今度も女に生れたい

三島　（卓上の〝光〟を指して）こういうところにあるタバコの箱とか、茶碗とか、こういうものに対する女の人の感覚は、僕たちと違うだろうと思うな、おそらく。
有吉　なんか女は皮膚感覚で感じるんですね。
三島　女の感じる美人と、男の感じる美人もずいぶん違うしね。また、男で白痴美が好きというのはたくさんいるけれども、女の人で男の白痴美が好きというのは、ほとんどないでしょう。
有吉　男の白痴美ってどんな顔かしら。
三島　ともかく雑誌なんか見てて、こういう女《ひと》は好きでしょう、こういう子は綺麗でしょうとよく言って、女の子が推薦することがあるよ。そうすると、たいてい僕なら僕が見て、いいとは思わないナ。

有吉　価値判断の基準が違うんですもの、当り前だわ。

三島　それに女の子が推薦するときは、必ず微妙な自己防衛をするからね。

有吉　そうね。――（ツンとかまえ）私は小柄な女のひと大好き。（笑）

三島　そういうことなんだ。

有吉　無条件に好きよ。でもずいぶん変ったでしょ、むかしの美人と、このごろの美人と。このごろは誰でも一応美人になれるわね、妙な顔ほどいいんですもの。

三島　僕、美人というのは、可愛いという要素が一番大切だと思うナ。だけど美しいという要素と可愛いという要素がどういうものか、なんか分らない。たしかに同じものでもあるけれども、違うものでもあるね。そういう点、僕はあまりフェミニストでないかもしれないナ。崇高な、仰ぎ見る美女というのは認めないいんだ。観念的に小説の中に書いてある女は、また別ですよ。そういうものはあるような気がする、芸術の中では。

有吉　よく分らない。……女には女のことはよく分らない。といって男の人のことも分らないから、困っちゃったな。

三島　ポーの小説に出てくる女なんて、現実にいないもの。

有吉　飛躍するようですけど、私は母性があるのが、絶対だと思ってるの。

三島　ロッテが台所でパンを切ってるところを見て、ウェルテルが惚れちゃうんだけれども、母性というのは、そういうドメスチック（家庭的）のものばかりとは限らないからね。権柄《けんぺい》ずくな母性もあるし、ずいぶんお高くとまってる母性もあるよ。ずいぶん意地悪な女の人で、それで母性的というのがいくらもあるよ。

有吉　でも、それが母性とひびいている限り、いいわけでしょ。

三島　それで母性でなくなると、こんど意地悪だけになっちゃうもの。それで困る。

有吉　私が女に生れてよかったナと思うことは、そういうことをいろんな角度から考えないですむことなの。男は頭がいいから、一つの穴からあっちを見たり、こっちを見たりして、女を不思議がるんでしょう。

　不思議がるより、不思議がられてたほうが得ですもの。男がいろいろ観察しすぎて、分らなくなって、フラフラッとなったところを待ってるわ。（笑）

三島　女は男からみて不思議で、男は女からみて不思議でないのは不都合だね。

有吉　ほんとうに男に関しては、女は自分の亭主か自分の恋人なら、絶大なる関心を持っていても、男全般については屈託がないのね。だから結婚するならどういう人がいいと聞かれても、実は具体的な答えは出ないのですね。

　男だと、三島さんみたいに十何ヵ条なんて臆面もなく出すでしょう。女はそれがないのよ。会って良かったらいいんですよ。だから背の高い方がいいと口で云っていても、女の場合は必ずしも背の高い人を選ばないでしょう。三島さんなら、背の高いのはいやだというでしょう。そしたらそれを通してるでしょう。そこへ行くと女は観音菩薩、融通むげよ。だから女のほうが幸せよ。わたくし生れ変り、死に変り、女に生れたいわ。

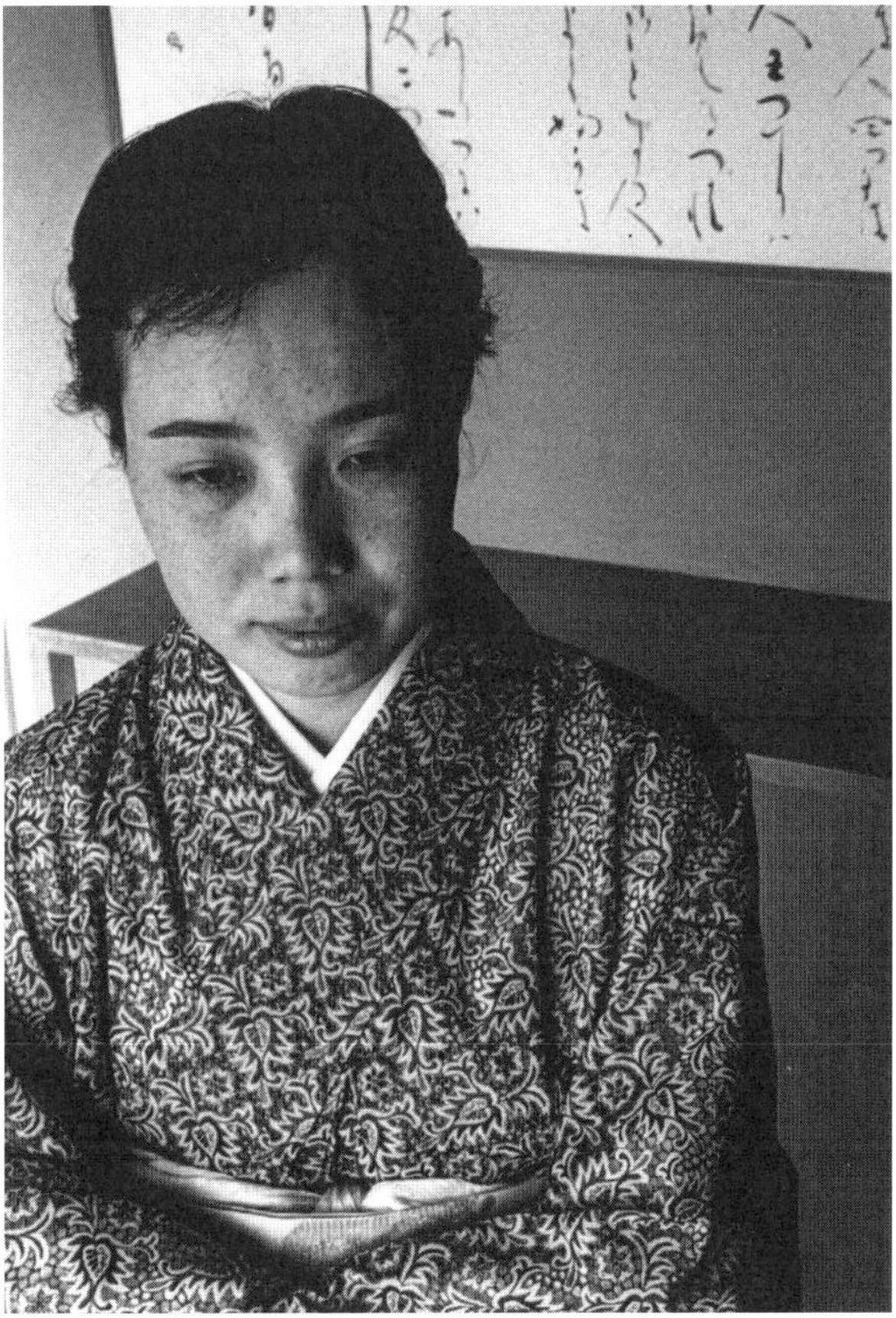
有吉佐和子

いまは悲しい男たち

三島　有吉さんみたいなことを言う人は珍しいね。女でありたくない、女でありたくないという女が、現代にいかに多いことだろう。

有吉　そうかしら。このごろは男に生れたいなんて人も少なくなったんじゃない？　男であることは、むかしほどよくないもの（笑）。第一どこのお家でもお父さんの地位というのが全然おちてますよ。男の地位は大体お父さんで代表しますからね。

そのお父さんの中に、ずいぶん可哀想なのもいると思います。……だから〝男性をいたわりましょう〟と言ってたほうが、絶対にうける。（笑）

三島　それはそうだよ、徹底しちゃえばね。

有吉　それから、とにかく男って、尊敬したほうがいいと思うの。そうすれば、尊敬されてるという暗示にかかって、えらくなるかも分らないでしょ。

三島　そう猿まわしの猿みたいには、かからないやね（笑）。でも男がえらいというのは、昔の社会で自然に子供のときから、そういうふうに育てられて来たんだろうけれども、現代社会じゃ、もう古典的におぼえてるきりだね。

だけどね、僕はようく考えてみた上で、男は女よりえらいという結論に達したんだよ、三十くらいになってきてから。それから僕は安心しちゃったんだよ、大体……。

有吉　えらいということになれば、女の方がえらいと思うの。……喧嘩すれば理屈が通らなくたって、女の方が勝ちますもの。だけどね、頭のいい点というんじゃ、男の方が頭がいいと思うわ。信じてるわ。

三島　でも頭って暴力の変形だからね。原始時代いろいろ動物を捕えたりするのは暴力でしょう。人間は頭をつかわないと動物が捕えられないし、頭が暴力の代りをしてきたろう。だから知性ってのは、いまでも暴力なんだよ。

女の人には知性もあまりないかわり、暴力もないんだから。――ただ感情の暴力だからね、女の人の暴力って。

有吉　暴力も頭もいらないと思うの、身体だけで。

三島　ああそうか。

有吉　だから、えらいのは女よ。

三島　それは腹が立つね。

有吉　愉快になってきたわ、わたくし（笑）。理屈で喧嘩しようと思ったら、絶対に男には負けるわね。バカなところで勝負をとしたらダメ。利口ぶろうとしたら、女は絶対負けないわね。

三島　女はえらい。頭が下がるよ。

（笑）

有吉　大体そういうふうに女が威張って、それで表向きは亭主を威張らせてるところは、ご家庭も円満ですね。

三島　一つ僕らも円満にやりましょう。

（笑）

有吉　だいたい表立った人間は、人形芝居の人形だと思うの。その人の意志のうしろには、五人くらいの黒幕の意志が働いてるんですね。

男を人形にした場合、背後に奥さんがいて、これは隠れた存在。それが不当だと思わない人たちが、封建時代の女でしょう。今だってそういうつもりで家庭にいたら、女もうたがいないと思うんです。

三島　ほんとうにそうだ。

有吉　文楽人形芝居を見ても、うしろの三人の人形つかいが人形を動かしているでしょう。でも逆に人間が人形につかわれてるように見えるときがありますね。――それが至芸というものでしょう。

人間同士でも亭主関白と見せて実は、奥さんが立派なのだという実例が沢山ありますね。それを見ると、なにも女が出しゃばることはないと思うわ。

歎きのダルマの眼入れ

有吉　（ふと酒の肴ばかりつついている三島さんに目をとめて）あ、そういうものを食べると、胃にわるいわよ。

三島　またそんなところで母性を出す。

有吉　そういうところで女は男を抑えるのよ。小説の話はかしこまって聞いて、お惣菜を食べるときだけ命令するの。（笑）

三島　いやな気はしないね。

有吉　……ね、女性的でしょう？

三島　有吉さんて、こういうことを言うと実に正しいけれども、これを実生活でやったら、果してできるかしら……。

有吉　誰かに実験させて下さいよ。（笑）

三島　あなたがバカになる――バカになるのが女として利口なことだから、あなたはバカになってると僕はいうんだよ。

有吉　背のびするとダメなのよ、私は。

三島　ほんとうは知的ぶったところがあると思うんだがな。

三島由紀夫（1959年）

有吉　やったことあったけど、もうやめたの（笑）。私ものすごくインテリがきらいなの。女子大に入る頃からこうなっちゃったんですよ。

三島　自然に？

有吉　契機はありましたけどね。うちの祖母が女学者というのではないけど、学問の気というようなものをもってる人で、母がまたインテリ女で、インテリと結婚して、それで外国生活が多かったんです。

　それで女学校のとき、お友だちの家に遊びに行ったら、そこの家で大きなダルマ買ってきたとこで、芽が出るの縁起かつぎに眼を入れているんです。みんなで楽しく笑ってるの。そのときに私はどうしても笑えなかった。何がおかしいのか分らない。皆が楽しいのに、その雰囲気に入っていけない――。その情けなさ――。まっ青になるような情けなさで家に帰りました。以来、金輪際インテリにはなるまいと決心したの。大学に行っても絶対にインテリにはなるまいと思って、芝居ばかり見てました。
うちじゃわたくしを法科にやりたかったらしい。だから初めて小説を書いたとき、文弱に流れたと思ったんでしょうね。全然わが家は悲しんじゃって、いまでも悲しいらしい。

三島 僕は自分の娘はバカに育てたいナ。

有吉 わたくしも。男の子なら蝶よ花よと育てて、女の子はバカで図々しく育てたい。
でもまだご亭主もきまってないし、まず自分からその教育方針でということで。だからこのごろ全然つよいの（笑）。男は私を見たらみんな惚れると思うことにしたり――幸福よオ。お世辞でも褒め言葉は全部本気にとるの。そしてだいたい悲しい話は小さく感じて、愉しいことはこんなに大きく感じるようにしてるの。

三島 だから〝女は悲しくない〟……。

有吉 そしてね、さっきのジャブジャブという皮膚感覚ね。わたくしの家の中にはあまりそういうものがないでしょ。だからわたくしは意識的に皮膚にくっつけようという運動をはじめるわけ。

三島 そうなると〝不思議の国のアリス〟みたいなもんだね。そういうものを現代の知的な女の人が失ったことは、たしかだと思う。

有吉 合理主義という言葉は、だから大きらいなんです。ことに女の人でそういうことを言ったり、口に出さないでも、行動してる人がいるでしょ。とってもいやあね。

三島 しかし女の人の合理主義のほうが、男のそれよりも徹底してるね。女の人が原水爆禁止をしたり、売春禁止法をやったり、そういう人は男よりずっと正直だし、ひとたび主義や思想を持ったら、そりゃ実にたいしたもんですよ。

有吉 身体全体で持っちゃうから、不消化のところがなくなっちゃうんですね、頭だけでやらないで……。そういうふうに徹底して、図太いものがデンとあるならいいと思うけれども……。

三島 それじゃ女のとりえもないものね。

有吉 私、早く年とって四十すぎたいと思うんですよ。二十代じゃ男とどう張合ってもやられちゃうけど、四十女になると、どんな頭のいい男が出てきても、どんなデータをあげて論判しても、女の方が勝つんですもの。

三島 それはそうだ。宇野千代さんがあのキレイな声で「あなたの小説、つまらなかったわ」と言ったら、それでおしまいだもの。（笑）

有吉 大体そのくらいにならないと、女はホンモノじゃないですね。年をとるのがたのしみだわ。ねえ三島さん、自分から悲しがらない限り女の方がトクでしょう？

三島 ぜったいトクだね。

有吉 何回でも女に生れかわりたい理由なんです。ただし、こんどは私、美人に生れてきたい。（笑）

（『若い女性』一九五九年一月号）

往復書簡

あなたのイノサン、あなたの悪魔

三島由紀夫様　森 茉莉

澁澤龍彦氏の、『サド侯爵夫人』の序文を読みますと、サド侯爵は、イノサン、つまり無垢な子供と、モンストゥリュオジテ、つまり怪物性とを持っていて、あらゆる悪業、というのはつまり、子供が虫をナイフで切ったり、火あぶりにしたりするようなことを遣《や》ったり、牢に入れられたりした揚句に、最後にはサントゥテに昇華した人物だと書いてありました。私は知識が、女学校卒業程度で停止している人間なので、サドという人はサジスムの元祖で、気違いのような人だと思っていました。

それが最近になって、彼が偉大な思想家であることを新聞かなにかで知り、その思想の説明を読んで、永井荷風の思想の中にある、奥さんは妊婦で、娼婦の中に却って純粋なものがあるという考えが、もっと偉《おお》きくなり、欧露巴《ヨーロッパ》の重厚な建築のようになったような思想なのだろうと見当をつけ、にわかに尊敬を捧げるようになりましたが、今度澁澤氏の言葉で、又もっと深くわかったような気がして、尊敬がまた大きくなりました。まるでミュッセの『恋を弄ぶ勿《なか》れ』の中にあるミュッセの、（女は粉をふりかけられればふりかけられる程茫《ぼう》っとなって尊敬する）という言葉があて嵌まる状態でございます。

全く知識のない私が、一世紀から二十世紀までに一人しか出なかった、サド侯爵のような人物がわかる筈がなく、わかろうとするだけ無駄なのですが、その、イノサンを持っていて、そのイノサンが、モンストゥリュオジテに通じており、あとになってサントゥテに昇華した、という性格のニュアンスや、過程はなんとなくわかるような気がするのでございます。そうして私には、そういう性格が人間の本来の、自然な性格なのではないかと、思われるのでございます。子供ではなくて大人で、モンストゥルではなくて道徳的動物である人間、つまり、初めからサントゥテになりすましているような、日本の紳士たちの多くは、日本の国の、昔からの伝統的な教育に、ずっと前からあやつられて来た祖先の末裔なのだから、仕方がないとしても、そういう人間は、一応疑いの眼で、じろじろ見てみたくなるのです。

今日、私は三島氏の、六角な、長い、水晶のような文章が、『サド侯爵夫人』の中にも光っていることや、『サド侯爵夫人』の中に書いてあった、サドがマルセイユに行った時の服装の描写と、貴族の平常の服装との関係について、書こうと思っていたのですが、『サド侯爵夫人』の序文の、前記の言葉を発見して、それと同時に忽然とさとったことがありますので、三島氏の文章と服装との関係のことは後にして、そっちの方から書くことにいたします。それは三島氏をほめることになるのですが、ほめられた人のお返事というのも、面白いのではないでしょうか。

忽然とさとったというのは、私がふだん、三島氏について、ぼんやりと感じていたことが、突然そこに光をあてられたようになって、三島氏が、サドと同じに、イノサンと、モンストゥリュオジテとを持っている人物だと、わかったことなのです。イノサンを無垢と訳すと、――三島氏が、小鳩のようなグレエトヘンと同じに無垢だというのはおかしいようですが、サド侯爵が無垢だとすれば、三島氏は大《おお》無垢の筈でしょう。

三島氏はだから、人間本来の、自然な性格だと言えると、思います。これは確かだと、思います。私の考えは変な考えでしょうか。もし変だったとしても、世の中が、理論の解る、人生や人間、人間の生き方、について、（犬や猫、ライオン、虎、ひょう、虫、鳥、なぞの生き方まで解る小説家はないでしょうが。それにそれらの動物たちは、人間に考えて貰うまでもなく立派に生きており、sexの生活も、ルネ・クレマン、ヴィスコンティ、ブリアリ、ドゥロンのようなフランス人や、ヌレエフのようなソヴィエット人、ピータア・オトゥウルのようなアイルランド人のように、堂々と立派ですから、彼らは大きなお世話であると、髭の先で笑うことでしょう）よくわかっている小説家ばかりでも、世の中は退屈ではないでしょうか？　私のような、変な考えを抱いて、それを信じこんでいる人間がいるのも一興でしょう。それに私は私でしかなくて、私の頭で考えること以外のことは考えられないので、その考えを書くより他、仕方がありません。

私は心の中に呟くのです。（わが三島由紀夫は、イノサンである。そうして彼のイノサンは、モンストゥリュオジテにもジァアブル〔悪魔〕にも通じている。ただ、彼が老人になってから、サド侯爵のように、サントゥテに昇華するかどうかは、私は先に死ぬので見届けられないが、あるいは昇華するかも、知れない）と。

この世の中には反自然の、つまり、イノサンでも、モンストゥルでもない、道徳人間や、聖女がいて（鬼ども多く籠りいて）目もあやな、偽善の美服をまとい、目も眩むばかりに耀いているが（ほんとうのものを見る目で見ればボロの洋服や着物を着ていて、顔や姿も恐ろしいのであるが）、本ものの いい人間は少ない。そういう人々の群が、ヒッチコックの『バアド』に出てくる鳥のように、空を蔽ってバサバサしているので、自然で、無邪気な、悪魔を隠さない、サド侯爵のような人物なんかが、大変な気ちがいになってしまうのではないでしょうか。牛肉屋に、牛を殺すところを見せてくれ、と頼んだり、下男に仔鼠を持たせておいて、帽子用のピンで突き刺して喜んだりした、マルセル・プルウストなぞも大変な気違いとして言い伝えられるのです。サド侯爵の思想は、私の頭にわかった限りでは明快だけれども、彼の遣ったことは明るいとはいえません。三島氏にも暗いところがありますけれども、一方、透った青《ブルウ》のような明るいところがあり、私にとっては暗い場所である理智に明るい頭を持っていて、鷗外のような、そうして自分のような覚めた頭をいいと思っていて、常識も発達していますす。それで一見、世間一般の道徳紳士のような生活態度をとっているが、三島氏の本来の性格は、好奇心と探究心で一杯の子供だと思います。

芝居に出たくて我慢が出来なかったり、映画に出たり、歌を歌ったりなさるし、オリンピックがあるといえば、聖火を持って走る男になりたいと、本心から思う人なのです。ノオベル賞を欲しい心持を隠していません。他の文学者の中にはのんきで、カンケイないことのように感じている人も、遠くのことのように思っている人もあると思いますが、中には欲しいと思う、子供のような心があっても、大人らしく落ちついているような顔をしている人もあるかも知れません。自分をマスコミの中で目立たせることも人々の目の前で遣っています。

私は三島氏の中にイノサンを発見したと同時に、室生犀星という名の青ざめた鮫を、想い出しました。室生犀星は、犀川の青い、暗い水の匂いを全身につけ、文学のぬるぬる（室生犀星はぬるぬるのことを、彼の『蜜のあわれ』という小説の中で、ノメ、ノメ、と表現しているのを御存じですか？金魚の鰭《ひれ》のノメ、ノメ、というようにでございます）をも、その水にまぜてつけて東京に出て来て、さんざん暴れてから又犀川の水の中へ還って行きましたが、彼はどこかで悪い奴と、信じられています。貴方はそこも、犀星と共通していらっしゃいます。

三島由紀夫は狡い男で、室生犀星は嫉妬深い男である。

そういう考えの、繊《ほそ》い、ふやふやした、しかし強靭な、萩原朔太郎の詩の中の繊毛のような、噂の藻が、世間の中に、そこはかとなく漂っています。その藻はどことなく方々に漂っていて、通る人間の髪や、手や、足に、絡みつくのです。しまいには脳細胞の中に、癌細胞のように侵入するのです。なにしろ癌だからうまく入りこむし、入ったらそこに棲みついて、繁殖します。私という、わけのわからない人間はこの二人の不思議な人物に、どちらからも好意を持っていただきました。好意を受けたことに感動すると、人間の眼はよく見えるようになって、この二人の人物がいい人間だということがわかったのです。かりに一歩をゆずっても、少なくともこの二人の人間は偽善者ではないのです。いい人間だから嫉妬も、世に処する遣り方も、公開しています。

三島氏はほんとうに自然な人間であって、日々新しい玩具を欲しがる子供です。子供を見ると、いつでも何かしらに興味を持って、立てた膝を頭より高くした格好で、何か造っていたり、凄い勢いで駆け出して行ってしまったりしますが、貴方もその通りに見えます。

けれども、わけのわからないことを書いて、それだから三島由紀夫はいい人間なのであると、叫んでみたところで、誰にも通じませんから、これから、最初に書こうと思ったことを書きます。

又サドですが、貴方が描写した、サド侯爵の服装を見ると、青い裏地のついた灰色の燕尾服、橙色の綿のチョッキ、同じ色の半ズボン、金髪の頭には羽根飾りのついた帽子をかぶって、長剣を腰に吊り、金の丸い握りのステッキをついていた、と書いてあります。私はこれを読んだ時、ヴェネチアだか、ヴォロオナだかの街の橋の袂《たもと》で、ダンテとベアトリィチェとが出会っているところの画や、そういう古い風俗が、淡彩で描いてある、何かの挿絵を見た時のような美を感じました。そうして貴方の文章の中に、ワイルドや、ダヌンツィオや、鷗外の翻訳の文章のような、耀々《ようよう》した、私がそれを読む時いつも、愛情をいくらでも欲しがって、自分を愛してくれる父親の、愛情の眼や、微笑《わら》いや、背中をなでてくれる掌を、肉食獣のようにむさぼりくう幼児のように、あるいは又、モウパッサンの、たしか、『恋は死よりも強し』の中の男が森を見て、素晴しいと思うと、その森をたべてしまうようにして見る、というところがありますが、その男が森を見るようにして、読むところの、詩のような描写も、いつものように見出したのです。そうして又もや平常抱いている、疑惑を抱いたのです。

こういう美をわかって、こういう文章を書く三島氏が、どうして、派手なアロハを着たり、そうかと思うと、熱帯地方の礼装を着たり、するのだろうか、という疑惑です。貴方の、写楽の役者絵の眼を近代化したような、先刻《さっき》から幾度も書いたように、イノサンな、ジアボリックな、モンストゥリュエルな、生き生きとした二つの眼を、どうして生かそうとしないのでしょう。健康になって、長生きをして、沢山小説を書き、芝居を書き、芝居を演り、というような、多角的な生活をしたいのなら、ボディ・ビルも仕方がないけれども、三島由紀夫の顔は、とくに眼は、黒っぽい背広に、黒のコート、黒へ白か灰色で二本縞のある絹編みのマフラア（又は白）を巻きつけるか、唐桟に黒襟の着物の襟を開けて着て（そういうなりの襟から出る胸は、ボディ・ビルの胸では似合わないのですが）、博多の帯を締め、外出の時には黒い撓《しな》やかなウウルのインバネスを裾長く着て、マフラアも黒と灰色の棒縞のを巻きつければ、一寸《ちょっと》いかすのではないでしょうか。先日『パンチ』かどこかに、トロピカル地方の礼装であるという白い上着に、黒い洋袴《ズボン》を着て、写っていて、ボオイの礼装との違いが委《くわ》しく説明されているのを見ましたが、どうして熱帯地方の礼装を造《こし》らえて着るのか、それがわからなかったのです。

　貴方の家も、仏蘭西《フランス》の宮殿かと思うと、庭は希臘《ギリシャ》のアテネの貴族の庭であったり、玄関の鏡は西班牙《スペイン》だったりで、奇々怪々ですが、貴方の性格について一つの発見をした今日、考えてみると、要するに奇異な服装をするのも、仏蘭西の家をお建てになるのも、伊太利の彫刻家に、希臘のアポロンのコピィを造らえて貰って、運んで来るのも、彼のサド的な、イノサンがさせることなのだろうと思われて来ました。

　それがわかってくると、女の首のついた、希臘の長椅子に女優と並んで腰をかけて写真を撮り、わかったような、わからないような、恋愛論や夫婦論を、その女優と闘わせるのも、真紅《まっか》なブレザー・コオトを着て、バルチック艦隊を撃滅した東郷平八郎か、又はインディ・チャンピョン・レエスの監督の人たちのように、望遠鏡を首からかけて、オリンピックにいらっしゃったのも、『からっ風野郎』の撮影に夢中になって、朝早い撮影に出て行こうとして、外套の片袖を、片腕をふり上げて通しながら、踊っているような形で、仏蘭西の宮殿のような石段を駆け下りる処を写真に撮って、週刊誌に載せたのも、演技に熱中したあまりに、階段で怪我をなさったのも、みんな、生れたままの、イノサンな性格から来る好奇心と探究心がさせたことなのですね。

　そういうわけだとわかれば、私はヌレエフや、プリアリ、なぞのような、好きな顔の次に好きな、一度見れば忘れる人のない、異様な、生き生きとした眼を生かす服装《なり》をなさらないことも仕方がないと諦めることにしましょう。

　あまり悪口を書きましたので、先日拝見した、『アラビアンナイト』の奴隷（でしょうか？）の扮装をなさったお写真は、素晴しかったことを一寸つけ加えておきます。

往復書簡

あなたの楽園、あなたの銀の匙

森茉莉様　三島由紀夫

美しいお手紙をありがとうございました。その御返事よりも、もっと大切なのは、貴女の御近作「甘い蜜の歓び」(『新潮』一九六七年二月号)の読後感を申上げることだと思います。常のように、というよりは、常よりもさらに、この作品に感動させられた小生は、何よりも先にそのことを申上げたいと思うのであります。

森さん、貴女は文学の楽園に住んでおられます。小生をはじめ、すべての文士は失楽園の責苦のなかで、あるいは失楽園の安逸の中で小説を書いています。もっとひどいのは、楽園をすでに追い出されているのに気がつかないで書いている連中です(これが一番多い)。

何という恩寵でしょう。貴女はまだ楽園の中で文学をやっておられる。誤解のないように申し添えますが、これは貴女がアマチュアだという意味でも、文学少女(!)だという意味でもありません。むしろ、貴女は小説というものの精妙無類な virtuose であり、言葉の精煉度と技巧的練達において、凡百の小説家をはるかに抜いておられます。それでもなお貴女は楽園に住んでおられる。多分貴女は一生この楽園を追放されないという、たぐい稀な恩寵に恵まれておいでなのです。それはひょっとすると、「モイラ」というのが、気が長いのか、莫迦なのか」のせいかもしれません。

楽園とは、文学においては、言葉の楽園です。言葉が天の王権を保ち、言葉があまねく恵みを垂れ、言葉以外の何ものもそこでは力を持たず、又、言葉以外の何ものによっても代置されない楽園です。あなたの作品を映画にしようと企てた人がいるそうですが、何という怖いもの知らずでしょう。あなたの文学の世界では、言葉は実に気むずかしく選び取られ、実にハイカラに配列され、頁をあけるなり馥郁《ふくいく》たる香りがただよい、人はその壺に落ち込んだが最後、「蜜」どころか甘い硫酸に溶かされてしまいます。それというのも、その蜜が、その硫酸が、その言葉が、完全に無垢だからであります。貴女は言葉というものを、決して失楽園風に使われたことはなかった。貴女は、言葉というものを、つねに、絶対に、貴女自身の私的用語として、しかも十分な歓喜と敬虔さを以て使っておられる。貴女の言葉は、かつて一度も、外界に現実に瀆《けが》されたことはない。小生が貴女を楽園の住人と規定するのはそこであります。

　しかし、人あって云うでしょう。小説は必然的に外界と相渉るものだ。現実や人生と関わりのない小説は小説ではない。——そういう人は、小説というものの本質的な素材は言葉のほかにはないことを忘れているのです。小説とは、モイラのように（御作中のあのわがまま千万な、いつも体をぐにゃりとさせている少女のように）、わがまま放題なものであります。貴女のはつまり楽園内の小説という稀少価値を持ち、楽園外の小説から見れば異端でしょう。貴女は無理解の只中に美しく孤立しておられます。

　そして小生は、何ともへんな話ですが、身を楽園外に置き、作品を楽園内へ再び押し戻そうとする、永遠の無駄な努力をつづけているわけであります。

　こんな埒もない議論はやめて、「甘い蜜の歓び」の具体的な話に戻りましょう。

　これはいわば日本のコレットの作品、しかもフォオヴィスムに染ったコレットともいうべき作品で、官能的傑作です。

「官能的傑作」。ああ、この言葉を小生はどんなに永い間使いたいと思っていたことでしょう。ジイドが『プレテクスト』の中で、芸術家のもっとも大切な資質は官能性だと言っていたように記憶していますが、戦後の日本で、真の怖ろしい官能性を孕んだ傑作は、川端康成氏の『眠れる美女』のほかには、貴女の諸作品しかなかったのです。

　何一つ野卑な言葉を使わずに、貴女は暗い色情を天日の下へ引出し、もっとも微妙な感情を目に見える世界へ、秩序正しい言葉で移管される。

「モイラの不機嫌の中に陥ちこむ、気分の傾斜面が、滑りやすくなった、というような、そんな感じがある」

　と貴女が書かれるとき、そこには生理と心理の落差、人間が悪徳や悪癖に陥ってゆくときの抗しがたいメカニズムが、何と明晰に語られていることでしょう。

　モイラ！　モイラ！　これは十五歳のモイラの完全に自己中心的な世界の物語であると同時に、一人の練達した言葉の芸術家の完全な自己中心的な世界の物語であります。

この、子供のとき口に含んだ銀の匙を決して離さない芸術家にとって、銀の匙とは、すなわち「言葉」なのです。いつもざわめき、そよめき、事物の表面と内面とを同時に呈示する。その微風のような言葉。たとえばモイラがお風呂に入って湯をかけてもらうときには、「湯は捻《よじ》れた紐のようになって皮膚の上を流れ」、又、若いロシヤ人の馬丁は、いつも、「胡桃を歯で割る人のような微笑い」をうかべる。いつも、いつも、そうなのです。どうして貴女は、いつも、いつも、そうであることができるのでしょう。

「モイラは翳りかけの林檎を皿の上におき、妙にだらりとなって、林作を見た。（中略）懶《ものう》さの中に、魔がある」

「モイラは懶さの中にいた。モイラは誰かに甘えでもするように、体を大きく、くねらせた。体の中に、どうやって甘えたら満足出来るのか、わからぬ心持が、むく、むくと、持ち上っている」

「あの娘には不思議なものがある。見ていると、どこかに不機嫌のようなものがある。不機嫌なのではないかと疑われるようなものだ。もやもやとした、厚みのある、それがあの娘の表情から、動作、すべての、あのモイラという娘全体を蔽っている、それは藻のようなものだ。曇りのある眼。動作はすべて遅《のろ》い。それが藻だ。あの娘のどこを見ても、硝子のような不透明が、覗いている。感情の不透明だ。それが藻だ」

決してデパートなどでは売っていない言葉、（デパートで売っている言葉だけで小説を組み立てている小説家がいかに多いことよ）、日本中で森茉莉商店でしか売っていない言葉を使いながら、こうして貴女は、十五歳の少女の無意識のコケトリーを、丹念に、というよりは、わざと毛糸の玉のようにこんがらかせながら、結局みごとに明晰に描いてゆきます。その色気の内発性のもやもやした疼くような感じと、外部から見た不透明ないらいらするような感じとが、こんなに両側から正確に映し出されてゆくのを追っているうちに、読者はもはやモイラが、官能性存在であるというだけでは物足りなくなる。モイラを、それ自身、肉慾の化身と考えなくてはいられなくなる。そこまで読者を追いつめているので、ロシヤ青年ピータアとの突然の情交は、少しも不自然ではなく、実に天の配剤のように思われてくる。

いつも貴女の御作を読むときに思うことですが、どうして貴女は、男性の肉慾についてあんなに正確な知識をお持ちなのでしょう。このすべてが夢のような世界のなかで、肉慾だけが、どうしてこうも苛酷なリアリズムの相貌をあらわすのでしょう。愛する者の「表面」、ただ「表面」だけについての男性の執拗な関心を、その肉慾を、その色情を、おそらく貴女ほど（何の夢もなく）正確に描破した女性はめずらしい。さっき引用した「あの娘には不思議なものがある」以下の、頁半段一杯にわたるピータアの内心独白には、男性の色情の正確無比のリアリズムが見られます。どんな淫らな女よりも、貴女は「男」を知っておられます。実に不思議！

駘蕩たる芸術作品、肉体描写の真髄、たとえば……、

「モイラの背中は長い間触れずにいた間に、背筋に窪みが出来ていて、その窪みを中心に緻密な豊饒を、くり延べているようだ。アムステルダムの教会で、手を触れたことのある、聖典の表皮《おもてがわ》の羊皮《スウェエド》の触感が、ふと、林作の掌に蘇ってくる」

それから、いとも無造作に放り込まれる叙述による人間の心のたとえようもないやさしさと淋しさ、たとえば、失恋した息子をのこしてゆく父親の言葉、

「本をお読み。好きな本でいい。それから海で、疲れるまで泳ぐのだ。神様が必ずいい日をわたし達に返して下さる。いいか」

それから全篇に音楽のように、午後の陽光のように、たえまなく流れる官能性、……それにもかかわらず、小生はたえず貴女の作家としての何とも言えない気むずかしさを感じつづけていました。

羊皮は貴女にとっては、スエードではいけない、スウェードでもいけない。それを撫でる指さきが滑るようで引っかかり、引っかかるようで滑るスウェエドでなければなら

ない。絶対に、絶対に、スゥェエドでなければならない。

「底に揶揄《からか》い微笑いを隠しているが……」

「揶揄い微笑い」とは！　この独特な字使い、この漢字と仮名の配列は、貴女の、（そして失礼でなければ敢て附加えさせていただくとすれば、貴女のお父様の）、気むずかしさの極致であります。

——しかし、これだけの作家が、これだけの芸術家が、楽園外の人間を描写しようとなさると、何という大きな誤まりをなさるのでしょう。御安心下さい。これからあとは、貴女の作品の批評ではなく、いただいたお手紙の批評ですから。

念のために申上げておきますが、小生をサド侯爵のような、あんなデブと一緒になさるとは何事です。小生のような大人をつかまえて、イノサンとは何事です。このお手紙も同様に、それ自体すぐれた文体を持ったすぐれた文学作品ですが、小生についてはみんなまちがっています。

もっとも呆れるのは、小生に貴女がさせようと企んでいらっしゃる服装の悪趣味なことで、金輪際貴女は小生の服装顧問になっていただきたくありません。「黒へ白か灰色で二本縞のある絹編みのマフラア」とは何たるニヤけた趣味でしょう。憚りながら、何十年ぶりのこの極寒にも、ワイシャツの下は裸で、マフラアはおろか、外套も着ないで出歩いている質実剛健な小生に、そんなニヤけたマフラアを巻きつかせようとは！　唐桟に黒襟の着物に、博多の帯に、ウゥルのインバネスなどというなりは、貴女のおひいきの吉行淳之介氏にでもおさせになったらいいでしょう。小生には白木綿の刺子の剣道着のほうがずっと似合うのだし、大体、小生は貴女のフランス趣味には悉く敬意を表しつつ、あの国の男性ファッションには悉く嘔吐を催す者であります。ラグラン袖の男のコートとは、何たるイヤらしさでしょう。ヨーロッパでは、男のファッションは、イタリー（北部）が第一、次がイギリス、次がドイツ、それでおしまい。どうか、これからも、小生の服装については、御放念下さるようにお願いいたしておきます。

（『婦人公論』一九六七年三月号）

IV
追憶の三島由紀夫

湯浅あつ子　三島由紀夫の青春時代

しきびの煙

盂蘭盆会の夜、くもり空の下で送り火をたき、みやび〔次女〕と私と元お手伝いの岩崎さんと三人で、十三年前と昨年私達の前から消えて了った娘と夫に、霊界へ帰って貰った。

十二日のお迎え火の夜空に二つの小さな星を見付けた九歳のみやびは、「アッ、お母様！　あそこにお父さまとお姉ちゃまのお星様だッ。ここよォ、火が見えるでしょう。早く早くゥ」と叫んでいた。そして父にウィスキーや枝豆、姉にケーキ等、毎日生ける人に接するように、九歳は、まめにお仏壇で手をあわせ、来客にサービスしていた。去年は亡《なくな》った娘のため、しきびの煙の中で共に涙してくれた夫ロイ〔タレント。ロイ・ジェームス〕は、今年はしきびの煙と一緒に亡き娘と手をつないで、手を打振る幼子と妻と忠節の元お手伝いを地上に残して、中空に去っていった。

私は、涅槃経を所依の仏典とする教徒で、毎年、盆、彼岸にかかわらず、御先祖は当然、私が親しかった故人に、その魂の安からんことを祈り念じて、御施餓鬼を御願いしている。

今回、その用紙に、夫ロイの本名、「湯浅祐道之霊位」を書く空しさは、当分私の手をふるわせ続けるであろう。その用紙には、必ず私が欠かしたことのない名前がある。「平岡公威《きみたけ》之霊位」即ち三島由紀夫の本名で、これをしるす時、私の心にはいつも少しのためらいが残る。

三島由紀夫は、私たち内輪の者が「公《こう》ちゃん」と呼ぶことに、いつも笑顔でいたが、自分のペンネーム「三島由紀夫」には、その作品同様に、並々ならぬ誇りと愛着を持っていた。だから、サイン一つにも姿勢を正して書いていた。霊界を固く信じて去った彼が、矢張りたくさんの霊魂の中で、「三島由紀夫」を矜持しているに違いないと、若きよき時代を深いかかわりの中で共に過した私は、彼の本名をしるす時に常に逡巡を感じてしまう。

私が二十六、七歳頃は、たくさんのボーイフレンドがまわりを取りまいていた。殆ど良家というレッテル保証の人達で、温室育ちの私は、むしろそれが当り前で過して来た。その中に、菅井君というK大医学部卒の、医者の卵ではあるが、非常に雅かな家庭に生れ、その育ちの中でハンサムというおまけつきだから、当然私は一番にランクづけして、我が家も自由に出入を許し、私も彼の緑ヶ丘の大邸宅に伺ったりしていた。そのうちに、彼の恋愛問題が起り、同じ緑ヶ丘の渡辺家、即ち黒田藩の血の濃いRちゃんの結婚騒動に巻きこまれてしまった。

光のように輝く目

親とギクシャクした関係になった彼は、その頃自分の緑ヶ丘の仲良しの家に、私をつれてうさばらしに出掛けた。何にでも首をつっこみたがる性格と、退屈病で、おずることなく平岡家を訪ねた。

これが三島由紀夫の家だとは全く知らなかった。菅井家、渡辺家のそれに較べて、首つり屋敷と呼ばれていたという三島由紀夫の家のたたずまいは、よくいえば質素で、昼なお暗い陰気な中程度クラスの住まいであった。でも、内玄関には、駄犬ながら可愛らしい顔付の日本犬がしっぽを振って私を迎えてくれ、品のよい老夫婦（その時はそう思ったが母君などは年齢的には驚くほどお若かったようだ）も、多少不遠慮な菅井君には慣れていて、ニコニコして招じ入れて下さった。

菅井君は、すぐにトントンと細い階段を上って行ってしまい、とり残された私は、いくら図々しくても大困りしていると、老夫婦（？）は、小さな茶の間で、やさしく気をつかって下さった。いくら気をおつかい戴いても私の立場は全く居心地悪く、我がままな私はだんだんと菅井君に腹がたった。そのあげく、「では」と平岡家を辞そうとして腰をあげた時、細い階段から、菅井君を背にして、暗い中にパッと光のように輝いた目をした白皙《はくせき》の小柄な青年が現われた。

ともかく瞬間ものすごい火花が散り、胸が高鳴り、その音が、彼の父母にわかってしまうのではないかと狼狽した。あとで、三島由紀夫にその時のことをきいたら、頬を紅くして、「僕もひさしぶりに胸がチカチカッときたよ」と言っていた。これが、いわゆる因縁というものではあるまいか。

それからの私のおとりまきグループに、彼も臆病な猫のように、用心深く、そして、はにかみながら近づいて来た。勿論夫も、彼には一目も二目も置き、彼の両親とも親しくなっていった。日を追うごと深く附き合えばつきあうほど、三島家と私達姉妹のかかわりが深くからみあっていって、父梓《あずさ》氏など、多少とも若く美しかった我々姉妹を、谷崎作品『細雪』にひっかけ、『太雪《ふとめ》』と名付けて、我が子のように可愛がって下さった。

父梓氏の美食

「公威《こうい》（キミタケ）の奴は、高けりゃあ美味いと思う味音痴だよ。成り上りはイヤダネェー。そこへゆくと、わしなどは違うぞォ。安くて美味いところをたくさん知っている。それが通というものさ。さあ一緒に行こう！」と、渋谷の地下二階のラーメン屋や、水道橋駅近くのわんこそば屋に梓氏のお供をいいつかり、生れつき食が細いうえ、階段と電車バスのりつぎの強行軍で、私は一番先に音をあげ、比較的大食で、丈夫で、その上とびきり美女の姉にバトンタッチして、「味音痴で成り上り」の息子、三島由紀夫と行動するようになった。でも彼だって決して味音痴ではなく、美味しいものを彼の知る限りの所で御馳走してくれた。

三島由紀夫は、味は勿論だが、それをとりまくもろもろの条件が、彼好みなところを選んだに過ぎない。それが、官吏畑で、赤坂「たん熊」「吉兆」等ときれいどころがワンセットというのが当り前だった梓氏は、退官して急に身辺が淋しく質素になって、そのために逆に輝き始めた我が子に、「成り上り」と憎まれ口をききながら、心のうちで、どのくらい三島由紀夫を邪心なく誇りにしていたことか。

むしろ、単純な故に、琴線にふれぬと疎外された一族の中で、ひたすら三島由紀夫の「幸せ」を願いつづけ、私欲の一つだになかった唯《ただ》一人の人間だった。このことは、他の人に、ことに母倭文重《しずえ》女に同調するが如く振るまい、芝居しつづけながらも、三島由紀夫は一番よく知っていた。

晩年、だんだん父親似になる彼に、「おじさまそっくり！」と私がからかうと、結構、「僕もそう思うようになって来たよ。父子って不思議だね」とニヤニヤ笑っていた。だから楯の会は、この父には全くの苦々しさの対象で、彼のライフワーク『春の雪』から『天人五衰』に至っては、「カイモク判らん」となげいて心を痛めながら、首をかしげるだけだった。

今度、日米合作映画として、あのアメリカのコッポラ監督が、日本の山本又一朗プロデューサー（ロイと一緒にテレビで仕事をして、私宅へもマージャンをしに見えたことがある）と組んで、『ミシマ昭和四十五年十一月二十五日快晴』という題の三島由紀夫の映画をつくり、昭和五十九年末上映予定という記者会見があった。私は色々の方面の御問合せを貰ったが、それは、すべて瑤子未亡人の範疇に属する事柄故、口をはさむ必要はない。むしろ私は、せめて出来上る作品が、ナイーブだった三島由紀夫の生涯を決して傷つけないよう配慮されていることだけを望んでいる。

これから書く彼の青春の色々は、あの軍服姿や七生報国の日の丸姿を是とされる方々には、きっと軟弱と映り、御怒りになるかも知れないが、色々の噂の中で散った「三島由紀夫」もただの、夢多く純粋な普通の人間だったことを暖い心で是非認めてやってほしい。これから書くことは、余りに短く貧しかった彼「三島由紀夫」の青春への私が捧げる鎮魂歌なのである。

幼年時代、妹の死

彼は、第三代樺太庁長官を祖父として、農林省水産局長を父に、開成中学の名校長橋家の令嬢を母に、いわゆる折紙つきの固い家系の中で生をうけ、おまけに父方の祖母育ちで、小さい時から母のひざの暖かさの充分に得られぬ淋しさの暮しで、とても我慢強かった。

母は、その時代には当然のことながら、父梓氏につかえきりの忍従の生活で、彼は体力的にも頑健ではなく、学習院時代、稚児さんと呼ばれたことをとても残念がっていた。彼の心は傷つきやすく、その傷の痛みを知っているが故に、祖母、母、父という大人たちの中でじっと静かに考える青年に育っていった。大きくなっても、言葉の上でのちょっとした意地悪でも、深く傷つき、悲しんだ。

そんな彼が、昭和三年生れの妹、美津ちゃん〔美津子〕を、とても可愛がっていた。自分と違い、思ったことをハキハキいえ、きかん坊でイタズラっ子で、平岡家（三島の本名は平岡公威である）の太陽だった。

私には下級生に当り、私の妹と同級で仲もよく、あだ名の「ヒラメ」のように、軽やかに海中を泳ぐが如く、学校中に明るさをまきちらしながら、楽しげによく遊び、よく学んでいた。頭脳明晳は、まさに平岡家のもので素晴しかった。

その美津ちゃんが、勤労動員中に飲んだなま水に、多分体調をくずしていたのであろう、一人だけ腸チフスになり、三、四日で呆気なく、しかし意識だけは最後まではっきりしていて、オロオロつきそう兄三島由紀夫に、はっきりと、力をこめて、「お兄ちゃま！　有難う」と別れを告げて、十七歳ちょっとで避病院で息をひきとった。三島由紀夫は、生れて初めて号泣した。

父梓氏も、ただ一人の女の子として、溺愛していたため、最期を看取ることさえ出来ぬほどのショックだったそうだ。この美津ちゃんの最期を語る彼を、私は何度となく見たが、その度に、今、目の前の現実の如く、三島由紀夫の目からは涙がハラハラとこぼれ落ちた。

母倭文重女も彼と同じように何十年たっても、語る前、名前を口にしただけで、涙声にかわったのを見て、私は、美津ちゃんがこの平岡家で、とかく気持がバラつく一族をうまくかしこく結ぶ貴い糸の存在だったのが分った。そして、三島由紀夫は、妹を女（異性）として第一番に感じ、それは肉親愛ともちょっと違う初めての「愛」だったのだと思える。

もともと平岡家は男女男の兄妹弟で、二男の千之《ちゆき》氏（外交官）も、当然優秀な成績であったが、おとなしい性格も手伝って、万事目立たず、音もたてぬ心の優しい弟である。兄の華やかさのため常に損な立場で、平岡家での存在感は殆どなきに等しかった。

昭和二十七年頃、三島由紀夫が一応文士として華やかに脚光をあび、世間がチヤホヤしていた頃も、三島由紀夫の心の中には他の誰よりもこの妹の死が根強く残り、その妹を偲ぶ者の連帯感を、母倭文重女に見出し、共に深く心を寄せあった。

母親の足を舐める息子

家系的に、父梓氏の希望通り東大卒即大蔵省銀行局とおきまりエリートコースを歩む、いや歩ませられる彼は、どうしても文学に進みたくて、勤めが終ると、殆ど父に内緒で毎晩徹夜で書きまくった。目を真赤にして頑張るそのがむしゃらな彼の文学の才能を、早くから母倭文重女は見抜いた。そして、専制君主の父梓氏から必死でかばい、励まし、いたわり、その苦労ははかり知れなかった。

こういう母に、心やさしい彼がどんなに感謝したことか察するのは容易であろう。今の世なら当然家出なりしたことだろうが、多分三島由紀夫の性格からは無理だったし、心がやさし過ぎた。

そんなある日、日頃の寝不足と疲労が祟り、夢うつつで乗ろうとした山手線の線路に落ち、これ以上こんな生活を続けたら命とりという事態になり、文学など女のくさったもののやることと、必死で憎まれ役を買っていた父梓氏も、子を愛する親心は一つであることは当然で、それでも腹のムシがおさえようもなく、素直に許せばよいのに、「文士になるというなら、もう止めはせん!! 但し三文文士は許さんッ。絶対に三島文学といわれるものを打ちたてろッ」と檄をとばした。

母倭文重女は、息子を愛する余り、後年この父梓氏を憎みきった。そして、三島由紀夫も当然の如く母に同調していった。

私から見れば、平岡家で普通人の感覚や常識を持っているのは、唯一人父梓氏だけだったのに。父梓氏が折れてから、晴れて大っぴらに原稿用紙を机上にひろげることが出来た彼は、どれほどうれしく、どのくらい陰で力になり通した慈母倭文重女に感謝したことだろう。

だから、その感謝の表わし方が、普通の母子とは全く違っていた。知らぬ人がこの母子の日常のあり方を突然見たら、まさに三島文学の世界を想像したことだろう。

「公威《こうい》さん、お母ちゃま足がいたい」というと、彼は、その痛む個所を、私の前でも平気でペロペロなめたりした。

現に、徐々に母子から必要とされない立場に置かれ始めた父梓氏は、そんな二人を緑ヶ丘の家の日本間廊下にある籐椅子に坐りながら、苦々しい表情で、「どうなってんのかねェ」と大きな坊主頭をふって、何時《いっ》もブツブツ呟いていた。だから母を女性としてとらえれば、妹美津ちゃんの次の彼の第二の愛の対象は母である。

この、母倭文重女も、その夫梓氏と娘美津ちゃんと長男三島由紀夫の回忌供養が三人とも重なる昨年、十三回忌の長男三島由紀夫にあわせて、仏式で法要をすませ、その直後用賀の高級養老マンション「フランシスコ・ヴィラ」で、高血圧のために倒れた。幸い管理の方のお力で、二男千之氏夫人なっちゃん（ちょうど日本にいた）や、倭文重女の実家橋家のチャーーちゃんの夫人等により、虎の門の北病棟に入院し、今は、意識はあるが寝たきりの病人になってしまわれた。私の妹が見舞にかけつけた時は、とてもひどい様子で、随分と心配したが、意識が恢復し始めた彼女はプライドや、猛然とした強さを見せ、チューブにとりまかれて、身体の自由も口の自由もない姿では誰にも逢いたくないと、意志表示があり、皆遠慮することでおばさまに敬意を表している。

「倒れた」のニュースの後、その容態のひどさに、親しいまわりのものは、口には出さなかったが、三島由紀夫の命日、十一月二十五日に、劇的に終焉を告げると思ったし、また、それを一番おばさま自身望まれたのではないだろうか。「公威さんのいない世の中に生きていたくないっ」と叫んだあの日の悲痛な声は、今もはっきり私の耳にのこって消えたことはない。しかし、私達、まわりが勝手に考えた一番ふさわしい場面は起こらず、ふさわしい散り方のチャンスは天意によりのばされた。

運動神経皆無

誰しも「死」を考える時、未知の世界への漠然とした恐怖がないとは思わないが、生きる先に人間として、責任も希望もないものにとって「生」にどんな価値があるのだろうか。むしろ仏教哲学でいう「アラヤシキ」の流れに身を投じた方が幸せなこともあるのではないのだろうか。

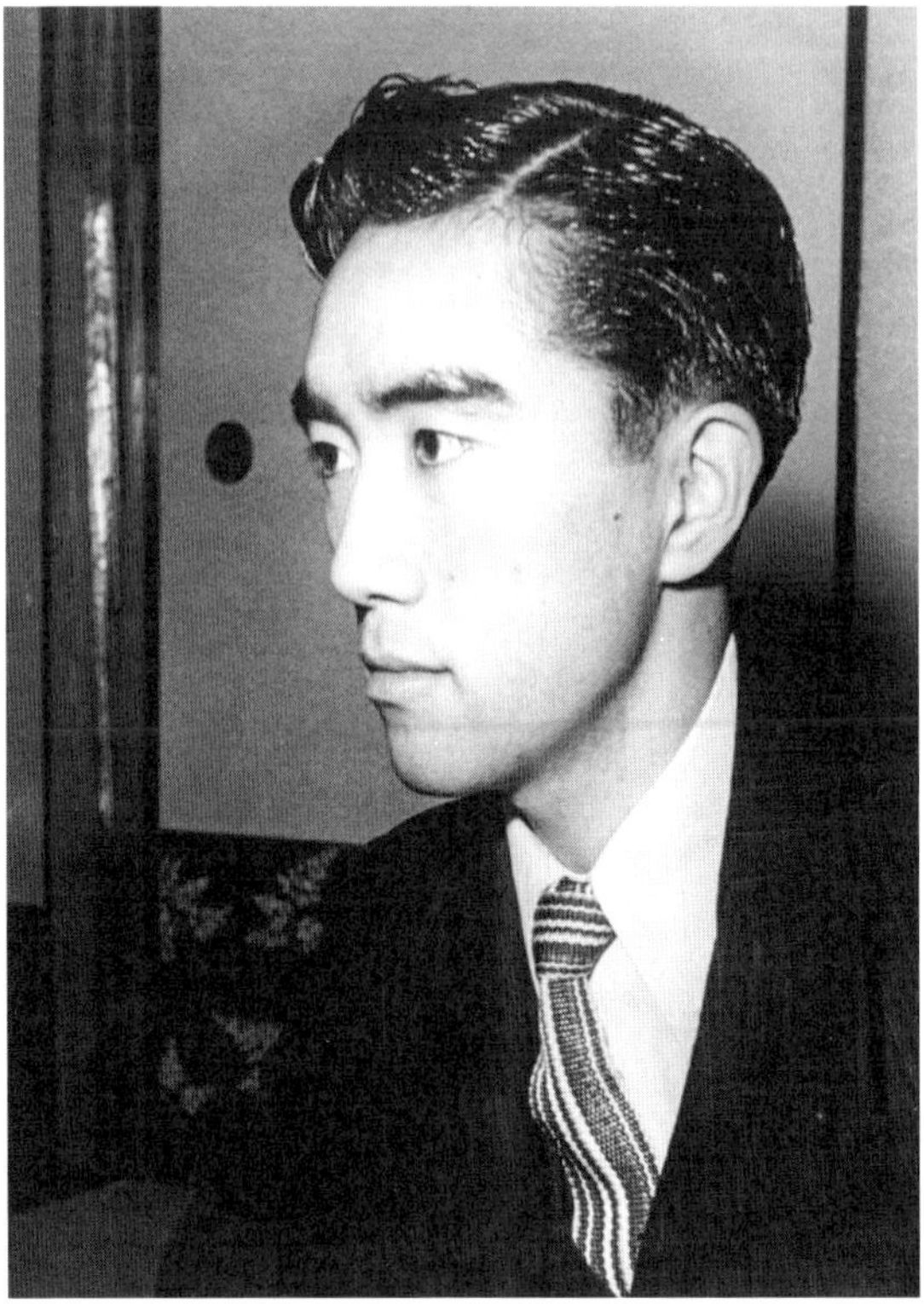

三島由紀夫（1949年）

しかし、私も夫ロイを失った時、次から次と押しよせる荒波に、子供への責任がなかったらばと思うことが何ヵ月も続き、今やっと仏教徒として人並の自覚にめざめ、頑張っている。そのことを考えれば、安易に死を受け入れるべきではない。

　夫ロイは三島由紀夫の好意を、たくさんにうけ、一流の司会者としての品位と知識を身につけさせて貰った。あの頃はやった芸術祭参加ドラマをやりたがった夫に、「異例だけど、原作三島由紀夫というタイトルにしてくれるのなら」とも申し出てくれたが、私は、人様を利用、ことに親友を私事に利用させて貰うのはそれに見あう返礼法が見付からぬ限り、絶対に厭で、遂にロイの夢を私自身で壊してしまった。

　でもこれは私の信念だったので、それからあとも決して情に流されることはなかった。

　三島由紀夫は、からっきし喧嘩が出来ず、映画『からっ風野郎』のエスカレーターの場面で自分の運動神経皆無からころんで、頭に負傷して虎の門に入院した時、私と二人で見舞った夫に、まるで子供の喧嘩のように、監督の増村さんを「なぐって来てくれよ、ロイ!!」と駄々っ子みたいにわめき、単純な夫は、敬愛する三島由紀夫に頼られた嬉しさに、まわりが止めなかったら、きっと実行して大困りになっていたと思う。二人とも幼稚性の部分が強い男たちであった。

　この頃は、もう三島由紀夫は結婚していたが、文学座は分裂していなかったので、馬込の三島邸で喧嘩のおまけつきの下手な彼の主演映画を、豪華な食物つきで、文学座の若手と一緒に見たのもなつかしい思い出である。三島由紀夫は、「エー、おせん。エー、キャラメル」と必死でかごにケーキ等入れて文学座の連中にくばっていた。

彼は、加藤治子を新劇界一の美女とたたえていたが、決して自分の身近から女性を選ぶことはなかった。

これから書く彼の女性との愛は、すべて結婚一年前までのものである。でなければ、私が瑤子夫人を彼にとつがせるほど、無神経な女にとられてしまう。一言説明を書かせて戴き、彼の本当の女性との愛を書いて見よう。

ラブレターの練習

三島由紀夫は、前述の如く、彼が女（異性）として感じた愛が、妹と母（ちょっぴり私も入ったことがあるかも知れないが）という、余りにも夢のない貧しさだったためか、生活が固く質素すぎたためか（普通のレベルでは結構贅沢だったが……）、やたらに、育ちとゴージャスとグレイスフルな雰囲気にあこがれた。

育ちに対する部分は彼のプライドで、あとは自分の家でみたされなかった部分である。そのうえ本人が並はずれて女性に無免疫者だったので、余り上手くない字を、ペン習字で猛練習し、すぐに臣三島由紀夫拝、などと書いたラブレターを、自分の目にとまり、また、人の目にとめられると、相手かまわずせっせと書きつづけていた。私は、げっそりして「又、臣か」というと、彼は「うるせえ」。横目でチラチラすると、彼は滅法だらしない、たのしそうな顔をし真赤に上気していた。

この手のラブレターを、大手建設会社の令嬢、ミスM・K、そして代議士令嬢で母がドイツ人のハーフ、ミスH・K（在アメリカ）に送り、さらに後には紀平悌子《きひらていこ》女史にまで名乗りをあげられ、選挙運動などと世間では仰言《おっしゃ》っていたようだが、あの彼の筆まめさから考えあわせれば、嘘とは思えない。

前出の二人の令嬢とは、プラトニックながら、相当長いこと交際をつづけていた。いくら親しくとも、夫のある身故、夜中まで、見張っていたわけではないから、しかとは分らないが、日頃の彼の臆病さから、一線をこえたくても母に覚られるのが厭で、いつも何となくはかないつき合いで終っていたようだ。

そんな時のうさばらしのお供は、きまって私か妹で、新橋辺のブランズウィックというゲイバーで、今の美輪明宏が、女の私達が見てもまぶしいくらい美人（？）でたむろしていた。また、ボンヌールという数寄屋橋近くのゲイバーにもよくつれて行ってくれて、その淫靡なムードに驚いたりうっとりしたり、すっかり性の倒錯におちいる私に、手を打ってよろこんでいた。私も、彼が、男女を問わず、「美」に深く心を動かすのが、しごく当然のような気がした。

美しい上にゲイたちの頭の回転は早く、二、三十分は結構たのしめた。その点彼があこがれた女性は、みな頭脳明晳であった。ミスH・Kのことは、『ラブレター』なる珍しい三島由紀夫のアルバイト小説に書かれたが、今はなくなってしまったということだ。彼はどんな時でも、相手が男であろうと女であろうと、それから貪欲に自分の文学への一助を、必ず文士の習性としてつかんでいた。ごく当り前のことかも知れないが、私はそんな時の彼の目のギラギラは大嫌いだった。

私は三島由紀夫でなく、平岡公威であることをいつも願っていたのだ。私の仲よしの公ちゃん（三島由紀夫）は、白晳で、一寸ちぢれっ毛で、あの後年突張ってライラクをよそおうための「カッカッカッ」というつくり笑いの大声を、出したことなど一度もなかった。

ゴージャス作家谷崎潤一郎氏をもっとも尊敬し、一歩でも近づくことを願い、あこがれていた。もっとも、「である」で三百円といわれた当時の谷崎氏にも多分に魅力を感じていたのだろう。ただし、自分が長生きして作家をつづけていたら、谷崎大先生には近づけず、きっと当時ショッキングだった、永井荷風のような死にざまになると、縁つづきと知ってか知らずか非常に恐れていた。でも彼も矢張り後者と形は違ったが、ショッキングな道をとってしまった。文士として大成して来た三島由紀夫に、私はミスM・Kへのあこがれに似た子供っぽい愛もミスH・Kのとてもハーフというだけで失格とする固い平岡家の家風のためにも、彼に自覚をうながし、『美徳のよろめき』のモデルの夫人との火遊びにもケチをつけたりして、何となく彼の身辺を整理した。彼には内緒だったが彼の父母にたのまれてやったことである。それからの三島由紀夫の文学者としての大きな夢は、今までの彼と様子がかわり始めたと同時に、彼の頭の中ではちきれそうにふくらんできて、私はいつもはらはらしなくてはならなくなった。

女性に求めたもの

彼の二十九歳からの四年間は、本当に私が知る限りの彼の人生の中で、一番充実し、すべてに楽しい時代だった。

彼も大人になりつつあり、もはや母への愛は、はっきり分身としてのいとおしさと敬愛だと覚ったし、私の忠告に関係なく、ゴージャスムードの愛も何やら空しく、小説の素材としての女性は、ただそれだけのものと、やっと並の男性になった。

そのかわりに昭和二十九年から四年にも充たぬ短いものだったが、自分のそばに寄るものには、容赦なく、すべて自分の文学へのいけにえとして、おそいかかっていった。『鹿鳴館』は私の姉の姑が大いに利用され、私のサロンが、

『鏡子の家』となり、いつのまにか深い仲になっていた人からのヒントが『橋づくし』になり、その彼女のおかげで、『金閣寺』の映画化で、市川雷蔵と親しくなり、彼は満ちたりた幸せの中で有頂天になっていた。私などは、余り身近なところで次々と作品が出来てゆくので、空恐しさと尊敬と半々の日々であった。もっとも、『鏡子の家』はフィクションといえど、私は自分のサロンをまるでインバイ宿風にあつかった個所が不愉快で、宣伝も、新潮社の佐藤さんに、彼から御願いして止めて貰った。

今考えると、三島由紀夫からうけたあの数々のやさしさや恩に対して、申訳なくて、自ら一番にサインして我が家に届けに来てくれた、二冊にわかれた思い出の『鏡子の家』を、彼からの私への手紙やもろもろのプレゼント（外国取材のお土産）と共に、くやみながら、大切に保存してある。この作品を最後に、ポルトガル行きを考え、夢みていた三島由紀夫は、驕慢な私をやさしく大きな心で許して、外国行きをあきらめた。

彼が真剣に愛した女性はM・KでもH・Kでもない華やいだ絹張りの令嬢だった。

彼女が十九歳から二十歳代の初めの年頃のつき合いだったので、三島由紀夫の才には充分の尊敬と愛をもちながら、ストイシズムの彼についてゆくには、何としても幼く、いくら背のびして勉強しても、相手をするだけですっかりくたびれはててしまった。

彼が幼い彼女に本当に求めていたものの実体はそんなものではなく、彼が、心地よく、何の抵抗もうけず、暖かく見守ってくれるその雰囲気が、彼の創作意欲につながり、名作が出来上ってゆくことだったのだ。その温床を、彼女と共にいるだけで、彼は充分得られていたのだ。だが考えれば随分と三島由紀夫も作家としては自分勝手だったことはいなめない。しかし離れてゆく彼女の心に逆行して彼は結婚を真剣に考えていたのだ。それが理解出来なかった彼女は、昭和三十二年五月、新派『金閣寺』観劇を最後に離れていった。私は彼女と三島由紀夫との四年間を、二人の影としてずっと過して来て、今も彼女との交流は続いている。

彼女は、今幸福すぎるくらい（但し内面ではいろいろ苦労したことも、私はきいている）の生活で、彼女自身今の幸せに感謝している。だがその彼女も、御主人は別として、私と逢って何について話しても、世の中に三島由紀夫ほど頭がよくて、やさしい人に巡り逢ったことがないという話にたどりつく。いくら女友達と割り切っていても、もしかしたら、私の中の女の部分が、心の奥底で彼を愛していたのかも知れない。とすれば私は随分長い間罪深く生きて来たことになってしまう。

彼女は、「今だから、大人になったから、三島さんのやさしさとあの素晴しい才能が身に沁みてよく分り、今はただなつかしいとかではなく、勿体ない、二度とこの日本に、そして日本の文壇に三島さん以上の人は現われまいと、己の幼さ故に離れた今を、幸せと思う一方、死んで貰いたくなかったし、残念さの中にいる」と、ジレンマに苦しんでいる。私が知る限り、仕方のない終りであったし、今幸せな彼女を見る時ほっとし、反面三十代で苦労を背おった瑤子夫人に、個人としてもまた仲人としても、申訳なさは私の一生の傷として背おってゆかねばならない。でも、杉山家〔夫人の実家〕は瑤子夫人親子を大事にいつくしみ、平穏に私に対して下さっている。

肉体のコンプレックス

昭和三十年頃の三島由紀夫には、自分の本質を見失って、すっかり男性として自信を喪失した時期があり、はなやかにデビューした美男作家、石原慎太郎氏など、自分の彼女は勿論私にさえ紹介の労を嫌った。さすがに私には彼女に対するほど嫉妬心がなかったお蔭で、大分たって引きあわせて貰い、今も引きつづきいろいろお世話をかけている。

三島由紀夫は才能にはすごい自信を持ちながら、肉体はコンプレックスのかたまりで、事実やせていて、足など折れそうで、いつも私の毒舌の対象になっていた。後々私への意地からボディ・ビルにこって得意になり、我がサロンに見せに来ていたが〔二度目のサロン〕、私は、「足のボディ・ビルってないの？」と、またいじめて、怒る彼のムキな姿を楽しんだりした。

その頃のジャイアンツの長嶋クンの胸毛の濃ささえ自分のとくらべ、意識する子供のような性格は、とうとう最後まで変らなかった。もうちょっと、もう一人の最大のライバル黛《まゆずみ》敏郎《としろう》くらい大人になれたら、あんな悲劇も起きなかったし、娘と夫を失った私の悲しみもどんなにか彼によってなぐさめられていたことだろう。

彼は、いつも私に、「ねえ、僕と黛とどっちがいい？」と聞いていた。質問が余りにも下らないので、答えずにいると、しつっこく「ねえ、僕？　それとも彼？」ととめどがない。誰方《どなた》が御覧になっても、黛さんはセンス抜群で、そのうえ素敵な声の持主だったし、マナーもやわらかく、女性をこよなくよい気分にしてくれる独特のムードメーカーであった。

硬派で、ボルサリーノみたいな服装をしたり、すけた黒シャツに金のペンダントに白のズボンでは、まるで比較のしようもなかった。女のきょうだいもなく、年よりの両親にかこまれ、下働きの女の子一人の家庭からは、ハイセンスな色あいなど望む方が無理である。着物は歌舞伎カラー。新劇の女優は、その頃は皆今ほど豊かではなかったから、美女はたくさん見たり出来たが、彼女等からは彼の作品に必要な色はのぞめなかった。だから洋服の色になると、からきしの色音痴で、作品の登場人物の着衣の色のところで、いつも四苦八苦してきいてまわっていた。

時々私の姉が、彼の作品をよんでは、「どうしてこんなステキな登場人物が、洋服に歌舞伎の色のものを着るの？　だれにきいたの？」と聞くと、「オフクロだよ」。こんな会話は日常茶飯事で、いつも三島由紀夫はクサっていた。

私の姉はとび切りの美人だったので、黒一色か白しか身につけたことはなかった。それを父梓氏が褒めたことから、彼は、白と黒にこり始め、滅多に他の色は身につけなかった。まあたまにはベージュのスーツかグレーのスーツにしていたが、スマートな黛氏にかなう筈もなく、「よし、才能で勝負だ」など、黛氏を大いに当惑させていた。でも二人は非常に仲がよく、銀座のイタリアン・ガーデンや、つぼ半、ケテルス等で、たびたび食事をした。今でも、私は黛氏がつぼ半で蜂の子をたべたショックを忘れることが出来ない。

三島由紀夫もそんなことに驚く私に、日頃の恨みをかえすように、自分も蜂の子はじめ、めちゃめちゃに口一杯あらゆるものをつめこんでみせ、私が驚くより先にノドまで一杯になって、目から涙をポロポロこぼしながら、黛氏の前でエチケットも才能で勝負もどこへやら、指をつっこんでゲェーとはき出し、「あーすっきりした。これが正しい食事摂取法だぞ」とやるから、その稚気に、心の大きな黛氏は厭な顔をするどころか、いつもニコニコ大笑いして、附き合ってくれていた。

黛氏は若い女の子に、美しい奥さまがいることで、かえってもてていた。

そんな黛氏に対抗した三島由紀夫も、得意になって自分の若い恋人を紹介した。私にはいつも、「絶対これは内緒なんだからな。喋っちゃ駄目だよ。そのかわり、彼女のこと全部君だけに教えるよ」といっていた。冗談ではない。人の彼女のことなど全く興味のあろう筈もないのに。心を許す友もなくまた親はこわいし、結局一番安全なのが私ということになったのだろう。

何ひとつ残らなかった

まあ、天才と何とかは紙一重と、右からきいて左に流して、四年、言うも言ったり、きくもきいたりで、実物に御目もじの時は、百年の知己の如くで、おかしくて彼女の顔を正視するのがつらかった。実物の彼女はとても美人で、お人形のような顔立ちで、不思議に亡妹美津ちゃんに似ていた。そして身につけているものは、すべてにリッチであった。

しかし、彼女を紹介されたほんの瞬間だが私の心は女として不快だったのは事実である。三島由紀夫自身もそれを充分計算に入れていたと思う。これだけ私に内緒にといって置きながら、生来の稚気からうれしさがかくせず、歌舞伎、新劇、文壇、旅行と、行く先々に伴って、見せびらかし、紹介し、あとになって彼女が、「もう、イヤー」というほど、知らぬと思うのは三島由紀夫唯一人という有様で、貝になっていた私など、莫迦の標本で、彼を失って十四年目の今も、彼を思ってなつかしみ、惜しみ、悲しみながらも、「全く莫迦みたい。本当に彼の頭の中はどんな具合に出来ていたのかしら」と考えてしまう。

「痛風は出るし、ソコヒ〔眼病〕になって来たし……」なぞ贅沢に、老いることを異常と思えるほど、気にはしていたが、私が知る限り、単純なナルシシズムからの老いることへの恐怖とか、屈折した死への願望とかが彼の死の原因ではない。死の時の彼はたしかに才気が狂気に変っていたとはおもう。誰でも全くの正気では死ぬことなど出来る筈はないのだから……。「死の現実」で私が哀れに思うのは、一見華やかな中で、四、五年の青春時代を除いて何一つ自分の思う通りにならず、思った生活を得ることのできなかった三島由紀夫の淋しさである。

愛した女性、お金（楯の会で月二百万以上かかると本人は言っていた）、名誉（ノーベル賞）、ポルトガル永住、そして友、心の平和、そのどれ一つをも彼は手にすることが出来なかった。そのかなしさからの、悩み、恨み、苦しみ、裏切りを一言も他に訴えることなく、己の心の中にのみ閉じこめ、我慢と忍で過した彼の鬱積が、「生への挫折」につなげられてしまった。三島由紀夫には、彼女との別れがひどくこたえていた。そんな彼を支えていたものは、「三島由紀夫」というプライドだけで、実に寒々としたかわいた心で毎日を送っていた。

余りにも深く愛してしまった彼女のかわりは、楽しんだ私のサロンも、母倭文重女のいつくしみも役立たなかった。ただあるのは、物書きのきびしい宿命だけだった。出だしの一行、そして終りの一行に三島由紀夫の全精力を結集していどむ、あの華麗な美文調の三島文学は、愛の温床を失ってだんだんと彼自身から遠ざかって行った。ただ一度の愛にしか青春のよろこびを見出せずにいたなど、あの得意の空笑いと外見の明るさから誰一人気付いた者などいなかったろう。私は出来る限り無理をして、彼によりそうようにして約一年を過したが、負けず嫌いの三島由紀夫の口からは、一度も彼女の名を耳にしたことはなく、空虚さの片鱗だに見せはしなかった。きっかり一年後、彼は結婚した。

私の半生を通じての最高の友、「三島由紀夫」は、今、皮肉にも自ら棄てた文学の中で生きつづけている。

（『婦人公論』一九八三年九月号）

*『ロイと鏡子』（中央公論社、一九八四年）を参照し、一部表記を改めた。

1953年、自宅の書斎にて愛猫と（撮影・樋口進）

杉村春子 大声で笑う快男児

三島さん、と云うと、あのとてつもない大きな声を出して笑う、あの声が聞えて来ます。

三島さんはほんとうに快男児だ。色が白いのでごまかされて、いい男ぶりなのか、そうでないのかちょっとわからないけれども、ひげを剃った後の青々としたほほをみてると、あんまり悪くないなと思わせるところもある人だ。なかなかのおしゃれで、思ったことは誰はばかるところなくずけずけ云い、適当に女の子を喜ばせ、美食家で遊びずき、若いから骨おしみしないし、ちょっと、よろめかせるものが御当人にもありそうで、小気味のいい男。その上才気は、あふれるばかり、書くもの書くものベスト・セラーになり、流行語になる。どこから見ても考えても男の中の男と私は思います。

こう書いてしまったら、もう何も書くことがなくなりました。私と三島さんとのおつき合いはそう古いことではありません。五年ほど前、文学座で『夜の向日葵《ひまわり》』を上演した時に、その上演のお願いに面会指定時間が夜中の十二時と云うのにびっくり、中村伸郎さんと十一時出発、暗い屋敷町をさがしてさがしてお宅に伺ったのが最初です。『欲望という名の電車』の初演でヘトヘトに疲れてしまって、ちょうどお休みさせてもらった時のお芝居でした。

その次の『只ほど高いものはない』も『欲望』の地方公演で出られず、いつも客席から見るばかりでした。そして私は三島さんのこの二つのお芝居はあんまり好きでありません。なんて意地悪な見方をしているんだろう。三島さんは女はきらいなのかしら、何か怨みがあるんじゃないかしら、私はこの二つの芝居をみてると女の自分があさましくなって、自分のなかにあるいろいろのものをつかんで捨ててしまいたいように思いました。「三島さん、あなた女はきらいなの、まるで仇敵《かたき》のことを書いてるみたいね」て云うと、例の大声でケロケロ笑って、「杉村さんは僕の芝居に出てくれないんだから」なんて逆にいじめられてしまいます。こんな口喧嘩みたいなことをしてるうちにだんだん心安くなってしまって、私に『鹿鳴館』を書いて下さいました。自分のために書いて下さった芝居だからではないけれども、今までの芝居と段ちがいの芝居書きのうまさ、三時間の芝居にこれだけの話を盛り込み、美しい台辞で最後のもり上りまでよくも持って行ったと、その手腕には、ただただ驚いてしまいました。

『婦人公論』1958年5月号グラビア連載「アベック・たべあるき」より。東京・柴又の料亭「川甚」へ赴く途上、矢切の渡しにて（撮影・真継不二夫）。「三島さんとの食事は面白く楽しい。美食家の三島さんの食べ歩きの話、外国の話、小説や芝居の話、合の手に例の笑声が伴奏になってにぎやかなこと、にぎやかなこと」（杉村）

　初日前から落ちつかなくなって、子供のように切符の売れ行きや、芝居の出来を気にする三島さん、芝居の大好きな三島さん、アメリカ旅行中に次の芝居の腹案が出来たと云って来られました。私は三島さんをあんまり褒めすぎたかな、と思いますけど、芝居の仲間のおつき合いはお互いに一番夢中になる仕事の面でだけ相手を見るもの、とても悪く云えたものではありませんから。

（『婦人公論』一九五八年一月号）

若尾文子 〝俳優・三島〟とのラストダンス

『永すぎた春』（一九五七年）など三島作品を原作とした映画に出演させていただいたので、共演以前にも、何回かお会いしました。

五八年にご結婚されてからも、パーティなどでお宅にお邪魔したことがありました。三島さんは明るくて快活で、とても楽しい方という印象です。服装も、体を強調するようなタイトなシャツをお召しになって。川端康成先生や谷崎潤一郎先生などと比べても、当時の作家としては異彩を放っていらっしゃいました。

『からっ風野郎』（六〇年）の共演に関しては、大映で三島さんを主演に映画をつくるという企画から始まり、永田雅一社長に「若尾さんと共演したい」とご指名いただいたそうです。その後もファンを公言してくださり、私のこと、「いちごミルクのような」と評してくださいましたね。（笑）

映画出演は、作家である三島さんにとって、ボディビルやスポーツと同じようなことだったのではないでしょうか。けれど、撮影現場はそれは大変でしたよ。増村保造監督は、当時の日本映画界でもっとも硬派。尊敬する作家・三島由紀夫ではなく、一俳優として接していました。

三島さんはチンピラの役で、ご自分とは正反対だから役作りも苦労なさったはず。監督もインテリで、怒鳴ったりはしませんが、理詰めで決して容赦しない。私はそれを傍で見ていてつらかった。毎日スタジオの入り口で、三島さんのためにお祈りしていたくらいなんです。

最も思い出に残っているのは、三島さん演じる主人公と、私が演じる妊娠した恋人との修羅場シーン。四畳半ぐらいの小さな部屋で、くんずほぐれつになって、私をひっぱたいたりするのをワンカットで撮る。プロの役者でもそうできる芝居ではありません。

また、映画のラストには殺し屋に撃たれエスカレーターで仰向けに倒れるシーンがあるのですが、三島さんは本気でひっくり返られて、気絶してしまわれた。現場は大騒ぎになり救急車で運ばれました。「天下の三島由紀夫の頭がどうにかなったらどうしよう」って私も青くなりましたよ。幸い検査の結果は異常なく、一ヵ月後に再度撮影されました。

撮影が終わった後、三島さんが夕食に誘ってくださいました。芝の「クレッセント」でフランス料理をご馳走になり、楽しいお話を聞かせていただいて。共演の記念にとロココ調の椅子とテーブル、銀の燭台を頂戴しました。ヨーロッパ調のものがご趣味でしたね。そして、赤坂の「ニューラテンクォーター」でダンスを数曲踊ったんです。数日後に渡米されるとかで、「ああ、これで心おきなくアメリカに発てる」と冗談をおっしゃっていましたが、これが三島さんとお会いした最後になってしまいました。(談)

(『婦人公論』二〇一〇年十二月七日号)

映画『からっ風野郎』のワンシーン。共演した若尾文子と

南　美江　あの時の印象

どこのお店か覚えていません。間接照明の、落着いて感じの良い部屋でした。奥のボックスに、テーブルの両側へ五人位が向かい合って腰掛け、三島さん一人が別の椅子に掛けて、テーブルの一辺の中央に、ボックスの外側から中へ向いて左右の人達が一目で見られる位置を取り、身体はボックスの囲いから殆どはみ出ているけれど、他のボックスやテーブル席の客には、彼の後姿しか見えないという形に陣取ったひと固まりでした。

私はテーブルの上に両手を組んで、上体を右側の三島さんの方へ向けた姿勢で居りました。そうして、そこで始めて、こんな、世にも珍しい『サド侯爵夫人』というお芝居の、最初の本読みを聞いたのです。私は本当に熱心に見て、聞いて居て、ただびっくり仰天！　たまげてしまいました。

三島さんは、書き上げた原稿用紙の束を自分の手に持ったままで読まれたと思うのですけれど（テーブルの上に置いてではなかったような気がします）思い出せません。きちんと正しく腰掛けた、行儀の良い姿勢の三島さんが浮かんできます。

素読みでした。全幕をただべらべら、べらべら、三島さん独特の一寸甘ったるいと言うか、蜜をなめた様な、舌足らずというのではなくて、口の中が唾液でいっぱいみたいな耳ざわりの声で、それでいてよく通る声で、はっきり言葉がわかる読み方でした。

どの位時間がかかったのか？　ながーいながーい、あっという間、そんな感じです。読み終わった三島さんが、鋭いギョロ目で、ゆっくりみんなを見廻して、私と目が合って「……どお？……」。問われた私は思わず「素晴らしい!!」と答えてしまったのですが、実は、その時私はこのお芝居が、何のことやら全然、なーんにもわからなかったのです。そのくせすごく感動し圧倒されたことは、今だに自分でも不思議です。

三島さんは、きっとあの時、仰天した私の阿呆面を見て気に入り、大満足で私に「どお?」と言われたのだと、今頃になって気がついたのですが、私のうぬぼれか、ひがみか、問いただすことは出来ません。

(『サド侯爵夫人』公演パンフレット、松竹株式会社、一九九〇年八月)

1965年、『サド侯爵夫人』稽古場にて。手前がモントルイユ夫人役の南美江

円地文子　響き

鳳皇台上鳳皇遊びしか
鳳去り台空しく　江自ら流る　　李白

鳳皇は東洋人の想像の描き出した最も華麗な鳥である。架空の瑞鳥は金銀五彩に彩られぬいて重かるべき翼や尾を軽々とひろげて、幻の空を高く低く自在に飛翔する。そしてやがて消え去らねばならない。鳳皇の消え去ったあとの楼台には空しい石階が残り、果てしなく流れつづけるものは、色のない自然の江水のみである。

もし鳳皇が絢爛にすぎる想像の翼の重さに耐えないで、地に落ちたらば、その屍からは血が滴り落ちるであろう。それは人工の翼のきらびやかさにふさわしい濃く鮮かな血痕であらねばならない。

今日まで生きて来た間に撞き鐘の中にいてその響きを身体でうけとめるような思いに私を落しこませた文学者の死が幾度かあった。

芥川龍之介の死
小山内薫の死
永井荷風の死

そうして、今度の三島由紀夫氏の死がそれである。

このうち、小山内薫は私の愛する師であり、同席している席上で突然に起った急死でもあったから、若い私に与えられた衝撃が大きく、傷痕の異常に深かったのも当然であるが、芥川、永井二家いずれも、私は顔を見たことさえなく、唯、文学を通して、愛し、親しんだ人たちであった。

芥川龍之介の自殺した昭和二年七月二十四日は、ひどくむし暑い晩で、東京中の誰もが寝苦しい夜を過した。その翌日、あの頤を指先で支えている狂気を宿した瞳の芥川の顔が大きく新聞の社会面のトップに掲げられた。私は芥川の愛読者であったが、彼の死の後で、「歯車」や「点鬼簿」のような作品のほんとうの味わいがわかるようになった。

その日の午後、英語の稽古に行くので、夏の陽ざかりの町に出たが、空き地に白っぽく埃じみている雑草にも、道ばたの石ころにも歩いている行く先々に芥川龍之介が遍満しているような不思議な印象を今に忘れることが出来ない。

人は今度の事件の後、芥川の死から略々《ほぼ》二十年して太宰治の自殺があり、又二十年して、三島氏のことがあったと云う。時間的にはまことにその通りであるが、私には、太宰治の死は、今度の場合とも、芥川の時とも違った受取られ方で自分の内へ入って来た。

私にとって、自殺ではなかったがもう十一年以前になる永井荷風の死の方が遥かに強い衝動の対象となった。

伝聞するところによれば、三島氏は、「永井荷風にはなりたくないからね」と云っていたという。いかにも三島氏らしい言葉であるが、私は八十歳に近い荷風が、妻も子もなく、陋巷《ろうこう》に生活しながら何千万円かの預金帳を抱えて、誰に看とられもせず、食物と自分の血を一緒に畳の上に吐き散らして死んで行った醜いと云えばこの上なく醜い最期の姿になおざりならず心を捕えられるのであった。荷風ほど、自分の生きている社会と、自分の生活の様式を符合させることに憂き身をやつした伊達者《だてもの》は日本の文学者には少い。谷崎潤一郎も三島由紀夫も自分の美学に生活を臣従させることを基本にして生きたが、その点、最も徹底して、自分の暮し方と、世相とをマッチさせ通して生きた人は荷風ではなかったろうか。私は戦争中、何も出来ないころに、今の日本で一番強い人は誰だろうと考えてみて永井荷風の名に思い到ったことがあった。

三島氏が「荷風にはなりたくないからね」といった時にはどういう意味だったかわからないが、彼に荷風の半分のねばり強さでもあったらあんなに綺麗にあっけなく死んでしまいはしなかったろう。


ひとの死について、殊に異常な状態で死に行った人の心情について、今、一言も批判めいたことは言いたくない。唯、惜しい人、かけがえのない人をなくしたことについての心に受けた傷が思いのほか深く癒えがたいのを辛いとも思い、それでよいのだとも思っている。

あの日、あの時、極く自然に最初に私に呼びかけて来たのは、「三島さんの名を騙《かた》った誰かが」という声であった。その時、私はアパートの部屋で食事の時間をはかるのにテレビのスイッチを入れた。

画面一ぱいに三島さんの見なれた顔が少し斜《はす》かいに映り、「三島由紀夫氏ら云々」というニュースの声が聞えて来た……と思うと、それがふっと、切れて、別のニュースに変った。私はそらやっぱり間違いだと思った。するとまた、二度目に、前のニュースに戻り三島氏らの楯の会が自衛隊へ乱入したと報じている。そのあと、次々と映し出される画面と言葉は、どうにも動かしようのない事実となって、私の眼の前にのしかかって来た。

三島氏が切腹し血まみれになっていると報じられたとき、私は死に損ってくれればいいと残酷なことを真面目に思った。そう思いながら一方の心では、彼はきっと、みっともなく死に損いなどはしないで綺麗に死ぬに違いないと考えてもいた。

死んだ方がよかったのだという人もいる。そうかも知れない。そう思う人が間違っているとは私は思わない。それでも私はやっぱり生き恥をさらしても、もう一度、自分の言葉を信じ直して、書くことが生きることとつながる生活をつづける三島さんを見たかった。

彼は、驕児であり寵児であった。彼自身として時に不遇を喞《かこ》つことがあったとしても、それは、美人が鼻の高すぎるのを歎くようなもので、醜さの真の辛さを知った女から見ればせせら笑われる程《てい》のものであろう。彼の愛したオスカー・ワイルドが男色の罪に問われて下獄した後の獄中記(ド・プロフォンデス)はドリアン・グレイの画像やウィンダミヤ夫人の扇よりもどれほど深く読むものの心を捕えているかわからない。

三島氏とワイルドが一つのものでないのは勿論であるが、深い挫折感が、三島氏のような優れた資質の文学者に貴重な贈りものをしないと誰が予言出来ようか。

三島氏は劇場が好きであり、劇場的な生き方がその嗜好であった。死後にふとふりかえってみると、彼の傑作が劇に多いこともあらためてうなずかれる。

しかしそれとは別に、その彼の愛した劇場……恐らく、世阿弥の言葉が、時代の風化作用のうちに変形しながら、歌舞伎世界での慣用語になったものと思われるのに、「花」のある役者というのがある。

芸のうまい役者、容姿の優れた役者は多くあっても、「花」のある役者はまことに尠《すくな》いものである。その俳優が舞台に出ていることで、舞台全体がぱっとはなやかな雰囲気になる……つまり花の咲いている印象を云うのである。

三島氏には、そういう花があった。
亡くなったあとで、一層そのことを切実に思う。
生きていた時、人工の花に見えていたものが、死んだ後では、皆、生命の通った花に生き変っている。人間の生死は不可思議なものとあらためてしみじみと思う。

三島氏については沢山考え、沢山語りたいことがある。

でもそれは不得手なエッセイの形式では私には語りきれない。
いつの日か、私は小説の定まらない形で、心にあるものをたどたどしく語ってみたいと思っている。それだけが恐らく、三島氏の墓前に捧げる私のささやかな花束となるであろう。

（『新潮』一九七一年二月号）

英雄の死

倉橋由美子

私事にわたるが、その日私は家にいて、昼まえ、というのは三島氏がまだ東部方面総監室にいたころ、私服刑事の訪問を受けていた。用件をさだかにしないまま、この刑事さんは玄関の板の間に玩具をひろげてままごとをしている私の子どもの相手をしたりして、いっこうに帰ろうとしない。無論私はまだ事件の発生を知らず、かりに知っていたとしてもそのことで警察が私の動静を探りにくるなどとは思いもよらぬことで、察するに多分また赤軍だか中核、革マルだかが騒動でも起したのだろう、と思っていた。というのは赤軍派による日航機乗取りの際にも刑事さんの来訪を受けたことがあったからで、これは学生のほうが、何を血迷ったか私を自分たちの運動に共感と支援を寄せてくれるはずの人物のひとりに想定していたのを警察が探知したからであるらしかった。つまり学生も警察も不勉強というほかなくて、私がどういう人間であるかは私の、大した数でもない雑文のいくつかに目を通すだけでわかる。しかし警察のほうはさすがにその後勉強が足りて、逆に足りすぎていたらしく、三島氏の事件に際して早速私のところにも私服刑事を送りこんできたのだった。それでいまになって思いあたるのは、過日私がA新聞のインタヴィウに答えて、自分がもし男だったら楯の会に入るのに、と発言したことである。これが警視庁の精密な記憶装置にでもとどめられていたのだろうか。勿論、警察がこんなたわいもないことで動いたと想像するほうこそ子どもじみていて、本当は私の想像を絶した遠大にして緻密な意図をもって私のところに私服刑事を派遣したのかもしれない。いずれにしても事あるごとに警察官の来訪を受けるのは悪い気持ではなくて、自分も何だか important person になったような錯覚をおぼえることとは別に、ともかく用心がいいことだけはたしかである。

私服刑事が具合悪そうにぐずぐずしているうちに、今度は十二時過ぎ、単車にまたがった制服警官がやってきた。いよいよクーデターでも勃発したかと胸をときめかしていると、この警官は、私が何も知らないでいるのを不審に思ったのか、「本当に知らないんですか。死んだんですよ」といった。そんなふうに主語を省略していわれたとき、私が途方にくれてようやく考えついたことは、せいぜい主人が交通事故でも起して死んだのかという程度のことであって、間の抜けた話であるが、ニュースを知らないでいる人間にしてみれば止むをえない。警官は呆れたようで、「お宅では昼間はテレビを見ないんですか。いまテレビでやっていますよ」と教えてくれたので、うちの主人がテレビに出るような死にざまをするとは、よほど大それたことをしでかしたのだろうと、あわててテレビをつけてみた。そのときちょうど、フジ・テレビが現場からの中継をやっていた。私ははじめて事件を知り、総監室の床のうえに二つ並べておかれていたものを見た。警官たちは私がうろたえている有様を見とどけると安心した様子で引上げていった。

くだらない私事をながながと書いたのは、これが私たちの生活というもので、かりにクーデターや大地震が起ったり宇宙人が襲来したりしてもそのとき私たちは食事をしていたり洗濯物を干していたりしてこれを迎えるほかないということをいいたいためだった。それが食事や洗濯のかわりに国会で演説をしていたり深刻な小説を書いているのであっても同じことであり、政治家の公務や作家の執筆が何か生活とはかけはなれた立派なことであるわけではない。そういう生活の最中に三島氏の事件が起ったのは文字通り白昼白刃が閃いたことであって、それで生活は切断される。それを切断とは感じない人の場合は、芥川龍之介の『首が落ちた話』のように、斬られてからもと通りにくっついた首を胴にのせて生きていくだけのことである。肉を切った鋼の一瞬の通過は、それをなかったものとして生きていこうとしても、いつ何時この首をぽろりと落すかもしれないような種類の現実であることは間違いない。そしてこれは、私たちが現実と呼んでいるものの軟弱さに対して鋼の堅さをもった現実であり、私たちが行動と呼んでいる曖昧なものに対して太陽のように明晰な行動であって、この二つの言葉は本来こういうことのためにとっておかなければならなかった。そこで気がつくのは私たちが最低の、かつもっとも薄い意味でしか言葉を使わなくてすむところに生きているということで、この充分堅固であると思っている世界を、たとえば地中を鳥が飛ぶような具合に切り裂いて走るものがないかぎりそのことに気づきもしない。この超鳥《スーパーバード》の話はSFに出ているが、要するに土よりもはるかに密度の高い物質でできた怪力の鳥であれば普通の鳥が空気中を飛ぶように土中を飛べるのはあたりまえだという説明がついていた。三島氏がその超鳥に匹敵する肉体と意志の持主になっていたこともここで思いだしておいたほうがよい。ともかくそういう鉄製の鳥が私たちのなかを切り裂いて飛んだとすれば、最初の刃物の比喩にもどっても同じことで、三島氏のあの行動によって私たちは白昼突然断られたことになる。しかしまたこれが勿論比喩でしかないことについてはあとで述べる。

三島由紀夫氏にあのような死にかたをされたときの私には茫然自失という極り文句で形容される以外の状態になることはできなくて、つまり口もききたくなかったから、例によって早速感想なり意見なりを求めて電話をかけてくるマスコミという怪獣のお相手をするわけにはいかなかった。こちらがうろたえていて何もしゃべれないからということよりも、これは人が亡くなったときであり、みだりにしゃべるべきではないということだった。何かいうとすれば哀悼の意を表するだけである。それ以外の発言はことごとく礼に反する。しかしそういうことが寝言にきこえるほど例の怪獣の棲息する世界はきびしいところらしくて、多くの人が多くのことを書いたりしゃべったりさせられた。なかには弔辞とは思えない発言も多かったが、当節、葬式に出かけてまで自分の宣伝をやりかねない人間がいることにあまり驚いてもいられない。たとえば、「そうですね、彼の死は結局……」などと、終始眼尻を下げて薄笑いを浮べながらテレビでしゃべったりする人間や、死者に唾を吐くようなことを書く人間がいても、これを抹殺することはできない以上、私たちは我慢して生きるほかない。

また我慢してであれ何であれ私たちが現に生きていることとは間違いなくて、死んだのは三島氏なのであり、その死が氏自身とともに私たちを斬ったといってもそれはやはり比喩にとどまる。生きている人間たちが生きていく都合上その死を適当に処理するのは、情ないことではあるが止むをえない。そんなことは三島氏も承知のうえだったので、生き残った人間は死んだ人間の遺体とともにその行動と死の意味を解剖し、解釈の糸で縫合したうえ、都合のよい場所に埋葬し、これまた都合のよい墓碑銘を刻むことで、死者に対するあらゆる権利を行使する。これは、三島氏の場合のように死にかたが異常であった場合、生き残った人間の側の自己防衛の努力ともみられる。斬られたのが比喩のうえのことであるにしろ現実のことであるにしろ、とりあえず傷口をふさぐことに専心しなければならないのである。そのために言葉が分泌される。じつに多量の言葉が分泌されて、傷口をおおい、出血を止めたのだった。恥も外聞も忘れて言葉をそういう自己防衛のために使わなければならない人間も何人かはいて、その人たちが三島氏の行動を非難したり否定したりするのに懸命になっている正直さは許されなければならない。恐怖が大きすぎて沈黙を守っていられないとき、弱い犬には吠えることしかできない。

幸運にも、そうやって悲鳴に似た声でしゃべらされる羽目には陥らなかったが、私自身も弱い犬であることは確実である。しかし今度のことでそれ以上に思い知らされたのは、私が男ではなかったということで、いうべきことはそれにつきるかもしれない。三島由紀夫氏がしたことは、女には絶対にできないことなのだった。本当のところをいえば、男のなかにもあれができる男がいるとは考えてもみなかった。これは時勢が変ってあんなことのできる男がいなくなったというような俗見の適用範囲に三島氏をも含めていたことを意味して、この無知は三島氏に対して恥じて謝すべきことであると同時に、男、あるいは人間について適当に高をくくって、見るべきものを見ていなかったことをまず自分に恥じる必要がある。三島由紀夫氏の日ごろの言動を一種の冗談だとして受けとっていた人は多いはずで私もその一人だった。そういうとき、私たちは高をくくっており、つまりは根本的にふまじめなのであって、三島氏のお説はもっともで自分も大体それに近い考えかたをしているという気になって安心する。これは言葉を使い、したがって自分の思想を形成することを仕事にしている人間にとって致命的なふまじめさであるというほかない。自分が使うことばを信用しないで何か思想らしいものをつくるというのは、一体どういうことなのだろうか。これは冗談とかおふざけとかではすまされないことになるはずであるが普通はそれですんでいる。言論、表現、思想の自由なども、主としてふまじめに言葉を使う人間にその権利を保障してやるためのものであるかのように考えられている。そういう人間は、日本国憲法はあなたがどんなことをいおうとそれをただいうだけならあなたの生命を保障していますよ、といわれても格別侮辱を感じないのかもしれない。これに

1970年11月25日正午過ぎ、東京・市谷の陸上自衛隊本部

対して三島由紀夫氏は言葉をまじめに使い、思想を組み立ててその頂点に死しかなければ死ねる人間だった。その死も、自分の言葉に酔ってのことであるとか、自分で築いた言葉の楼閣のうえでの演技にすぎないといった説明ですませてしまう人間がいて、この連中にはもはや救いがない。この種の人間はつねに、自分にはそれをする気も能力もないが、という条件法で自分の思想と称するもの、というより叶わぬ願望や愚痴や恨みを語っているのであって、ここでこの種の人間に絶対できない「それ」というのが割腹して死ぬということなのである。三島氏は単純に定言命令だけで自分の思想を組み立てていた。その頂点には汝死すべしという命令があって、その言葉が行動になった。

これが少くとも女にはできないことであることだけは繰返しておく必要がある。女が言葉をまじめに使ったとしても、その言葉は自分の体から産み落した子どものようなものになるか自分の手で編んだ編物のようなものになるかであって、その頂点において行動、したがって死に到達するような性質をもつことはありえない。それでたとえば手編み風の物語をつくりあげることが女の本性に合った仕事になっている。その女の立場からすれば、男が、女の力ではどうすることもできないことを実行して死んでいくのを見せられたとき、ただかなしむことしかできない。ヘクトールがアキレウスに討たれて死んだときのトロイアの女たちもそうだった。そのなかでもアンドロマケーは、あるいは三島氏の夫人はどうだっただろうか、というとき、私たちは英雄の妻のことを考えはじめているわけで、叙事詩や悲劇のなかにしかいなかったこういう女の気持を想像したあとでは、弱くて貧しい市井の男女の愛とか恋とかを小説に書いたりするのがひどく憂鬱になる。

英雄や天才が本来女とは別の人間に属するものであることを知るのに何も三島氏の死に俟《ま》つ必要はなかったとしても、その次に、三島氏が単に男にしかできないことをしたのにとどまらずそれが英雄とか天才とかにだけ帰せられる行為であったという事実が残り、これを認めるものにとってはもはや男か女かということは問題にならない。かりに私が男であったと仮定して、三島氏が生きて死んだのと同じように生きて死ぬことが私にできただろうか、と考えてみることはほとんど意味をなさない。答は仮定とは無関係に否であって、私は三島氏のような人間、あるいは超人間ではないのである。その確信にもとづいて、私は三島氏のために天才という称号を使うことができる。これまでは世間でも氏に対して鬼才とか秀才とか不正確な言葉が使われていた。ことに三島氏の本業は文学でボディ・ビルや剣道や楯の会その他のことは文士としては奇を衒《てら》いすぎた冗談、という程度に見られていた以上、その不正確な称号も氏の文学の仕事に対してだけ使われていたといえる。これはおかしなことで、じつはひとりの天才がいたのだった。今日この言葉は、だれかを指して「あの人は神だ」というのとほぼ同程度の抵抗なしには使用されなくなった廃語のひとつであるが、天才が存在するならばあえてその言葉を使用しなければならない。それもＩＱの高さについてだけでなく、その人間の全体について使用する必要がある。もっと喜劇的な響きを誇張したければ、やはり廃語のひとつである「英雄」を使ってもよいが、いずれにしても凡人を超える大きさをもった人間があらわれて凡人にはできぬことをして死んだとき、それが天才であったことを認めると同時に自分たちがどの程度の人間であるかを悟ることが、凡人に望みうる唯一の美徳である。そして情ないことではあるが、ともかく生き残り、長く生きることで夭折した天才を凌ぐことが凡人に許された唯一の特権でもある。できるかぎり長く生きること、その量の問題が重要だとカミュがいったのはどんな文脈のなかでだったかおぼえていないが、私たちがいまこの言葉を楯にとって、死ぬことではなく生きることが問題なのだと三島氏にいってみたところで、自分が欲するように死ぬことのできた天才にとってそれはほとんど耳を藉《か》すに足らぬ言葉である。まして、三島氏の才能を作家としての仕事の枠内でしか見ることができない同業の人間たちが、三島氏の死によって物を書く才能がひとつ消滅したことを惜しみ、生きていてさらによい仕事をしてもらいたかったなどというのをきくと、三島氏が同業者たちとのおつきあいにつくづく厭気がさしていた気持もよくわかる気がする。三島氏が文学の仕事に行き詰ってあのような行動に走ったという説にいたっては論外である。こういう人たちは自分が作家であるということを何か人間であることを超えた特別の資格であると考えているのだろうか。おそらく人間も国家もすべて文学のためにあるということであるらしい。三島由紀夫氏というひとりの天才がいて、常人を超える生活をして、そのひとつにすぎなかった文学の仕事に関してはもうなすべきことがなくなったと感じたとき、私たちはこの天才の壮烈な死を黙って見ているほかなくて、またそれが弱くて凡庸な人間の側の最高の礼節というものである。ひとつの稀有な文才の消滅を惜しむのはよいが、生きていればまだよい作品が書けたのにといういいかたには、金の卵を生む鶏の死を惜しむのに似たけち臭さがある。三島氏の作品がもっと多ければそれだけ日本の文化遺産だか何だかのの量がふえるのに、というのがそもそも俗悪な考えかたなので、三島氏がその行動によって示したのが、文化とはどういうものであるかということなのだった。

　こうして明治以来百年のあいだに何人とは出なかった日本人の天才を失ってみると、その少数の天才のなかで、たとえば文学なら文学の仕事に手を出した者がいかに少かったかということが改めて実感される。文学が男子一生の仕事とはみなされなかった事情がここでもうかがわれて、これまでのところ、頭も身体も弱い人間の、その弱さや病気を売物にした文学が文壇では主流を占めていた。そういう芸に関しては一種の才能をもっていた文士が昔玉川上水で情死した事件があり、これはいかにも弱者の文学の伝統にふさわしいことだった。三島氏が日本の近代文学につきまとっているこのアリストクラシーとは正反対のものを軽蔑しつづけて最後にはすっかり愛想をつかしていたことは確実であるが、愛想をつかしてしまえばあとは晴朗な気分になって、文壇とは関係のない死にかたをすることができた。三島氏が楯の会の青年たちと風呂にはいっているときその他の、要するに文学以外のことをしているときの顔は、四十代の男の顔とは思えぬ晴朗さで輝いていて、曇りのない眼というような形容はこの三島氏の眼に使わなければならない。男ならこういう男を敬愛しないのは間違いであり、女でさえそれがわかる。ギリシャ人の伝説に出てくる英雄たちが愛されたのもおそらく三島氏の顔や身体にそなわっていたほほえましい高貴さのためだったと思われる。その英雄や天才が卑小な人間に愛想をつかすのは当然の特権であって、これは病める人間が陥りやすい人間嫌いなどとは全然別物である。私たちの敬愛は、三島氏が「おまえたちは阿呆ばかりだ」と思っていたことで損われる性質のものではないので、三島氏は大声でその思っていることをいえばよかった。阿呆は自分以外の人間をすべて阿呆だと思っている、などと歯切れの悪いことをいった芥川龍之介（鬼才とか秀才といった言葉はむしろこの人にふさわしい）の場合とは違うのである。とにかく、そういう境地に達していた天才ならば、あとは阿呆に対しても礼儀正しくふるまい、晴朗な顔をして憤死するだけだった。

昔から日本では三島由紀夫氏のような人があんなふうに憤死すれば神になることになっていた。ここで神というのは英霊のもうひとつ先を考えているのであって、ユダヤ人が発明した神などとは無論関係がない。日本人がユダヤ人の神を何か普遍的で高級なもののように考えるのは滑稽なことである。日本人は昔から三島由紀夫氏のような人間の霊を祀り、それにつながってその先にあるはずのものを拝んできた。三島氏はみずから死んでそういう神と化す以外になかったのである。

ここまで書いてしまえば三島氏の冥福を祈るとか極楽往生を祈るとかいう気は起らなくて、神になったものに冥福も往生もない。三島由紀夫氏の死についていうべきこともこれにつきる。

（『新潮』一九七一年二月号）

V

『美徳のよろめき』を読む

三島由紀夫と『婦人公論』

『美徳のよろめき』への助走

武内佳代

　敗戦後、主婦向けを中心に女性誌は復刊・創刊ラッシュを迎えた。早くも一九四六年には、「婦人雑誌の主なるものは四十誌を数えられるし、その出揃っていることは全雑誌中随一」だった（『日本出版年鑑　昭和22至23年版』日本出版協同株式会社、一九四八年）。事実、この年だけとってみても、戦中も発行を続けた『主婦之友』（主婦之友社）に加え、『婦人公論』（中央公論社）、『女性改造』（改造社）が復刊し、新たに『女性線』（女性線社）、『婦人春秋』（政経春秋社）、『新婦人』（文化実業社）、『女性』（新生社）、『主婦と生活』（主婦と生活社）、『婦人文庫』（鎌倉文庫）などが創刊されている。

　同じ年、三島由紀夫は川端康成の推挙で、少年の儚い同性愛的な心情を描いた短編小説「煙草」を文芸誌『人間』六月号に発表し、ようやく戦後文壇に名乗りを上げた。三島は十代後半だった戦時中、日本浪曼派に近い国文学雑誌『文藝文化』の同人だったがゆえに、敗戦直後は文壇の居場所探しに苦慮していたのだ。

　だがそうして文壇に名乗りを上げたものの、出世作となる書き下ろし小説『仮面の告白』の刊行はまだ三年先である。このころ、三島は自分が作家活動で身を立てられるかどうか検証する目的もあったのだろう、一九四六年五月から翌年十一月まで活動記録を兼ねた小遣い帳をつけていた。二〇〇五年に発見されたこの通称「会計日記」（『決定版三島由紀夫全集　補巻』収録）の存在によって、長らく判然としなかった三島と太宰治の初対面の日が特定され、話題になった。すなわち、まだ東京大学法学部の学生だった二十一歳の三島が、すでに無頼派作家として時の人となっていた三十七歳の太宰に向かって、「僕は太宰さんの文学はきらいなんです」と言い放ったとされる日である。実はこの太宰との邂逅を記した一九四六年十二月十四日の項には、三島が『婦人画報』（婦人画報社）向けに執筆した、淡い恋を描いた短編小説「恋と別離と」を、『人間』編集長の木村徳三のもとに届けたことも記載されている。『婦人画報』と言えば、明治から続く老舗の一流女性誌だ。しかも若き三島にとっては初めての女性読者向けの小説である。そこで当時もっとも信頼を置き、小説の添削まで受けていた木村の意見を仰ぐことにしたようだ。

三島は翌年、この「恋と別離と」を『婦人画報』三月号に発表したのを皮切りに、翌四八年には、「婦徳」を『令女界』（宝文館）一月号に、「接吻」「伝説」「白鳥」「哲学」の四編を『マドモアゼル』（スタア社）一月号に、そして「罪びと」を『婦人』（世界評論社）七月号に、「不実な洋傘」を『婦人公論』十月号に、という具合に様々な女性誌に短編小説を発表していった。

一九五〇年に三島が自身初めての小説連載をもった場も『婦人公論』だった。『純白の夜』（一〜十月号）の連載である。刊行当初は注目されなかった『仮面の告白』が、花田清輝の高評価によって文壇の注目を浴びるのは、四九年十二月以降のことだ。『婦人公論』の連載依頼はそれよりもかなり前のはずであると考えると、すでに職業作家を目指して大蔵省（現・財務省）を辞していた三島にとって、この依頼は収入と作家活動との両面から大いに歓迎すべきものだったに違いない。

三島にとって『婦人公論』の連載が侮れなかったであろうことは、当時の女性誌が現在よりもずっと多くの読者を持ち、大衆向け雑誌メディアの主流をなしていたことから想像がつく。たとえば、毎日新聞社編『読書世論調査30年戦後日本人の心の軌跡』（一九七七年）によれば、三島が初めて女性誌に「恋と別離と」を発表した一九四七年、『婦人公論』は七番目に、『主婦之友』は八番目によく読まれる雑誌だった。三位から六位の『中央公論』、『人間』、『改造』、『文藝春秋』に次ぐ順位だ。ちなみに「恋と別離と」を掲載した『婦人画報』は十二位である。さらに翌四八年には、二位『主婦之友』、三位『婦人倶楽部』（大日本雄弁会講談社）、四位『主婦と生活』、五位『婦人世界』（実業之日本社）というように、第一位の総合誌『リーダーズダイジェスト』を除けば、よく読まれる雑誌の上位五誌を女性誌が占め、他のジャンルの雑誌を圧倒している。そして五〇年には、ついに『リーダーズダイジェスト』を抜いて、『主婦之友』が一位に躍り出る。この年、三島が『純白の夜』を連載した『婦人公論』は、十五位の『改造』、十六位の『小説新潮』に続いて十七位であり、四七年に比べると順位を落としてはいるが、依然人気を博している。『婦人公論』の当時の判型はA5判。表紙絵は東郷青児。価格は頁数によって異なるが、八十円前後である。

『純白の夜』は、十三歳年上の夫を持つ二十二歳の人妻の村松郁子が夫の友人楠と逢瀬を重ねるようになる、いわゆる姦通小説である。本作品について、当時『婦人公論』の編集長だった蘆原英了（蘆原敏信）が同書の角川文庫版（一九八〇年）の解説でこう振り返っている。「連載中は、たいした反響を生まなかった。翌年、大船で映画化されたり、単行本が出版されたりしたが、これまたセンセエションをおこすに至らなかった」。

連載中にほとんど反響を呼ばなかった要因の一つには、当時の『婦人公論』にまだ読者の声を掬い上げる読者投書欄がなかったことが挙げられるかもしれない。「愛読者の声」という読者投書欄が設けられたのは、『純白の夜』最終回が掲載された一九五〇年十月号の翌月号からのことである。愛読者グループの活動が盛んになりはじめたのもこの頃だ。十二月号の「婦人公論グループ便り」では、「九月三十日、戦後文学の鬼才三島由紀夫氏を迎え、『純白の夜』を主題としての座談会をもつ。女性心理の洞察の深さに驚かされる」と活動を伝えており、さらに翌五一年十月号の「東京愛読者大会報告」には、八月二十六日の夕方から戦後初めての愛読者大会が有楽町の読売ホールで開催され、二十代から四十代の女性を中心に千人もの来場者があったとある。大会では、三島由紀夫と幸田文の講演、松竹映画『純白の夜』の封切り前の上映（封切りは同月三十一日）などが行われたようだ。このように、戦後の『婦人公論』の本格的な読者獲得の動きは、『純白の夜』の連載後になってようやく活発化したのである。

ところで、『純白の夜』が姦通小説であることはすでに触れたが、奇しくも同時期、同様のモチーフを扱った大岡昇平の『武蔵野夫人』（『群像』一九五〇年一〜九月号）の単行本（一九五〇年）が、「とりわけ女性の強い関心を呼んで10万部を売り上げ」（『読書世論調査30年』）ていた。戦後の女性解放政策の一環として、一九四七年十月に姦通罪が廃止され、少なくとも刑法上は既婚女性が不倫しても罰せられなくなると、女性主人公を配した姦通小説はロマン溢れる物語として女性たちの間で持てはやされた。しかし『婦人公論』の強いバックアップがありながら、『武蔵野夫人』に比べて『純白の夜』が単行本化後も女性読者の心を摑めなかったのはなぜなのだろうか。

ヒロインの郁子は、愛人の楠との関係において貞操を頑なに守るものの、後半部でふいに別の男性と肉体関係を結び、楠をひどく落胆させる。さらに最終回では、いよいよ深い仲になろうと鎌倉に同道した晩、楠が夜遊びに出たことに絶望した郁子は服毒自殺を図る。郁子は死の直前、救いを求めてなぜか夫に電話をする。「あたくし楠さんを愛してをりますの。それなのに、楠さんはあたくしをお捨てになつたの。（略）あたくし一人ぼつちなの。あしたの朝一番の電車で迎へにいらして。おねがひだから、きつと迎へにいらして」。このように郁子は不可解なまでに夫婦愛においても不倫の愛においても誠実さを示そうとはしない。それは、『武蔵野夫人』のヒロインである道子が、従弟の勉への恋情を抱えながらも、夫に貞淑なまま殉じていく姿とは対照的だと言っていい。

不可解なまでに欲望の揺らぎを抱えたこの『純白の夜』のヒロイン像は、姦通罪の廃止からまだ三年あまりの女性読者にとっては、おそらく受け容れがたいものだったのではないか。たとえば当時の『婦人公論』に目を向けてみると、連載完結の二号あとの誌面記事「座談会　愛情の自由と純潔」では、性医学者の山本杉が「女の人の本質は、家庭をよく治めて、子供を育て、夫に奉仕して」いくことだと述べているほか、作家の眞杉静枝が「姦通罪がなくなつて、一見女はその点で解放されたように見えますが、（略）自分がやつただけの償いを一生かかつて、不幸のどん底でしなければならなくなる」などと説き、同じく作家の石川達三もこれに同意している。

『婦人公論』といえば、一九一六年の創刊以来の信念を戦後の復刊後も受け継ぎ、男女同権と女性解放の啓蒙に努めた、当時の女性誌の中でももっとも進歩的な雑誌の一つだった。その同誌ですら、既婚女性の姦通はなおも許されざるものだったのだ。つまり『武蔵野夫人』と『純白の夜』の人気の隔たりは、当時の日本女性の性規範を端的に反映したものだったと言える。

実際、三島は女性読者の価値観にあまり忖度せずに自由に執筆したようだ。自作解説にはこうある。「野心があまり露骨に出すぎた作品には或る卑しさが伴ふものですが、これ（注・『純白の夜』）には比較的それが少ないことが作者自身の気に入る理由でせう」（「作者の言葉」、松竹映画プログラム『純白の夜』一九五一年八月）。

後年、既婚女性の不貞を、つまずき、よろめく程度の軽い行いとして描いた三島の『美徳のよろめき』（『群像』一九五七年四〜六月号）が、連載後すぐに単行本化されるやベストセラーとなり、「よろめき」は流行語にまでなる。ただし、ここまで見てきたとおり、実はこれに先駆けること七年前、「よろめき」はすでに『純白の夜』を通して『婦人公論』誌上で試みられていたのである。その意味で『純白の夜』は、『美徳のよろめき』の原型ともいうべき作品だが、それは時代に対して早すぎた姦通小説に他ならなかった。

（『日本古書通信』二〇一六年十二月号）

宇野千代×三島由紀夫
女はよろめかず

『おはん』のおもしろさ

三島　僕は『おはん』を読んで、いきなり僕なりの感想を申し上げようと思って来たんですけど、『アドルフ』の影響はありませんか。
宇野　ありますね。『アドルフ』とか『クレーブの奥方』は若い時から数百回は読んでおりますから、何を書いても、その影響は抜けないくらいです。
三島　『クレーブの奥方』はあまり考えなかったな。おはんもおかよも、僕の読んだ範囲では、とても幸福なんですよ。ところが、男はかわいそうなくらい不幸なんです。
宇野　そう、あの男は一番かわいそうです。でも、だれもそれをいってくれないんです。あの男は意気地がないとか、手前かってだとかいうのです。
三島　男の根本的な不幸が実によく書いてあって、それが僕に『アドルフ』を思い出させた原因なんです。『アドルフ』も男の悲劇なんで、男ってものはほんとにかわいそうなもので、女二人に愛されればもっとかわいそうになる。
宇野　かわいそうなのは男だけということはないでしょう？
三島　いずれにしても、おはんとおかよはどっちも実に幸福ですね。
宇野　そう思っていただくと、とても正確に読んでいただけて嬉しい。
三島　憎たらしいほど幸福だ。
宇野　おかよは自分のしたいことを一〇〇パーセントして生き切っている女──そういうつもりで書いたのですけど。だから『おはん』の中で、神様に叱られる人間といったら、おはんとおかよの二人でしょうね。
三島　おかよみたいな心境にいる女は男からみたら手のつけようがない。こっちがただはらはらするばかりだ。たとえば、おかよが寝床の中でいろいろ話をするでしょう、将来の生活の設計を、寝物語にね。ああいうときの男の心理は、その女の幸福に全然自分が手を触れることができない、自分が幸福の原因であることもわからなくなってしまう。それで非常に孤独になっちゃうわけだ。

宇野 そういう孤独は女の方にもありますよ。恋愛というのは男にしても、女にしても、同じなんじゃないか、とこのごろ思ってきているんです。

三島 『おはん』でおもしろいのは、二人の女に対して同じ程度に好きだという点ですが、非常に抽象的なくらいに正確に半分ずつなんですね。普通二人の女が好きだという場合は、女房は女房で好きだが、こっちは色女として好きだとか、恋人が二人いれば一人は頭がよくて話がおもしろいから好きだが、片方はばかなんだけど、かわいいから好きなんだという分れ方なんですね。ところが、おはんとおかよはそうじゃないんだ。

それから、この作品では心理の突然の変化が僕にはおもしろかった。谷崎さんの『卍《まんじ》』みたいな小説だと――谷崎さんという作家は非常に物語、心理をがっちり考える作家だからかもしれないが、心理が一定の軌道に乗って進んでいって、あまりはずれることはないようにでき上っているのですが、『おはん』はところどころフッフッと心理が変るところがある。そこにまたおもしろみがあるんです。たとえばいよいよ新しい家に移るときに、移る、移らないとぐずっていたのが、急に気が軽くなって楽しい気分になるところとかね、そういう心理の突然の曲り角のところがとてもおもしろかった。

宇野 批評ではこの小説は古い世界のことで、現代にはちっとも関係がないといわれますが、ほんとうにそういう気がするんでしょうか？

三島 さあ、どうでしょうか。

宇野 私なんか朝晩ああいうことが思い当るような気がするんですのに。

三島 『おはん』は抽象小説なんですよ。それがわからないんだな。僕の小説だとすぐ観念的だとわかっちゃうけれども。(笑)

宇野 あなたが初めてですわ、抽象小説だといってくださったのは。

三島 でも、とてもしゃれた試みですよ。われわれが抽象小説を書こうとするとすぐ哲学用語を使うけど、それを完全に逃げて、方言で書いてしまったんだから。書く方の意図が完全に隠れてしまう。作家としたら、意図を隠せた方が名誉じゃないですか。

宇野 この対談はかってが違っちゃいましたわ。三島さんは私の小説なんかお嫌いだろうと思っていたので。

三島 僕は『色ざんげ』も読んでるし、大体読んでますよ。

宇野 私が一番気がついてもらいたいなあと思っていたことで、自分でいうとタネ明しになるようで、いえなかったことを、いっていただいたので、とても嬉しい。私はドストエフスキーは別ですけど、フランス文学ばかり読んでいるものですから、どうしてもその影響を受けるんです。それを三島さんに当てられるとは思いませんでした。

三島　今度アメリカに行って、いおうと思っているんだけれども、最も日本的な小説だと思っているものが、実は一ばん西洋文学の本質的な影響を受けているってことね。

　宇野さんの御旅行は何日くらいでしたか。

宇野　ちょうど四十日です。

三島　旅行のあとは疲れますでしょう。

宇野　全然疲れません。アメリカの旅行はとても快適でした。あまり楽しかったので家に残っている人たちに悪いような気がして。

三島　僕はわれわれがニューヨークなんかに行くのは、昔のギリシアの植民地からローマ皇帝の都へ行くようなものだと思う。歴史的にいうとそういうことでしょう。

宇野　日本で思っていたアメリカとは非常に違いますね。私たちは子供のときから日本の景色は世界で一番美しいというふうに聞かされてきたし、自分もそう思ってきたのに、日本の景色を束にして集めてもかなわないような美しい所を、アメリカでは方々で見ました。日本は美しいなんてみな異人さんのお世辞だったのかと思ったくらいだった（笑）。今まで日本に対していわれていたいろんなことをほんとうか、うそか世界を調べて歩いて、客観的に自分の目で見て来る必要がありますね。私はとてもアメリカ好きになって帰って来たんですよ。

三島　僕もアメリカは嫌いじゃないんです。今フランス、フランスといってるのはなんだか時代遅れのような気がしてね。芝居だってこれからはアメリカだろうと思う。

私の文学観

――宇野さん、『美徳のよろめき』についての御感想を。

宇野　私は三島さんのお書きになったものをみな拝見していないのですけど、三島さんはこの『美徳のよろめき』はよほど気に入っている作品なのですか。

三島　僕はあんまり野心を持たないで書く小説と、野心を持って書く小説と分けているんです。この『美徳のよろめき』とか『潮騒』などは、ほんとの遊びで気楽に考えて書いた小説です。『金閣寺』なんかは書いてやろうという野心があって書いたものです。

宇野　『金閣寺』はとても好きです。一体私は読んだあとで人間はどんなふうにして生きていなければいけないかということを考えるような小説が好きなのですね。ですから、どうも『美徳のよろめき』は好きでなくて……ほんとに申訳ないんですけれども……。

三島　話は違うんですが、宇野さんは石原慎太郎のはお読みになりますか。

宇野　まだ読んでません。

三島　それなら『文學界』に「亀裂」というのを連載していますから、これは読んでください。石原君のものでは一番いい。

宇野　『太陽の季節』よりもおもしろ

いのですか。
三島　あれとは比べものにならない。
宇野　あれだけ売れるのにはやはり何かあるのでしょうね。
三島　その何かあるものが、今度の長編で出てきたと思うんです。非常にいいですよ、まじめな仕事で。
宇野　あの人は途中でやめたりしないで、ずっと小説を書くつもりなのでしょうか。
三島　そうでしょうね、きっと。宇野さん、『美徳のよろめき』の好かないところを一つ云って下さい。
宇野　一体私は勧善懲悪というのではないんですけれども、どうしてもスゥッとするところがほしいんだわ。
三島　罪の意識みたいなもの？
宇野　罪の意識というといやですけど、ただ終りの方はどうしてもおばけが出てほしい。おばけというとおかしいけれども、これでお終いじゃ、どうしても気に入らない、これだけじゃね。さっき気楽に書いたとおっしゃられたので、そういう小説にはそんな陰気なものを要求するのは場違いかもしれませんけどね。私は原田康子さんの『挽歌』にはそれがどこかにあるように思うのです。人はみなあれはモラルがないといいますが、私はとてもモラルがあると思うの。……どういう形でもギュッとなるようなものが、どうしてもほしいという私の気持は、三島さんから批評されるとどうでしょうか。
三島　僕は要するに宇野さんほど傑作意識がないのかもしれない。
宇野　そういわれると、閉口するけれども……。（笑）
三島　宇野さんのおっしゃることがだんだんわかってきたけど、そういう点で一番傑作だと思うのは、上田秋成の『春雨物語』でしょうね。あなたのおっしゃる鬼気みたいなものが、芸術的に一番よく出ていると思う。『雨月物語』はポーの作品に似ていて、知的に構成しすぎているけれども、『春雨物語』は白い壁に太く墨痕鮮かに書き散

宇野千代

らしたような小説で、これはすごいですね。すごさという点では、日本文学では一、二でしょうね。僕は宇野さんみたいな健康な趣味と違って、文学について頽廃的な趣味がありましてね、たとえば王朝末期のロマネスクとか、馬琴の八犬伝みたいな小説も認めるし、ヨーロッパのロマンチシズムも認める。いろんな文学を認めているんです。

宇野　結局私は年をとってるし、三島さんは若いんですから、年齢的な違いがずいぶんあると思いますね。年をとってくると、だんだん気難しくなっちゃう。文学に対して要求を持つのですね。それなのに舟橋〔聖一〕さんのものが好きなのは、どういうことでしょうかね。

三島　舟橋さんの『霧子夫人行状』はいい小説ですね。

宇野　あなたの『美徳のよろめき』を読んで、舟橋さんの頽廃的なものとの間に、そんなに違いがあるだろうかと思うんです。

三島　僕は舟橋さんの小説は好きだ。

宇野　みんなの才能がだんだんかちかちになって、舟橋さんみたいに、ふっくらした人が少なくなるんじゃないでしょうか。三島さんはお書きになったあとで、あすこは書き落した、ここは書き足りない、ということはありませんか。

三島　そういうことは絶対にありません。

宇野　私は一ぱいあとから出てきますわ。

三島　一つのディテールを考えて書きながら、そこで書くべきことを左手で、その場で忘れないようにメモしていくんです。

宇野　まあ計算機みたい。

三島　僕はドラマもイプセンみたいながっちりした構成の芝居が、一番好きですね。

宇野　私なんか全然頭が悪くて考えられないのね、そういうことは。それではいけないとこのごろ思うんです。その点三島さんがうらやましい。でも、こんなに才能がたくさんあるのも、欠点じゃないかと思いますわ。

三島　ずいぶん言いたいことを言う人だなー（笑）。頭で書く作家とハートで書く作家と分けるとするでしょう、僕はやっぱり頭で書く作家は嫌いなんですよ、これでも。たとえばシュテファン・ツヴァイクは嫌いだ。頭だけで何もない。トーマス・マンは頭だけではないね。頭はツヴァイクの十倍ないし十五倍いいが、頭だけの作家ではないからね。そうかといって、ハートだけで書くのも息切れがするし、困ったものですね。大体フランスの作家は知情意の均衡がよくとれている。

女の苦労と文学

宇野　さっきもお話したんですけれども、男の人は女の気持ってものを別のもののように決めていらっしゃいますね。私は違いのない、同じものじゃないかと思うのです。私が多少普通の女に比べたら、男性的だからそう思うのかも知れないんですけれども。

三島　あなたはもし恋愛なさる場合だって、女の型にはまろうという意識は一つもないでしょう。
宇野　ないわ。
三島　普通の女は九九パーセントまで女の型にはまろうという意識が自然にできてくると思う。
宇野　そうでしょうか。
三島　だいいち女の着物、洋服は男に見せるためのものだという考え方があるでしょう。そうでなけりゃイヴニング・ドレスで胸をあらわに出す必要もないわけだ。そういうことが日常の心理の中にどの程度入っているかということですね、問題は。男の精神生活の中では、女に見せるための世界はごく少いからね。
宇野　そうでしょうか。
三島　そりゃあ一生懸命女に見せようと思って生活している男もいますよ。しかしそれは女より少い。
宇野　男はそのかわりに、おれはこのくらい仕事ができるとか、お金がこれだけあるということを女に見せようとするでしょ。
三島　しかし男には仕事自体のなかに自己充足的なものがある。女のこととは全然関係ない部分があるからな。
宇野　しかし男と女があって、ずいぶん世の中がおもしろいのだというふうに思うんですけど。
三島　男同士の間では、金を持っているやつ、力のあるやつ、名声のあるやつなど、女のいいのができると、うらやましいかもしれない。志賀直哉があるる小説に書いているけれども、自分が与太者がうらやましい、なぜかというと、女がたくさんできるだろうと思ってね。それで自分のいやしさを恥じたというのがある。つまり男同士の間では相手の持っているものを女で換算する。その場合は女は貨幣みたいなものですね。そういうことはある。だけど、それははたから見た話で、御本人は仕事そのものに自己充足的なものがあるし、喜びがある。結果として女はできるかもしれないけれどもね。
宇野　三島さんに女の苦労を一ぺんさせてみたいわ。(笑)
三島　していないように思っているかもしれないけど、苦労しているんですよ。みんなしていますよ、これでも。
(笑)
宇野　一度だけでいいから、ほんとに苦労させてみたい。三島さんは女にふられたことはないでしょう。ふったことは、たびたびあっても。
三島　ふられっぱなしですよ。
宇野　ふられないのに、先にふられたと思って、やめてしまうことはあったかもしれないけど、本当にふられたことはないでしょうね。『美徳のよろめき』を読んで、考えたの。大体あなたはよろめいたことのない人だって。(笑)
三島　よろめいてますよ僕は、リングの上じゃ。しょっちゅうアッパー・カットをくらって、もうフラフラですよ。しかしね、僕がふる、ふられるは別として、男にでも、女にでもふられた方が、人生がたくさんわかるとか、人生を豊かにするという考え方は絶対にあり得ないね。ふった方が、人生から何かをつかむかもしれないからね。これは決っていない。貧乏をすると、ふられたことが小説の材料を豊かにするというものでもない。

宇野 そうですよ。そんな杓子定規みたいなことはありませんよ。

三島 もし逆にですよ、うんと金があって、ふってばかりいる人がいたとしたら、その人はいい小説家になれないかしら？

宇野 えッ？ 三島さん、御自分のこと？

三島 いや（苦笑）、もし金持で苦労がなくて、相手をふってばかりいて、ふられたことがないという人間がいたら、その人が小説を書いたらどんなことになる？ 書く必然性はないかしら？

宇野 あなたのような小説家になるわ。（笑）

三島 僕じゃない、逆の仮定をいってるだけです。僕がそうだったらいいと思うけど、もしそういう人物がいたら小説を書く必然性はないかしら？ トーマス・マンが言っていますね。講演会に行くとほんとうにいやになる。講演会には人生に敗れた、人生の難問に答えを求めている、孤独な人たちばかり集まっている。講演会の聴衆くらい辛いものはない。しかし文士はいつでもそういう人たちとつき合わなければならないって。僕はいかにもドイツ的な考え方だと思う。

宇野 『美徳のよろめき』を読むような人は、あやかりたいと思って読むのかしら？

三島 登場人物のどっちに、それは。女はそのヒロインにあやかりたいのかな。

宇野 女の読者が多いのですか、あなたは。

三島 小説の読者はほとんど女でしょう。どうも宇野さんは先入主で僕を見ている。僕は宇野さんをナイーヴに見ているんだがな。

宇野 そんなことはないですよ。失恋なさらない人はない、三島さんだって今までに失恋なさってますよね。ただ三島さんの場合は、失恋しないのに、しそうだと思ってやめてしまう。そういうことを『美徳のよろめき』を読んで思ってみただけのことです。

三島 僕は小説を読むのにほとんど先入主にとらわれないで読むことを、自分でも自慢にしているんです。

宇野 先入主にとらわれたら読みにくいですものね。

三島 僕はね、ボディ・ビルをやったり、拳闘したり、神輿をかついだり、いつもばかなことばかりやっているでしょう。それで文学座には三島双子説というのがあるんだ。外でばかなことをやってる三島と、もう一人小児麻痺の三島がいて、小児麻痺の方は家の納屋の中に閉じ込められて、その中で朝から晩まで小説ばかり書いている。だけど書いてるのを見たものは誰もないんだそうだ。だから、外では僕が小説家として、通っちゃうんだって。（笑）

宇野 それもこれもあなたがとても才能があるということなのよ。

（『中央公論』一九五七年九月号）

柴門ふみ
三島由紀夫『美徳のよろめき』

何年か前、BSの日本名作映画で『美徳のよろめき』を見た。月丘夢路（エミーズの井上絵美さんのお母さま）演ずる人妻が、葉山良二演ずる二枚目と不倫旅行に出かけるが、結局何も起こらずじまいというストーリーだった。

「何だかぬるいなあ。三島由紀夫ってこんなもの？『よろめき』ってこの程度？」

と、不可解な気分に襲われたものだった。

そこで今回、改めて三島由紀夫作『美徳のよろめき』に挑戦する。昭和三十二年『群像』に連載された後刊行された単行本はその年のベストセラー第二位を記録している。

昭和三十二年と言えば、私の生まれた年であった。（大竹しのぶも生まれてる。ついでにビン・ラディン師も同学年だ。）

そのせいか、私の幼心に
「よろめき」

という言葉が滲《し》みついている。〈よろめき夫人〉は、官能に身をまかす優雅な人妻の代名詞だったのだ。エマニエル夫人、かまきり夫人以前の官能妻と言えば、節子。そう、『美徳のよろめき』のヒロインなのである。

映画も日活で昭和三十二年に公開されている。監督は中平康で脚本が新藤兼人というソウソウたるメンバーである。節子の夫で原作では〈いつも眠ってるだけ〉と表現される一郎は、三國連太郎だ。さらに、ボーイAの役で二谷英明の名前もあった。

月丘夢路演ずる節子の和服姿が大層美しかった。刺繡の半衿にレースの手袋をはめ、ハンドバッグを腕にかける。

着物に手袋。とてもオシャレだったわ。その格好で不倫旅行に出かけるのだが、土壇場で愛人を拒否し、拒まれた葉山良二はホテルの別室で一人、

「くそっ。くそっ」

と喚《わめ》きながら暴れ回るのであった。これってギャグ？と、私は思わずテレビ画面に向かって突っ込んだ。昭和三十二年当時の日本人て、こんなのに官能を見出していたわけ？

ところが、今回初めて原作を読み通して驚いた。ストーリーが途中から全く違ってくるのだ。それも、これこそが話の核であろうという所を、全くはしょり、あるいは真逆の展開にもっていっている。

三島由紀夫は、それでもよしとしたのか。

『東京ラブストーリー』のTVドラマが原作と少し違うレベルの問題ではない。『真珠夫人』の方がまだ原作に忠実と言える。少なくともヒロイン瑠璃子が純潔を守り続ける設定に変更はなかったのだから。

原作『美徳のよろめき』では、節子の方から愛人土屋を不倫旅行に誘い、ちゃっかり肉体関係も持つのだ。以後、肉欲に溺れ、三回も堕胎し、最終的には男と別れるというストーリーである。

なるほど。ベストセラーになったのも納得できる。ふんだんなベッド・シーンに、絢爛な文体。上流階級の淫らだけれど無垢で美しい人妻。エッチだけれどどろどろじゃないという、丁度いい塩梅が、高度成長期もバブルも未経験の多くの日本人の心を捉えたのであろう。

倉越節子は二十八歳にして幼稚園児の母。節子はウィットの無い上品な家で育った。だからか。この小説に登場する人物の誰一人、ユーモアのセンスを持っていない。そのせいか魅力にも欠ける。今から四十七年前の日本では、お笑い芸人がトレンディ男優よりモテることなんか想像もつかなかったのだろう。SMAPですらコントで、「オレら笑いのセンスもあるぜ」とアピールする現代において、お笑いのセンスを持たないキャラは、モテないキャラときめつけられても反論できない。

このように『美徳のよろめき』は現代の価値観においては今イチ魅力に乏しい男女の色恋沙汰なので、今ひとつのめりこめない。男性にとって、淫らで無垢な節子はそれなりに魅力的と映るかもしれないが、愛人土屋は、ユーモアもなければ気の利いた会話もできない肉欲の固まりの男であり、女の読み手はちっとも憧れることができないのである。

まあ、けれども節子には好みの男だったのだ。

男はただ荒々しくない美しい顔と、しなやかな体軀《たいく》を持っていればよかった。（中略）金のかかるお洒落と、一

主演映画『からっ風野郎』（1960年）のワンシーン

定の育ちから生ずる一定の言葉遣いとが必要だと思っていたのである。

要するに、つるりとしたボンボンであれば、会話や人間的面白味は必要なかったのである。イメージとして一番近いのは、君島明氏か。そう言われれば、節子と君島十和子さんがイメージの中でかぶらないでもない。

〈お上品でユーモアが無く淫らな世界〉

三島由紀夫が描く、このゴージャスにして官能的・耽美ワールドに、昭和三十年代の日本人は熱狂したのである。

幼稚園児の母ではあるが、子育ては使用人まかせの奥様である節子は退屈でしようがない。夫は優しいが、いつもスヤスヤ眠ってばかりの人物で物足りない。

そんな折、節子が昔一度だけ接吻した事のある土屋という青年から会いたいと告げられる。

二人はそれをきっかけに、何度もデートを重ねる。ただし、当面は十時半が門限の清いデートである。土屋はどうも下心マンマンらしいが、少女のまま人妻になり、世間ズレしてない節子は、男の野獣のような性欲に気づけず、食事だけの逢瀬を重ねる。

しかし、土屋が僕は真裸で御飯を食べるのが好きなんだと喋るのを聞いて、ちょっとドキドキしてしまう。

これって男性向け劇画によくあるパターンじゃございませんか？　清純そうなヒロインが一瞬ワイセツな想像をして顔を赤らめる——男性作家の好きなシチュエーションなのだ。現実の女は、ドキドキして顔を赤らめたりはしない。もっとワイセツな展開を顔色を変えず頭の中で楽しむのだ。

徐々に節子は、土屋ともっと深い関係を持ちたいと考えるようになってゆく。彼女が望んだのは、自分と同じくらいお上品な男性に官能の扉を開いてもらうことだった。それが節子にとっての〈恋〉なのである。

節子のこういった階級意識的恋愛観はだから、平成の女性が共有できる恋愛観ではない。

どんな邪悪な心も心にとどまる限りは、美徳の領域に属している、（中略）現実の行為は、どんなにやさしく、愛らしい、無邪気な形をとっていても、悖徳《はいとく》の世界に属していた。

こんな少女っぽい空想的恋愛観を持つ節子だったから、土屋の獣のような性欲など見当もつかないのである。

ところが、節子の方から土屋に旅行の計画を持ちかけたところから、話はどんどん展開してゆく。かつて節子が悖徳と定義づけしていた方の世界にどっぷりつかってゆくのだ。

『美徳のよろめき』を代表する官能シーンが、真裸の朝食である。二人は初めて結ばれた旅先のホテルで、翌日給仕に部屋まで朝食を運ばせる。銀の珈琲ポットとナプキンに包まれたトーストを置いて給仕が出て行った後、土屋は体中の毛を朝日に金いろに輝かせて真裸になる。節子も身を包んでいたシーツを土屋に剝ぎとられて真裸になる。

二人は体の上に焼けたパンの粉を平気でこぼし、銀の珈琲ポットの熱さにあわてて脇腹を引込めたりしながら、朝食を摂った。（中略）むしろ子供らしい無垢な朝食だったと云っていい。

『潮騒』の若い男女が焚き火の前で濡れた裸身を乾かすシーンといい、三島由紀夫はこういう見せ場をつくるのが上手だ。

さて、情事も続くと惰性になる。男がどんどん手抜きになるのに反比例して、女は不安を増し男を引き留めようと焦る。節子は土屋の冷たさに徐々に情緒不安定になってゆく。嫉妬からヒステリーを起こし、泣き、喚く。

世間によくある男と女の修羅場だ。これは昭和三十年代も今も変わらない。最近私の身近に、女に全身嚙みつかれた男・女に包丁で刺された男・女にマンションの鉄の扉で頭をはさまれた男が見つかった。全くいつの世も男と女の修羅場は存在するものだ。

悩み苦しんだ節子は、唐突に松木という老人を訪ねる。この松木翁は若い頃欧米を放浪し、政治にも女にも精通し、芸術・文学にも近付いたが、すべてにアキアキして現在は隠遁生活を送っているという謎の老人なのだ。暗闇の裏世界にも通じていたという松木の許に、節子は不倫の悩みを相談に行く。松木は節子にこう言う。

「…その土屋という人は、今はおそらくあなたを愛していないが、この世で一等強力なのは愛さない人間だね。（中略）男はもう、あなたの上に自分の力を揮《ふる》い、その力の影響をためすことだけにしか興味がないのだ…」

現代なら暗闇に通じた松木でなくても、たとえば秋元康さんでも答えてくれそうである。

惰性で情事を続けることを止めて、快楽を捨てる勇気を持ちなさい、そうすることでプライドを取り戻して苦しみからも逃れられるよという松木のアドバイスを、しかし節子は、

やっぱり男の思想だ。今私の本当にほしいのは、女の思想なのに。

と、納得しない。節子の言う女の思想とは、〈彼に会っ

て抱かれてしまうと別れられない女の性《さが》よ〉という演歌の世界なのであるが。

そんな節子がようやく別れを決心するのは、この事がバレて実家の父に迷惑が及んでは大変だという一点からである。

夫にバレたら大変、なのではない。

ここで節子が唯一愛しているのは実家であり、つまりお上品な一族であり、それに属する〈自分〉でもあるという図式が示されるのだ。

節子に別れを切り出された土屋は、むしろホッとしたかのように、淡々と別れを受け入れてゆく。

「ねえ、私たちは、本当に愛し合っていたんだとお思いにならない？」と最後に問いかけた節子に対し、土屋は長い沈黙ののち、

「たしかに僕も愛していた。君はおそらく信じないだろうが、（中略）……それでも僕流には、愛せるだけのぎりぎりのところまで愛したつもりだ」

と、答えている。

『美徳のよろめき』には、恋と官能が描かれているが、〈愛〉は無い。身勝手な男女がそれぞれに自分の感情、快楽を優先順位筆頭に据えて、その欲望を満たしてくれた異性に与えるご褒美の感情を〈愛〉と思い込んでいるに過ぎないのだ。相手の立場を慮《おもんぱか》る想像力も、人格を持った独立した人間として尊重する敬意も、この二人には皆無であるのだから。

そう考えると、『美徳のよろめき』はレンアイ文学ではないのかもしれない。

『美徳のよろめき』は、一九九三年に藤谷美和子と阿部寛の主演で松竹ホームビデオが再映像化している。この二人なら真裸でトーストをかじりそうだ。見てみたい気がする。

私の読みとった『美徳のよろめき』のテーマ
悖徳《はいとく》も、お嬢様人妻の無垢な心で行えば〝美〟として許される。
〝美〟は世俗的倫理を越えるのだ。

（『本の旅人』二〇〇四年五月号）

VI

女が美しく生きるには

婦人公論アーカイヴⅡ

三島由紀夫

女が美しく生きるには

一

一体いかなる女が美しく生きないであろうか？　いかなる女性も、美しく生きていると自ら信じているのであって、もうこれ以上美しく生きる必要なんかみじんもありません。しかしこう言ってしまっては、身も蓋もないというものでしょう。

少女時代に、女性はまず美しく生きようと思いはじめます。これは少年も同じことですが、少年の場合は、まず第一に自分の醜さに目ざめてから、その醜さにたえられずに、自らをあざむいて、美しく生きようと思いはじめる。ところが少女はちがいます。思春期の女学生などというものは、生毛が生えて、肌がどす黒くて、鼠の仔のようなのが大多数であって、幼年時代の美しさを一旦完全に失ってしまうのが常ですが、そのさなかにおいて、女はまず（少しも自分の醜さに目ざめることなしに！）美しく生きようと思いはじめるのです。一体こんな奇想、こんな法外な考えは、どこから生れてきて、少女の頭にとりついて、そこに巣喰うのであろうか？　これは全く、修道院の尼僧の頭に殺人の考えが巣喰うようなふしぎである。もちろん理由の一斑《いっぱん》には、性的無智ということもある。このごろは性教育が普及して、少年少女のよむ娯楽雑誌には、性問答が必ずついており、これを隅から隅まで読めば、年頃相応以上の性知識が得られるようになっているが、処女の性的無智ということは、これでいくら勉強したって払拭されるべくもない。何故なら女性の性知識とは、観念を通過せずに、純体験的にしか会得されないようにできている性質のものであって、処女の性的無智とは、認識論上の問題ではなくて、現象論的問題に他ならない。だから「男は不潔だわ」という生理的な考えは、「性交は自然の本能による行為です」などという性読本知識と何の関係もないのであります。

一方、このごろは十代のズベ公も大いに輩出し、一旦処女を失うと、やみくもに男に身を捧げるような、アフロディットの申し子たちがふえて来ました。しかし彼女たちも、美しく生きていることには変りがありません。すべては男の「醜い獣慾」によって生じた犠牲なのであり、その獣慾が醜ければ醜いほど、対象の特質は「美しい」ということにしかない。

よくある例ですが、こうして性的に「堕落した」少女が、潔癖な少年に恋するときには、困った問題が起きる。少年が錯誤から少女の愛をうけ入れ、あとで少女の性的堕落に気づくときも、はじめから少女の性的堕落を知っていて醜い不潔なものとして断然彼女の愛を拒絶するときも、等しく少女は、

「お前は汚い」
「お前は売女《ばいた》だ」
「お前は不潔だ」

という罵倒に直面せねばなりません。

これは実に微妙な瞬間だ。少女はそう言われた瞬間に、自分の醜さを発見するかしないかの瀬戸際にいる。しかし人に指摘されてしまったことは、本当のところ、発見とはいえない。だから彼女が、愛する少年にそう決めつけられて、爾後、自分のことを「汚い売女だ」と自己限定してしまおうが、それは醜さを発見したことにならない。彼女がそうして見出す次の方法は、「汚い売女」としていかに美しく生きるかという、必死の自己是認でしかない。そして多くの世上のロマンスに見るように、次々と男に身を委《まか》せつつ、彼女は彼女を拒み罵倒した少年への愛のみに生き、つまり結局美しく生きるのです。「お前は汚い」「お前は売女だ」と言われた瞬間に、少女には自分の醜さをもうすこしのところで発見しそうになりながら、その発見を避けてしまう微妙な本能がある。先を越されたのだからもう発見とはいえない。そこでまるで逆なものを発見する契機へそれをもってゆく。つまり彼女は自分の「美しさ」を発見するのであります。

二

……さて大半の女性は結婚します。

そこでますます、結婚した女性は美しく生きようとする。表面的には完全に美しく生きる女性がそこで形づくられる。音楽をたしなみ、文学に親しみ、家事に心をつかい、良人をロマンチックに愛し、育児に心がけ、……女性美の範例

的な形がここで作成される。実際家庭ほど、女性が自らを美しくするのに完全な環境はありません。

そう言うと人は、私が生活問題を除外視してものを言っていると非難するでしょう。一万数千円の月給で一家を維持している主婦が、だんだんなりふりかまわなくなり、世帯じみて来る姿に、そんな美しく生きる余裕があるか、と人は言うでしょう。

しかし家庭における主婦は、自分の生き方の美しさを、微細なところにも、見つけ出す能力に長じています。一例が、新聞や婦人雑誌によく出ている主婦の作文というやつを読めばよろしい。風鈴が鳴っている音に目をあけるみどり児の姿に、生活の幸福をしみじみと味わう若い母親。買物のゆきかえりに見る垣根に咲く花に託した感想。庭の小さな虫の生態に、生のよろこびを感じ、帰宅した良人の一寸《ちょっと》したやさしいいたわりの言葉に、一日中の幸福を総括する能力。幸福や不幸や、社会的正義感や公憤を、こまごましたものから採集する異様な才能。……それらの底には、美しく正しく生きている女の自信が、ふてぶてしくかがやいています。美しく生きている女は自分たちだけであると主張することの喜び。それが結婚した女たちの喜びというも

のです。
結婚した女たちは、性的なものをみんな昇華したような顔をしている。これは真赤な嘘で、結婚したからこそ、彼女たちは性の何たるかを知ったのですが、同時に彼女たちは、性愛の専門家のような女たちに対する公然たる敵になる。そういう女たち一般は、良人を央《なか》にしてのライヴァルであるから、坊主憎けりゃ袈裟まで憎いのたとえ通り、そういう女たちを憎むのあまり、彼女たちは性一般を憎むような顔をしています。美しく生きることは堅気の奥さんとして生きることであり、それは性というものを、男のようにまず醜さとして発見せず、完全な天下御免の美の証明として発見する生活様式なのであります。

こうして大半の女は、社会的風習と法律によって、自分の醜さの発見を避けることを選びます。それがつまり結婚というもので、爾後、彼女たちは、風習、慣例、法律、などすべて他人のすでに制定した秩序が、いつも彼女を究極のところで救い、醜さの発見の機会から遠ざけることに自信を持ちます。

そういうと又読者は怒り出すにちがいない。少くとも戦前までの日本の法律は、女性の地位を不当に貶《おとし》めるものであった。いや、法律全体が男性の発明した詭計であって、女性を囚われの身にするための檻であった。

しかし、私は、法律よりももっと広大な社会的慣習、旧慣習そのものに、女性的諸力を見るものである。それは歴史の奥深くまでつづいていて、ついには土そのものにつながっている。これらの網目が、究極のところで、女性を、「醜さの発見」「実存の発見」から救うのです。このごろの流行の言葉を使えば、から救うのである。

中年以上の女性は、今までの半生で、ついぞこうしたもの発見に馴らされていなかったので、もう永久に自分を醜さにおいて発見することはできない。女性が真にその怖るべき本質を露呈する年齢に達して、彼女たちは、ますます美しく生きていることを信じて疑いません。彼女たちはあらゆる古い慣習の保持者としての、あるいはその犠牲者としての(これはどちらでも同じことだが)、自分の美しい生き方を信じています。

三

教養が、美しく生きてゆくのに役立つと考えている一群の女性がいます。雑誌ジャーナリズムやラジオやテレヴィジョンが、こういう考えに阿諛《あゆ》追従《ついしょう》します。

そんなことがあるものでしょうか? 女性のための教養と呼ばれているものには、みんな偽善の匂いがあり、美しくない教養ははじめから排斥されているので、真黒な白粉というものがないように、それらはいくら塗りたくっても顔が真黒になったりする心配がない。彼女たちには、黒い教養というものが存在することが、永久にわからないのです。

　女性たちは、世間の認可ずみの、古くさい、危険のない教養が大好きだ。古典音楽の知識、十九世紀までの小説（それらはかつては黒い教養に属していたものだが、今では白い教養の一部になってしまった）、なまぬるい恋愛映画、ほんの少し進歩的な政治思想、台所むきの経済概論、それから十年一日のごとき恋愛論、……こういうものが、今日、女性の教養と呼ばれているものの一覧表ですが、これを総動員して、美しく生きようとしている女性たちの群を見ると、私は心底からおぞ気を慄《ふる》わずにはいられない。そういう傾向は、文化をなまぬるく平均化し、言論の自由を婦人側から抑制し、一国の文化全体を毒にも薬にもならないものにしてしまう怖るべき原動力であります。アメリカという国のあの文化全体における婦人の害毒をつらつら考えると、私は怖ろしくなる。

　しかしもっといけないのは、ごく少数だが、婦人の知的スノッブたちで、危険な新らしい芸術を理解したつもりで、これを擁護して、折角の芽を枯らしてしまう。女性のやり方は、何でもかんでも、植物なら温室にほうり込んでしまえばいいという単純なやり方ですから。

　こういうのに比べると、低能なファッション・モデルたちのほうが、ずっと害毒が少ない。彼女たちももちろん美しく生きようとしているが、外面的な美にしか注意を払わず、その点で彼女たちが男性的原理に近づくのは、時として外面的な美の追究のためには幸福さえ捨ててかえりみないからである。

　……このひろい東京、ひろい日本、いや世界中で、あらゆる女性が美しく生き、あるいは美しく生きようとしていることは、絶望的なことである。美しく生きることを諦めてしまったようにみえる不器量な老嬢でさえ、男に比べれば、はるかに「美しく生きている」のであります。

　おそらくそれは、女性が男性よりも確実に存在しているということの別のあらわれに他ならないのであろう。醜さというものは、存在の裂け目だからである。ところで芸術は美の創造だといわれるが、このような存在の裂け目からしか生れて来ない。女性が芸術家として不適任なのはこの点であります。芸術上の創造行為は存在そのものからは生れて来ない。自ら美しく生きようと思った芸術家は一人もいなかったので、美を創ることと、自分が美しく生きることとは、まるで反対の事柄である。この点に、芸術に関する女性の最大の誤解がひそむが、このことについては、本題と外れるので、また別の機会に述べることにしましょう。

（『婦人公論』臨時増刊、一九五九年八月）

私の永遠の女性

私は明治時代の女の全身像の写真が好きだ。裾を引いた着物を着て、片袖を胸のところまでもたげている。手は袖に包まれていて見えない。背景には、暗い廃園をえがいた幕がかかり、女は大抵、古びた椅子の背にもたれている。

顔は大てい細面で、何か凜としたものがある。女性美からこういう凜とした風情が時代と共に失われたのは日本ばかりではないらしく、ラディゲも、『ドルジェル伯の舞踏会』に登場するフランソワの母ド・セリュウズ夫人について、こう書いている。

「彼女は仏蘭西の美人世紀だったかの十六世紀の女達に似ているのだった。（中略）今日吾等は、弱々しいものでなければ、女らしいと思わなくなっている。ド・セリュウズ夫人のしっかりした顔の輪郭が、彼女を愛嬌のないものに見せるのだった。この美しさは、男達の心を誘わなかった。」

少々余談にわたるが、私は後年、リオ・デ・ジャネイロのコパカバナ・パレス・ホテルで、アディージェナ・カステロブランコという伯爵令嬢と知り合ったとき、すぐさまラディゲのこの描写を思い出したのだった。アディージェナの横顔は、ヘレニスティック時代のメディチのアフロディテの横顔にそっくりであった。彼女の家はポルトガル伝来の由緒のある貴族で、こういうラテン系の範例的横顔を伝えたものであろう。そしてそれは、やはり今の目で女性として見るには、あまりにもいかつく思われた。

……明治の女の顔にあるものも、このいかつさである。犯しがたいものである。凜としたものである。明治の名妓の顔にも、こういう犯しがたさがある。

私がわが永遠の女性を、目のあたり見たと思ったのは、ごく最近の経験であるが、私の「卒塔婆小町」が石桁真礼《いしけたまれ》生《お》氏によってオペラ化され、武智鉄二氏の演出で大阪で初演された晩である。この芝居は、公園の乞食婆が実は九十九歳の小町であって、彼女の若く美しかった鹿鳴館時代の姿を、三文詩人の目の前にありありと見せるという筋であるが、原作では、一人の女優が老年と若い小町とを併せ演じる指定になっているのに反して、オペラでは老婆のパートと若い小町のパートを別々の人が演じた。そして公園の中央に胸像をのせた台があり、幻想場面になって背景が鹿鳴館に変り、老婆が詩人とワルツを踊りながらその台のうしろを通ると、鹿鳴館の洋装姿の若い小町と替って出てくる趣向であった。

　若い小町は浜田洋子さんが演じた。この人は美声の上に、古典的な美貌の持主であるが、武智氏は特に指定して、古風な顔師をつけ、浜田さんに水白粉のお化粧をさせた。眉は三日月のように淡く、目と離れた額の空にかかり、唇も、紅を内側に塗り込んで、昭和初年まで宮廷にだけ残っていた口紅の塗り方を踏襲した。そしてあざやかな富士額の形に夜会巻の髷《まげ》が冠せられ、服は、昔風のデコルテで、黒と銀とレエスに飾られ、薄桃いろのレエスのひろいリボンを腰に巻き、手には長手袋をはめ、指には扇をもち、手首には黒い房の下ったオペラ・バッグを下げた。そういう服装から、水白粉の化粧の顔が、昼月のように白くほのかに浮ぶ工夫が凝らされたのである。

　私は楽屋を訪れていなかったので、こんな巧みは何も知らなかった。そこで、詩人と踊りながら、老婆が台のうしろに隠れたのち、美しいワルツに乗って、ありし日の小町が、閉じた黒い扇をかざし、そのいかにも明治風な鼻の線と受け口との横顔をあらわしたとき、あまりの美しさに息を呑んだ。そればかりか、戦慄したのである。

　この小町が舞台の上に動いているあいだ、私は夢に遊んでいるような気がした。ふしぎなことに、現実に私が好きな女性は、現代風な丸顔で、輪郭のあまりはっきりしない、ふつうの愛らしい顔であって、その点では私も完全に時代の好尚に従っている。だが、永遠の女性はそれとは違うのである。舞台の上の小町は現実の私の好尚と一つ一つ違うのにもかかわらず、現実の女性はこれほど奥深い感動で私の心をゆすぶりはしない。こんなに私の全精神をゆすぶり、私の歩んできた人生を縦に貫ぬく稲妻のような感動で、私を戦慄させはしない。この小町の私にとっての「原型」は何なのだろう。それが明治の女の写真とかかわりのあることは明白だが、その写真の「原型」は何なのだろう。しかしそういう疑問は徐々にあとから生れたもので、舞台を見ているあいだの私は、ありうべからざるものに接している思いを、寸時も断たれることがなかった。残酷なことながら、その晩、舞台がすんで、舞台関係者と呑んだ酒場では、浜田さんはふつうの美しい女性であり、決してさっきの小町ではなかった。

その「原型」は何だろう、と私は考える。そうして思い浮ぶのは、中学の初学年のころであったと思うが、鏡花に一時傾倒して、鏡花ばりの「紫陽花」という小品を書いたことがある。それは幼時の私の家のちかくに琴の師匠がいて、その人が美しいという評判だが、暗い櫺子《れんじ》窓の奥は見えず、その人の姿は見たことがない。ただひっそりした小路に、琴の音が流れているばかりである。不満な気持で、女中に手をひかれてその散歩からかえると、折から紫陽花の季節で、私の家の前庭の、木下闇に紫陽花が咲いている。すると、紫陽花の花かげから、今まで思いえがいていた美しい女性がすっと姿を現わす。子供は、夢を見ているような気持になるが、それは母であって、若い母がその日に限って、どうしたことか丸髷を結っていたので、一瞬自分の母と見分けられなかったのである。

こういう筋の小品であった。この中の話は半分本当であり、琴の師匠の家はたしかにあったし、母がめずらしく丸髷を結ったときのおどろきもおぼえているが、その小品は明らかに文学的修飾を凝らしたもので、鏡花から借りた眼鏡で、幼時の記憶を覗き込んだものであった。だからあの「原型」が私の現実の母だとばかりは云えず、さらに「原型」の一斑は鏡花の文学にも求められなければならない。

実際、永遠女性らしいものを近代文学に探して失望しないのは、鏡花の小説ぐらいなものであろう。そのヒロインたちは、美しく、凜としており、男性に対して永遠の精神的庇護者である。私はのちに『禁色』で鏑木《かぶらぎ》夫人という女性に、そういう属性を与えてみたが、ついにその面影には、幼時の私が見たような永遠女性の靉靆《あいたい》たる影は映って来なかった。

（『婦人公論』一九五六年八月号）

●本書収録以外の『婦人公論』掲載作品リスト

1948・9　没落する貴族たち
1948・10　不実な洋傘
1949・8　ダンス時代
1950・1　純白の夜（〜10）
1951・1　夜の占
1951・4、6　愛の往復書簡（阿部艶子・三島由紀夫）
1951・8　朝顔
1952・7　憂鬱なヨーロッパ
1952・12　肉体の悪魔／最高の偽善者として―皇太子殿下への手紙
1953・3　臨増　心ゆする思い出―『銀座復興』とメドラノ曲馬
1954・11　『潮騒』ロケ随行記
1956・9　『潮騒』のこと
1958・4　美食と文学
1961・7　冬のヴェニス
1962・3　春先の突風
1962・4　ギュスターヴ・モロオの「雅歌」―わが愛する女性像
1963・7　ロマンチック演劇の復興
1964・1　音楽（〜12）
1964・6　真実の教訓―選評

心中論

一

旧臘ニューヨークで映画『サヨナラ』を見たとき、そのなかに人形浄瑠璃の多分『曽根崎心中』の心中の場が出てきて、生身を裂かれようとしているGIと日本娘の夫婦が涙を流し、ついに自分たち自身も心中するというシーンがあるのを見て、GIと日本娘の心中という事件は、事実再三あった話ではあるが、日本の若い世代がドライ一途になってゆくとき、アメリカの映画製作者は古いウェットな日本にぞっこん参っていると思って、苦笑を禁じ得なかった。ところが数日後、愛新覚羅嬢の心中事件がアメリカにも伝わり、若いアメリカ人たちがその事件をしきりにロマンチックがっているのを見たり聞いたりして、あいた口がふさがらないでいるところへ、日本へかえってみると、またもや学習院の学生の心中事件が起っており、わが母校はいつのまにか心中大学と呼ばれる始末になっていた。

しかし、何と云っても若い人同士の心中はいいもので、太宰治などの中年者の心中の不潔さはない。自殺でも心中でも若いうちに限るので、それが美男美女なら一そう結構なのである。おんなじハラキリでも、乃木大将の皺腹より、白虎隊のほうがどんなにきれいかしれない。

或る人は私のこういう放言に眉をひそめるだろうが、私は今、故意に放言をしたのである。日本人の誰の心の中にも道徳を超越して、右のような美意識が眠っている。日本人には古代ローマ人のような残虐趣味は少く、淡白をもって鳴っているけれども、こういう美意識の包含する内容は広汎で、そこにはたしかにゾッとするほど残酷で冷酷な嗜好があるのだが、それが涙と同情と憧れの糖衣ですっかり覆われているのである。

美しい人は夭折すべきであり、客観的に見て美しいのは若年に限られているのだから、人間はもし老醜と自然死を待つ覚悟がなければ、できる限り早く死ぬべきなのである。平均寿命の延長のおかげで、他の遊星から地球を眺めたら、地球の表面は年毎に醜くなってゆきつつあるだろう。「人生で最も善いことは、生れて来なかったということであり、次に善いことは、できるだけ早く死ぬということである」とミダス王は森で会ったサテュロスから告げられた。

さて、人間の肉体の可視的な美は、せいぜい二十代で終ってしまって、あとは凋落の一途を辿るだけであるから、それからの人間は仕事や知恵や精神に携わらなければならぬ。精神の営みの未成熟な若い人の上に起る死は、病死であれ自殺であれ、結局肉体が滅びるだけのことである。精神や知性の声がそこで途絶えるというのではなく、若い美しい肉体が急に音を立てなくなって、動かなくなって、腐朽するというだけのことである。青年の死はかくて、どんなに哲学的な遺書を残そうとも、要するに一箇の肉体的事件なのである。青年が精神的と考えるあらゆる問題が、より深い意味では、純粋に肉体的な問題にすぎぬという考えは、私が自分の青年時代を経て到達した頑固な確信であって、昨今の心中事件を見ても、この確信を変えることはできない。

二

しかし、私は若い人を蔑《なみ》するのではない。年を重ねるとともに、人は純粋な肉体上の死が不可能になる。そうなってからの自殺や心中を醜い、と私は言うのである。

私は若い人の心中を美しいとする日本人特有の偏奇な美意識から出発して、いつのまにか、若い人の心中に一種の精神の勝利を見ようとする日本人に共通な感覚と背馳《はいち》してしまっている。事実、私はかれらの心中に、精神の勝利などというものをみじんも感じることができない。精神というものは頑固に生き永らえ、頑固に老い、頑固に形成しようと志向するものであって、それだからこそ精神は、人間の永い歴史に亙《わた》って、頑固に「生命の代理」をつとめて来たのである。青春時代をすぎて、生命がその真の活力と魅力を失った時になって、あたかも別の生命が動き出したように、精神が生命の働きを模倣しつつ働き出し、生命を凌駕するまでに至るのである。これを知っていたギリシャ人は、人間精神のあらゆる形態を、青年の肉体の彫像で象徴し永遠化しうると考えて、それに成功した。

話は横道に外《そ》れるが、動物には精神というものがない。

人間だけにそれがあるのは、人間が徐々に自然を征服して、殊に男が、交接と繁殖ののちに残された空しい役割に飜然と目ざめ（女にはそのあとに育児という仕事が残っている）、死にいたるどうしようもない閑暇を埋めるために、精神を発明したのであろう。精神というものは、多分、起源的には男性の専有物であり、男性の武器であったが、その武器によってまた自ら傷つけられて、精神が孤立して、女性の領分である大地から絶縁される憂目にも会ったのであった。

……さて、私が心中を単に肉体的事件だと云ったのは、低い官能的な意味で云ったのではない。私は、それが精神上の事件ではなく、女性的な情感的な世界の出来事だということも、籠めて云ったつもりである。ところで、日本では男ですら、大部分がこうした女性的情感的な世界に好んで住んでいるのである。浪花節やヤクザの勇ましさは、実は極度に女性的情感的なものである。一方、芸術というものは、半ば男性的半ば女性的なものであって、というよりは、一般の平均水準から云うと、百パーセント男性的なものに、百パーセント女性的なものを混淆して出来上っているので、純粋に精神と知性だけの制作にかかわるものではない。芸術は、日本では、殊に、女性的、情感的、肉体的、官能的なものへの嗜好を充たすように要請されている。それが心中というようなティピカルなその表現を見のがすわけがない。かくて近松の有名な心中物の傑作が生れ、もてはやされて来たのであるが、そこでは常に、男性の理念が、女性の情念に屈服し敗北する、同じ主題が語られている。男の側のエクスキューズとしての「意気地」などというものは、取るに足らぬものである。

「よそのつつねも我が命も一《ひと》よぎりなる憂《うき》ふしや、
憂身の果は主親《しゅうおや》のばちにかかりし三味線の二十二三の糸きれて残る一期《いちご》も暫しぞや、
いかに今年のから露も哀れ袂のさみだれに、心は今も皐月闇木《こ》の下闇にどまくれて、
覚えし道も幾たびか同じ所にまい戻る。（中略）
仇の譬《たとえ》の朝顔も今咲きかかる花の露、
それより先に凋《しぼ》む身は明日《あす》の朝日に此体、干さん曝さん浅ましと縋る涙の龍骨車《りゅうこしゃ》にあいの水さえまかすらん、
世の中に絶えて心中なかりせば、
二世《にせ》の頼みもなからまし……」
（近松門左衛門『平兵衛小かん夜の朝顔』「心中刃は氷の朔日」）

三

大人の心中では、必ず心中の直前に性の営みが行われるそうであるが、近松の心中物の道行の文章はつねにこれを暗示している。文辞の上ではそれに類した文句はないけれ

ど、あの永い道行の美文は、死の直前の性的陶酔そのままである。

しかし、愛新覚羅嬢の心中事件に際してはそういうことがなかったと云われ、二人が純潔を保って死んだというように喧伝され、一そう世人の同情を呼んだのである。どうせ死ぬのなら純潔だろうがなかろうが同じことじゃないかと考えるのは大人の考えで、純潔を保って心中するのは英雄烈女の行為のように礼讃されているのであるが、もう一歩進めて、死がかれらの性の営みに相当し、それを代理したという風にも云えはすまいか。心中という言葉にはどうしても性的陶酔の極致という幻影がつきまとうので、男女の性行為は本質的に疑似心中的要素を持っている。これは少くとも性的経験のある人間なら誰でも知っている秘密である。

私は、一家心中というような、外国には見られぬ日本特産の心中などについてはわざと触れず、さして生活的にも追いつめられていない若い男女の、昨今の心中の事例に問題を限定したいのだが、実際のところ、人間を自殺に追い込む諸因子の究明はむだごとにすぎない。新聞の読者はいつも或る行為の簡単明瞭な理由を知りたがるので、かつまたそれを知った気になれば一応満足するので、新聞は必ず自殺の理由を附記するのが建前になっている。

曰く「失恋のため」「神経衰弱のため」「親の許しが得られなかったため」「生活苦のため」云々。そしてあらゆる人間行為のあいまいさと「理由を峻拒する性質」とを知っている者の目には、これらは空しい文字と映るはずだが、世間の大多数は人間行為の理由づけという仮説によって満足し、他人の不可解な危険な行為を整理し得たという安心感を獲得し、それぞれの凡庸な幸福を守るために協力する。のみならず多くの凡庸な行為者自身も、他人によって自分の行為を解説され、名をつけられ、整理されることを喜んでいるのである。

さて、ロムブロオゾ以来、天才に狂的素因のひそんでいることは定説になっているが、「逆もまた真なり」と云えないことも、これまた定説になっている。精神病院の患者がみんな天才であるというわけには行かず、狂人の狂想と見えるものも、凡庸な社会通念の或る誇張にすぎない場合が通例である。自殺や心中の理由づけもまたこの例に洩れない。今ここに一人の青年がいて、失恋をし、神経衰弱であり、生活苦のどん底にあったとしても、彼は自殺するとは限らないのである。戦後の青年犯罪の増加や、このごろの心中の増加に対して、すぐさま社会学的考察の引っぱり出されるのが流行になっているけれど、あらゆる社会学的考察は、畢竟《ひっきょう》、右に述べたような「理由づけ」の体系化であって、最後のところは何も語らない。

四

肉体というものが本質的に滅亡の論理をもち、精神がその対蹠《たいせき》物として据えられて、永遠への志向をもつということは、キリスト教や仏教を問わず、あらゆる宗教の前提であった。

日本人にはこういう宗教的情操に加うるに、一種の美的な思考があって、肉体の持っている滅亡の論理そのものを美化して、崇敬の対象にしようとする傾きがある。日本人の自殺讃美には、かくて、人間意志の悲劇というものが欠けていて、自殺や心中という人間意志の行為そのものさえ、実にあいまいな形態を帯びるのである。

たとえ自殺や心中をしなくっても、自己破壊が青春の本質的衝動なのであるが、それは青春なるものが「肉体的状態」であるということをしか意味しない。こうした肉体的状態に突如として「永遠」を継木《つぎき》して、自分たちの清純な恋愛の永遠性を保証しようというのは、思えば無謀な論理であるが、こんな無暴な論理からしか、心中の美しさが生れないことも事実なのである。若い人の清純な心中が、忽ち伝説として流布され、「恋愛の永遠性」や「精神の勝利」の証左にされるのは、少くともこのような架空の幻影のために彼らが身命を賭したという誠実さの証拠にはなる。

というのは、「恋愛の永遠性」や「精神の勝利」なるものは、生きていようが、自殺してみようが、心中してみようが、青春という肉体的状態にとっては不可能な文字なのであって、青春のあらゆる特質と矛盾する性質のものであるから、それゆえに、そういうものは美しいのである。精神や永遠に身自ら近づきかけている年齢の人たちの心中が醜くて不潔に思われるのは、正にかれらの内部にこそ、生きながら、精神や永遠性への志向が、期待されているからなのである。こういう点では、私は、世間の成人たちが若い人たちに対して抱いている甘ったるい幻影に全く与《くみ》しない。

ところで心中の美しさというものも、全く幻影的なものである。文楽の人形で見たって「知死期《ちしご》」の苦悶はいいかげんグロテスクな見物《みもの》であるが、人間の死にざまがそんなに美しかろうはずがない。しかし、当人たちは陶酔と幻影をたよりにして死に、世間の人も幻影をしか見ないのであるから、警官や医師やその場の立会人の見た心中現場は、忽ち人間の記憶の中へ埋没してしまって、どうでもよくなってしまうのであるらしい。

大体心中や自殺が人里離れた場所を選ぶのは、死をできる限り「主観的な」事件にしたいという欲望からであろう。他人の目はその死を客体に化してしまう。恋人の目だって、他人の目にはちがいないのであるが、心中が自殺とちがう点は、やはりお互いがお互いの死を眺め、主観的な死と客観的な死を同時に味わい得るという点にあろう。いや、一人きりの自殺ですら、ある人々はビルの屋上から人通りの多い路上に身を投げて、自分にとっては全く主観的な死を、すぐさま客体化したいという熱烈な野望に燃えている。

人里離れた場所での死へ急ぐとき、多分恋人同士には、一種の契約が出来上っていて、お互いの死を保障し、死に損ないを避けようとし、無形の委任状を手交することになるのであろう。これは本当は一人で死ぬよりも確実性のうすい死に方なのであるが、実は単独自殺の数学的確実性をおそれる気持が、心中という想念をはぐくむのだともいえる。死を純粋に主観的な事件として追究することの恐怖が、相対死《あいたいじに》という形式を生み出したのだともいえる。死を決行しようとするとき、孤独の本源的な意味に触れて、死のみならず生そのものも完全に孤独であるという結論に到達するには、ある弱さがその妨げをなし、心中という形に落着くこともあろう。そこには何か人間意志にとっての不純さがある。あらゆる形の自殺に、演技の意識が伴うことを、心理学者はよく知っているが、私には自殺という行為は、他のあらゆる人間行為と同様、あらわな、あるいは秘められた不純な動機を手がかりにして、はじめて可能になるものだと思われる。純粋自殺というものが机上の空想であるなら、自殺の中でもどうやら一等純粋性のあいまいな心中だって、悪いことはあるまい。そこではあくまでも物事が相対的であって、男女の仲そのもののように相対的であって、雪に埋もれた山中に入って一応主観的な死への欲求を充たし、恋人の死を見、また見られるという状況によって死の客体化の欲求をも充たし、欲張りで、贅沢で、消費的で、……要するに人智の編み出した一つの技術である。多分どんなに幸福な恋人同士も、或る気まぐれな恍惚感の中で、恋人の死顔を美しく想像することがあるだろう。そのためには身の不運や窮境というような原因は、一つの言訳に使われるだけである。アメリカ人が小説と映画『サヨナラ』の中で、米人と日本娘の心中を描いたとき、かれらは不幸や不運を快楽に化するという驚天動地の技術を、この感傷的で官能的な国民から、はじめて学んだのだと思われる。

（『婦人公論』一九五八年三月号）

●本書収録以外の『婦人公論』掲載対談リスト

1949・3　男ごころ・女ごころ〔座談＝吉村公三郎、北原武夫、藤原義江〕
1952・10　恋愛をめぐって〔座談＝福田恆存、堀田善衞、木下順二〕
1958・6　薔薇とロカビリアン〔対談＝渡辺美佐〕
1959・3　不道徳教育・公開ゼミナール〔対談＝平田都〕
1959・6　臨増「教養」は遠くなりにけり〔対談＝石原慎太郎〕
1961・10　臨増　映画「ハネムーン」〔対談＝芳村真理〕
1964・11　東京オリンピック記念論文選考座談会〔大宅壮一、平沢和重、蘆原英了、角田房子〕
1966・5　映画『憂国』の愛と死〔対談＝川喜多かしこ〕

ナルシシズム論

一

女がひとり鏡に向って、永々とお化粧をし、いい洋服を着て、いいアクセサリーをつけて、いよいよお出ましとなる。そこで又仕上りを鏡で丹念にしらべる。……世間では、こういうのを、女のナルシシズムと呼んでおり、女の第二の天性と信じている。

しかし彼女は本当に、鏡の中に自分の顔を見ているのであろうか？　彼女が鏡の中に見ているのは、本当に自分の姿なのであろうか？　私にはどうもそのへんがよくわからないのである。

私の見るところでは、「自然」は女に、彼女の本当の顔を見せないように見せないようにと配慮している。その用意周到はおどろくばかりで、ここには定めし、自然がそうせざるをえなかった理由がひそんでいるにちがいない。そうとしか考えようがないのである。

自意識というものは全然男性的なもので、そこには精神と肉体の乖離が前提とされ、精神が肉体を離れてフラフラと浮かれ出し、その浮かれ出した地点から、自分の肉体を客観的に眺め、又、自分の精神を以て自分の精神自体をも、

ナルシス（ジョン・ウィリアム・ウォーターハウス画《エコーとナルキッソス》1903年、部分）

客観的に眺めるという離れ業を演じるのが、すなわち自意識である。もちろんこんな離れ業は、いつも巧く行くと限ったわけではないが、自意識とは、そういう離れ業をともすると演じようとする、精神の不可思議な衝動である、と定義してよかろう。

しかるに、女の精神は、子宮が引きとどめる力によって、男の精神ほど自由にふらふらと肉体を離れることができない。男には上部構造である頭脳と、下部構造である生殖器とが、全然関係のない別行動をとることもできるけれど、女にはどうも、古代の爬虫類のように、頭と下半身と両方に脳があるらしいのである。脳と言ってわるければ、女の精神を支配する中枢は二つあって、一つは頭脳であり、もう一つは子宮であって、この二つが実に密接に共同して動くから、精神はいつも、この二つに両方から引っぱられていて、肉体から離脱できない。ヒステリーの語源が子宮にあることは周知のとおりである。

簡単に言うと、男性の精神構造は、一つの中心点をもつ円であり、女性の精神構造は二つの中心点をもつ楕円であるらしい。

女の精神はかくて存在に帰着し、男の精神はともすると非在に帰着するが、自意識とは、非在に関する精神の、もっとも生粋な、もっとも非在的なものである。

女の精神とて、もちろん自意識に似たものは持つことができる。しかし、自意識が自意識を生み、みるみる無数の合せ鏡の生む鏡像のように増殖する、自意識の自己生殖は、決して女性のものではない。自意識が彼女を本当に喰いつぶすまでに行かないならば、それは結局、「擬自意識」の部類に属するだろう。女のもつ「自意識めいたもの」には、肉体（子宮）という安全弁がついており、男の自意識のように、ブレーキが利かなくなって暴走して、崖から真逆様に顚落するというような事態は起りえない。（そういうとき、奇妙にも、その男の自意識の暴走車は、彼自身の自意識の海の中へ顚落するのであるが……）。

ここではじめて、私には、自然が、女に対して、彼女の本当の顔を見せまい見せまいとしているその配慮の理由が呑み込めるように思う。それは明らかに生物学的要請であり、女の妊娠の責務を守るためであろう。

鏡とあんなにしょっちゅう深く附合っている女が、みんな鏡の中へ投身して破滅してしまったのでは、人類は絶滅してしまう。そこへ行くと、妊娠のつとめを持たない男はそうなっても一向構わない。水鏡に映るおのが美貌に惚れ抜いて、水へ身を投げて死ぬナルシスが、決して女でなくて、男であることは、ギリシア人の知恵と言えるであろう。ナルシスは、どうしても男でなければならないのである。

かくて、女たちが、鏡の中に見つめている像が、彼女自身の姿でないことは、ほぼ確実になった。自分でないものの姿に見とれることを、ナルシシズムと呼ぶのは、言葉の誤用である。私見によれば、女にはナルシシズムは存在しえないのである。

二

私は、自然が、女に、彼女の本当の顔を見せまい見せまいと配慮しているように思われる、と言った。

もちろんここに言う「顔」とは、精神的な意味であって、肉体上の顔のことではない。では、私が、この精神上の顔を、軽率にも、肉体上の顔へ敷衍《ふえん》して、ふつう鏡に向っているときの女は、決して自分の顔を見ていない、と主張するのは、行きすぎであろうか？　内観の顔は、かくも容易に、外観の顔のアナロジーになりうるであろうか？　鏡に映る顔と、心の顔とは、そんなにも、同一直線上にあるものであろうか？

女が自分のことを語るときの拙劣さには定評があり、どんなにえらい女でも、彼女が自分の正確な像をつかんでいると感じられることはめったにない。どんなに苦労し、どんなに世間智を積んでも、女は自分のこととなると概して盲目で、不可避の愚かしさが、背中の糸屑みたいに必ずついている。そして知的な女ほど、己惚《うぬぼ》れもひがみも病的にひどくなっている場合が多い。彼女の理性にはえてして混濁したものがつきまとい、論理は決して泉の水のように明らかに澄み渡ることがない。どうしてであろうか？　私が女と議論することが死ぬほどきらいなのはそのためなのだ。

しかし考えてみると、われわれが論理と呼んでいるものは、人類普遍の理論ではなくて、ただ肉体および存在から離脱することによってその自律性を辛うじて確保しえている男性の論理にすぎないのかもしれない。女性の論理（もしそれを論理と呼んでよければ）にひそむ客観性の欠如は、さきに述べたような女独特の精神構造によって、「存在を離れえない論理」のすがたなのであろう。

精神が肉体から分離されなければ、そこに客観性というものも生じえず、従っていかなる意味の自己批評も生じえない。そして自己批評こそ、他に対する批評の唯一の基準であるから、そこには真の公正な批評が成立しないことになる。女性の盲点はこのような自己批評の永遠の欠如であり、又、他に対する永遠の不公正な批評癖である。

「A子さんって、自分のバカさにどうしても気がついていないのね」

という批評が成立するためには、そういう御本人が自分のバカさに気がついていなければならない。しかし女が、

「ええ、どうせ私ってバカだわよ」

と言うときには、彼女は決して自分のバカさをみとめてはいないのである。それは、すなわち、「あなたのような

不公正な目から見れば、どうせ私はバカに見えるでしょうけれど」という意味である。

「私って目が小さいでしょう」

と女に言われて、

「ああ、小さいね」

と答える男は、完全に嫌われる。

もう少し思いやりに富んだ男でも、同様に嫌われる。それは、

「私って鼻ペチャだから」

と言われて、

「でも、とんがった鼻より魅力があるよ」

と答えるような男である。

私がこうして徐々に、女性の内面的な顔から外面的な顔へと移行してゆくところに、注意していただきたい。思うにそこには確たる境界線がないのである。「私ってどうせバカだわよ」という言葉と「私ってどうせ不美人よ」という言葉との間の懸隔を、たとえば、男の同じような発言、「俺はどうせバカなのさ」と「俺は二枚目じゃないからな」という二つの言葉の間の懸隔と比べてみれば、前者の懸隔はほとんどゼロに等しくなるであろう。つまり、男の発言には、自嘲のなかに必ずアイロニーと批評が含まれるのが通例で、それが自意識の表徴なのである。

さっきも言ったように、女が「どうせ私ってバカだわよ」という場合、「あなたのような不公正な目から見れば、どうせ私はバカに見えるでしょうけれど」という風に、判断の主体が故意にぼかされている。判断の主体及び基準が自分にあるかのように一応装われているが、実は、相手に半ば判断の主体が預けられている。男が「俺はどうせバカなのさ」というときは、自分の判断によって自分のバカさ加減が痛烈に意識されているのと同時に、自らがその判断の主体であって、他人の判断はゆるさないという強烈な自負がある。

次に、女が「私ってどうせ不美人よ」という場合は、判断の主体が故意にぼかされている点において、「私ってどうせバカだわよ」という場合と、ほとんど径庭がないが、男が「俺は二枚目じゃないからな」というときには、明らかに、判断の主体は、痛恨を以て、遠い遠い、見えざる第三者の手に全的に預けられているのである。なぜなら男は、人間の顔、容姿等の外観は、もともと社会的な価値であって、他人の判断によってしか評価されないという苦い知恵を、(自意識の鍛練によって)、夙《はや》くから自得しているからである。ここに男の、劣等感や優越感の早い形成が見られるので、男は比較対照による客観的価値判断を早くから身につけてしまうのである。

もちろん男といえども、少女が最初の男に愛されてはじめて自分の美に目ざめるように、最初の女に愛されてはじ

めて自分の魅力を知ることも多い。しかし、彼の内面性は、それによって鼓舞され、あるいはそれによって歪められることがあっても、決して彼の外面性と一直線につながらないのである。

かくて、男が鏡を見ているとき、何を見ているかが明らかになる。すなわちそこに見ているものは、彼の顔、彼の純粋な外面に他ならない。女のように、内面から外面へ、さらに、化粧によって変容した第二の外面へ、一つながりにつながる複雑なイマジネーションの複合としての顔ではない。彼は髭は剃るが、化粧をする必要はない。このように、純粋な外面としての顔が鏡面に出現し、こちらから見る主体は、純粋自意識として作用するとき、そこにはじめてナルシシズムが、ナルシスの神話の恋が成立するのである。

三

鏡はそもそも、客観に奉仕するものなのであろうか？それとも主観に奉仕するものなのであろうか？

世にはさまざまな鏡がある。純粋客観としての鏡は、自意識の鏡であり、男の鏡である。純粋主観としての鏡は、自意識の欠如した鏡であり、女の鏡である。前者はナルシシズムの鏡であり、後者は、化粧のための、変容のための鏡である。

自分の外面が自分であるという発見は、まず一種の社会的発見であった。そこに映っている像こそ、正しく自分自身でありながら、自意識とは劃然と分離された純粋存在であるという発見が、ナルシスの恋の端緒であった。もし鏡像と精神との間に、このように隔然たる分離がないならば、鏡像と意識、外面と内面とは一つながりのものとなり、そこには容易に妥協が生れ、馴れ合いが生れ、ついには不自然な化粧が必要となるであろう。女の友である鏡とはこのようなものであり、鏡は女にとっては本質的に「油断のならない友」であり、男にとっては、「敵あるいは恋人」である。

鏡を敵として、一日中その顔を見ずにいたければ、男にはそれも可能である。朝は、手さぐりで電気髭剃り器で髭を剃り、鏡を見ずに顔を洗い、手さぐりでネクタイを締め、出勤の電車に乗ればよいのだ。

それではそういう男が男らしい男かといえば、そうとも言いきれないのである。自分の写真を見るのをきらい、鏡を見るのをきらいな男たちには、深いニューロティック（神経症的）な劣等感を持った人間が多く、又その多くは、別の知的優越感や社会的優越感で補償されている。そしてこれらの優越感へのどんな些細な批評にも、ヒステリックな反応を呈する場合が多い。鏡をきらう男を、バンカラで豪傑肌の男と勘違いすると、とんでもないまちがいに陥る。彼らは、ただ、鏡を怖れているのである。

もともと鏡は、純男性的世界の必需品であった。むかしの海軍兵学校や機関学校には、階段の下に必ず大鏡があって、軍装の威儀を正すために用いられた。ラフなプルオーヴァーのスウェーターをひっかぶるのとちがって、端正な軍装の、四角四面な外観を維持するためには、どうしても鏡が必要とされる。軍人の世界は、男性的外観が厳密に規定され、その外観によって、内面の自意識を規正し、自意識の暴走を抑圧し、以て、劃一化され単純化された自意識のエネルギーを、超自我《スーパー・エゴ》に従属せしめる世界である。従ってそこは男にとっては、自意識の永遠の休暇が約束される世界なのだ。

しかし、外部から軍人の世界へあこがれる少年の心理には、明らかにナルシシズムが含まれていたことを、私は戦時中の経験によってよく知っている。海軍士官の軍服と短剣にあこがれて、海軍兵学校へ入った少年は数知れずほどおり、それによって戦死した若者は、ナルシスの死を死んだのだった。鏡を見る女には、ほとんど死の衝動は働いていないと思われるが、少年のナルシシズムには、色濃く死の衝動が影を落している。最近、私はある映画雑誌の投書欄で、十八歳の少年が次のように書いているのを読んで、もしその少年の親がこれを読んだら、どんなに慄然とするだろうかと考えた。

「僕はジェームス・ディーンの大ファンです。彼はスポーツ・カーで死んだけど、僕にはスポーツ・カーを買う金はない。仕方がないから、単車でハイウェイをすっとばして、ディーンのように、花々しく死にたいと思っています」

少年期には、鏡はとりわけ彼の孤独にとって重要な意味を荷《にな》っている。バスの入口の席に腰かけて、そこのガラスが乗客の黒い外套の背で鏡になっていたばかりに、そこに映る自分の美しい顔に見とれて、思わずバスを乗りすごしてしまったという経験を、多くの少年は心ひそかに蓄えている筈である。自分はこんなにも美しい。だから美しいうちに死ぬべきなのだ。そしてこの種の少年のナルシシズムは、英雄類型への同一化の傾向を強く持っており、ひいては彼自身が英雄となるための原動力となる。アレキサンダー大王は、少年時代から叙事詩中のアキレスにあこがれ、アキレスとの同一化を策して、アレキサンダー大王その人になったのであるが、彼のナルシシズムは後年まで色濃く残っていて、決して自分の三十歳以上の肖像彫刻は作らせなかった。

私はナルシシズムが、決して偏奇な知的一傾向ではなく、おどろくほど普遍的な衝動であることを、ボディ・ビルディングのジムで学んだ。そこには多くの鏡があるが、鏡の前は大てい混雑しており首をさし出してネクタイを結ぶのも容易ではなかった。青年たち、もっとも平均的な、とりたてて知的でもない、環境も教養も職業もちがう種々雑多の、ある者は学生であり、ある者はバーテンダーであり、ある者は元柔道選手であり、ある者は店員であり、ある者は技師である、これら何ら共通点のない青年たちが、自分の育成した二頭膊《はっきん》筋や大胸筋を鏡に映して、その光りかがやく新しい筋肉に、時の移るのも忘れて見とれているのを見て、私はナルシシズムが、男のもっとも本源的な衝動であり、今まで社会的羞恥心から隠蔽されていたにすぎないのではないか、という考えをいよいよ強めた。

ボディ・ビルディングは、いかにもナルシシズムの範例的形態である。その自己完結性にはあらゆる逆説がひそんでいて、鏡に映る自分の新しい逞しい筋肉は、自分でありながら純粋な「他者」であり、考えられるかぎりの純粋な外面であるのと同時に、しかもそれは自分の意志とエネルギーによって創造したものなのである。鏡に映るその筋肉ほど、ナルシシズムにとって、というのは、男性の自意識にとって、恰好な対象はあるまい。

しかし、そこには同時に、ナルシシズムの重要な一要素が欠如している。ここには自意識が自意識を喰い、鏡が鏡を蝕むところの、あの不可思議な自己生殖の運動と、それによって起るナルシスの投身、すなわち自己破壊の衝動が、ふしぎなほど欠けている。ボディ・ビルダーたちは、大好きな家畜をいたわるように自分の逞しい肉体をいたわり、ヴィタミンやカロリーの摂取に余念がない。男のナルシシズムには、死の衝動へ促す行動性が必要なのである。そしてこのような行動的ナルシシズムは、鏡への投身による鏡の破壊をめざして、拳闘、レスリング、柔道、剣道等の格技や、自動車レース、モーター・サイクルなどのスピードへ向うのである。

四

私はこれであらかた、男のナルシシズムのドラマティックな構造について概観したが、あえて肉体的ナルシシズムに限定して、精神的知的ナルシシズムには言及しなかった。というのは、精神的知的ナルシシズムとは、肉体的ナルシシズムの戯画にすぎず、それ自体言葉の矛盾なのである。そもそも自意識がどうして自意識を愛することができようか。

しかし、情ないことには、世間の尊敬を受けるのは、この戯画的形態たる精神的知的ナルシシズムのほうであり、本源的な肉体的ナルシシズムは、ともすれば嘲笑の対象になる。この逆傾向ははなはだ古く、古代ギリシアではソクラテスの時代にはじまった。醜いソクラテスは知的ナルシシズムの権化であったが、プラトンの『饗宴』によれば、肉体的ナルシシズムの権化である「美しきアルキビアデス」が、このシレノスの前に拝跪したのである。

　純粋ナルシシズムの本当の姿は、他人の賞讃を必要としないことであるが、ここには美のきわめて微妙できわめて難しい問題がひそんでいる。

　なるほどナルシスは美しい。他人の目から見て美しいのである。そしてナルシスは、他人の目から見て客観的に美しくなければ、あの神話の美しさ自体が成立しないのであるが、一方ナルシスが絶対に排他的であり、彼が他人の賞讃を一切必要としないほど、自意識の客観性に絶大の自信を持っていなければ、同様に、あの神話は意味がなくなってしまう。ナルシスは己れを知っていなければならず、自己批評の達人でなければならず、そしていかなる容赦ない自己批評も破砕できぬほどに美しくなければならないのである。してみるとこの神話の恋には、二つの、いずれ劣らぬ大切な要素があることがわかる。一つは彼の絶対的美貌であり、一つは彼の自意識の絶対的客観性である。この二つが揃わなければ、ナルシスの恋は成立しない。

　しかし、いかにして自意識はそのような絶対的客観性に到達するであろうか？　決して他人の賞讃を必要とせぬほどの境地に達しうるであろうか？　自意識の構造自体が、このような客観性を常に志向していることは前にも述べたが、純粋ナルシシズムが、「他人の賞讃を必要としない」からと言って、その逆は必ずしも真ではない。

　ナルシスが他人を排斥するのは、他人を全く必要としないほど美しいからだが、醜い者も、同じように他人を排斥する。彼は他人の賞讃を得る自信がないからである。世間でナルシシズムという言葉を口にするときに、多くの嘲笑が含まれるのは、たとえば、アラン・ドロンがナルシシストであっても少しも滑稽ではないが、客観的に見て全然美しくないものがナルシシズムに陥っているのは滑稽に見えるからで、このことは、男性一般の本源的衝動であるナルシシズムの普遍性と、微妙に噛み合っている。そこで他人の賞讃を期待できぬナルシシズムは、滑稽に見えることをおそれて地下に沈潜し、そこに「秘密のナルシシズム」「抑圧されたナルシシズム」が鞏固《きょうこ》に形成される。これが、他人のナルシシズムへの嘲笑の大きな原動力になるのである。

　一方、嘲笑される側は、その醜さのためではなく、自意識の絶対的客観性の不足乃至《ないし》欠如のために、笑われるのだ。

　このことが、社会全般におけるナルシシズムの捕捉を実に困難にする。

　もとより他人の賞讃を全く必要としないほどの純粋ナルシシズムとは、絶対真空と同様に、一つの仮定としての絶対値にすぎず、一つの究極の観念、一つの神話にすぎぬ。誰しも他人の賞讃を必要とするが、それは他人こそ「物言う鏡」であり、その賞讃こそ、肉体を離脱した非在の観念としての自意識の、何ら目に見え手にとることのできない絶対的客観性を、傍証してくれるからである。

ナルシスの水鏡を、ナルシシズムの純粋な無言の鏡とすれば、「他人」こそは、二次的でありながらはなはだ力強い、物言う鏡と言えるであろう。

自意識がその客観性を確認するために、どうしても他人の賞讃を必要とするのは、ナルシシズムの客観的要件を、できるだけ多く自分のほうへ引寄せようとする自然な志向である。すなわち、すでに水鏡をではなく、「他人の鏡」を相手にするときには、嘲笑が返ってくるか、賞讃が返ってくるかに、彼の自意識の客観性が賭けられており、思いどおり賞讃が返って来たところで、彼の客観的要件は、本来減りもせず増しもしない筈であるけれど、その結果、自意識の客観性は他人の賞讃によって保証されること多大であるから、そこであたかも、彼の客観的要件自体が増しでもしたような外見を呈する。それはあくまで一つの擬制であるが、水鏡ではなく「他人の鏡」を相手にした以上、ナルシシズムは悉《ことごと》く相対主義に陥り、いわば相対性の地獄に落ちることが避けられない。純粋ナルシシズム以外のあらゆるナルシシズムにとって、かくて本質的な様態は「不安《ソルゲ》」Sorgeなのである。

さてこの際《きわ》どい賭に勝つために、彼が自分の最良のものを賭けようとすることは自然であろう。肉体的ナルシシズムによってこの賭に勝つ自信がなければ、知的精神的ナルシシズムによって勝とうとするのは当然であろう。ナルシスの神話は、あのように素朴に、人間の肉体的ナルシシズムの純粋性、絶対性を謳い、自意識の純粋形態を象徴しているのに、古代ギリシアにすら、やがてソクラテスの近代がしのび込み、知的精神的ナルシシズムが覇を制する。知的精神的ナルシシズムは、純粋ナルシシズムの見地からすれば明らかに倒錯であるが、二つの絶対の利点を持っている。一つはそのナルシシズムが不可見のもの（知性・精神）に関わっていることであり、もう一つは、従って、普遍妥当性において、純粋ナルシシズムをはるかに凌駕しており、ごく稀な天然真珠よりも、はるかに一般的な養殖真珠に相当するからである。

のみならず、人々は安心してこのようなナルシシズムを許容することができる。誰にも機会は均等に与えられており、努力によってそれに達することができ、しかも不可見であるからごく秘密裡に、男性全般のナルシシズム的衝動を満足させることができる。

かくて男の世界における肉体蔑視がはじまり、近代社会の多くの知的弊害がそこから生れてきた。

男は不可見の価値に隠れ、女は可見の世界へ押し出された。男は見る側になり、女は見られる側へ廻った。男女の服装を見ればわかることだが、男は渋い色の劃一的な背広に身を包み、もはやきらびやかな緋縅《ひおどし》の鎧を着ることはなくなった一方、女はますます肌をあらわに、さまざまなファッションに身をやつすことになった。

女のナルシシズムという観念は、男性から移植され注入された観念のように思われるが、もし女にとって、一般的普遍的に肉体的ナルシシズムが許容されるとなれば、そこに自意識の規制が働かないことは明らかであるから、別な方法が案出されなければならない。それが化粧である。

化粧こそ、一般的肉体的ナルシシズムを、滑稽さから救う唯一の方法である。この方法が特に女に普及したのは、女の自意識の欠如の代償作用であって、顔に白粉や紅を塗って美しく作りかえることによって、肉体的ナルシシズムは、はじめからまっしぐらに、その不純性へ飛び込むのである。純粋ナルシシズムには、決して化粧の原理を導入することはできない。

女がひとり鏡に向って、永々とお化粧をする習慣は、美女と醜女を問わないが、それが醜女だからと言って、人は決して笑おうとはしない。そこで問われているのは、自意識の客観性の問題ではなく、いかに美しくなるかという問題だけであって、化粧をしない醜女よりも、化粧をした醜女のほうが幾分でも美しく見えれば、それは社会の志向するところと一致しているからである。

他人の賞讃が、しかし、女の場合には、肉体的賞讃にとどまるように、女自身も要請し、社会も亦これを要請しているのは、男の世界が守っている知的精神的ナルシシズムの縄張りを、女に犯されないための用心であろう。そのためにこそ、男は、古代の男の肉体的ナルシシズムの不安《ゾルゲ》の地獄を、女のために開け渡したのである。

しかし、そうして開放された世界が、女に果して不安《ゾルゲ》を与えたかどうかは疑わしい。鏡の前にいるとき、女は明らかに幸福に見える。その幸福を見て、男は又しても不可解なものにぶつかるのである。

どうして化粧をしているときの女は、そんなにも幸福なのであろうか？　ナルシシズムが幸福であろう筈がない。それならば、それはきっと、何かわからぬ、何か別のものにちがいない。とまれかくまれ、「幸福」とは、男にとってもっとも理解しがたい観念であり、あらゆる観念の中で、もっとも女性的なものである。

（『婦人公論』一九六六年七月号）

『婦人公論』巻頭言 1960

一九六〇年代はいかなる時代か

私は必ずしも宿命論者ではないが、毎年年頭に発表されるおえら方の年頭所感というのを見るたびに、一体この人たちの頭にどんな未来図が浮んでいるのか、グロテスクな感じのすることがある。

一九五九年の年頭に、人工衛星が月の裏側の写真をとってくることを、予言してくれた人は誰もいなかった。しかしソ連邦の科学者たちは、人間の未来への意志によってそれが実現されることを信じていたであろうし、われわれはそんな他人の信仰の内容を知らなかっただけである。

一体人間の意志だけで一九六〇年の内容が決められるものなら、こんな明るい話題はないが、人間にもいろいろあって、日本人もアメリカ人もソヴィエト人の男も女もあり、これが「人間の意志」だと表明するには、それだけの権力の裏附がなければ、第一、発言に重味もくっつかない。日本のおえら方の年頭所感から、何だかあいまい模糊とした、グロテスクな頭の中味しか想像できないのは当然である。

今や一九五九年の、月の裏側の写真は、人間の歴史の一つのメドになり、一つの宿命になった。それにしても、或る国の、或る人間の、単一の人間的意志が、そのまま人間全体の宿命になってしまうというのは、薄気味のわるいことである。広島の原爆もまた、こうして一人の科学者の脳裡に生れて、ついには人間全体の宿命になった。

こんなふうに、人間の意志と宿命とは、歴史において、喰うか喰われるかのドラマをいつも演じている。今まで数千年つづいて来たように、一九六〇年も、人間のこのドラマがつづくことだけは確実であろう。ただわれわれ一人一人は、宿命をおそれるあまり自分の意志を捨てる必要はないので、とにかく前へ向って歩き出せばよいに決っている。

（一月号）

青春の敵

私の友人吉田健一氏は、若い人の作品を原則的にみとめない人である。若い人の作品をほめそやすことは、若さに対して失礼な仕打であって、若さの可能性をお節介にも限定してしまう行為だというのである。若さに対して、これだけはっきりした態度をとっている人はめずらしい。

近ごろ、青春におもねる文章の多いこと、おどろくばかりである。父親は息子におもねり、学校の先生は学生におもねる。「青春に非ざれば人に非ず」という世の中だから、気の弱い老人は、青春を愛するなどという仮面のもとに、青春にビクビクして、遠慮し切って、ひたすら青春の感情を害さぬように気がねしながら日を送っている。

一方、若い世代は何の抵抗もなくなり、ぶつかってゆくべき権威も崩れ、何一つ「正当な敵」を見出すことができないので、中ぶらりんの状態で、ヒステリーを起して八つ当りしている。大人はただそれを遠巻きにして、ハラハラ見ているだけである。

ここらで世の大人どもは、一大決心を固めて、青春に対する「正当な敵」になるべきだ。それもむかしの軍隊の下士官根性や、むかしの姑みたいな、じめじめした陰性の敵になってはならない。晴れやかな、憎々しい、堂々たる、立派で壮大な、天晴れな敵になるべきだ。現代日本でもっとも必要とされているのは、青春そのものよりも、青春の敵なのであって、これなしにはせっかくの青春も力を失い、去勢されてゆくほかないのである。

（二月号）

外来芸能人について

昨年来、日本はザイラーとモンタン*に完全に引っかきまわされたことは、言うも愚かである。モンタンはギリギリになってやって来ず、今更女々しい不信の声が投げかけられているが、こんなことで愕《おどろ》くのは、愕くほうがまちがいというものだ。

ここ一、二年の映画界の不振について、若い世代が現在何にもっとも金を使うかを調査したところ、旅行と音楽という答が圧倒的だったそうである。旅行はすなわちスキーでありザイラーである。音楽はすなわちモンタン。この二人の起したブームは、時代の趨勢と季節感とにピッタリしていたわけである。

さて、われわれ日本人が、ぜひとも知っていなければならぬことは、世界の芸能界の常識として、名声を高めるために日本へ来る芸能人は、ただの一人もいないと断言してよいことである。日本へ好んで来る芸能人は、金のためか、それとも政府の文化使節か、それともロケーションの都合かにとどまるので、日本国民が諸手をあげて歓迎しようがしまいが、世界的名声には何の関係もないという、冷厳な事実を知らねばならない。情ない話だが、現在のところ、世界的名声というやつは、ニューヨークか、ハリウッドか、パリか、ロンドンでしか発生しない。世界的名声菌の培養基として、東京はなお不適当なのである。

もしパリかニューヨークで、現在の水原弘ほどの人気が得られれば、それはもうすでに世界的名声である。しかし悲しいかな、水原弘は、まだパリやニューヨークの知るところとならない。

日本へ来ること、日本で歓迎されることが（もちろん歓迎されないよりましであろうが）、世界の一流芸能人の虚栄心に決して媚びることがないというのは事実である。動かしがたい現実である。これを知らないで嘆くのは、鏡を見ない醜女の失恋の嘆きの如し。


（三月号）

＊トニー・ザイラー（スキー選手）とイブ・モンタン

早婚是非

最近の傾向として、非常な晩婚と非常な早婚が目立つようになった。これは面白い傾向で、ごく粗略な類推をすると、ある程度年を喰った男は、結婚についても保守的な考えをもっており、昔とちがって、妻子を養うだけの収入を得るには、相当な年齢に達しなければムリだから、それまで待とうと思っているうちに大晩婚になってしまう。一方、ごく若い連中は、男女の交際も自由になり、結婚についても「良人が妻子を養う」というような古い考えでなく、経済的にも融通無礙《むげ》な考えを持っており、それだけますます早婚になる。……こういう風に、社会構造と経済構造の変化が、晩婚と早婚をいよいよ鮮やかなコントラストに持ち込む作用をする。そのほかにも売春禁止法その他の因子が、早婚を正当づけている点もあろう。アメリカでも、早婚の多くはいわゆる妊娠結婚のようであるが、これは不幸な破局に終ることが当然多い。

日本で早婚の成功している例は、比較的、プロ野球選手などの場合に多い。勝負師全般について言っても、最近では二十歳で結婚した加藤一二三《ひふみ》八段がある。

私などは晩婚に属するから、早婚の人を見るとその諦めのよさにびっくりするが、結婚の美しさなどというものは、ある程度の幻滅を経なければわかるものではないという古い考えが私にはあって、初恋がそのまま成就して結婚などというと、余計なお節介だが、底の浅い人生のような感じがする。幻滅はどうせ避けられないので、結婚してからやたらに幻滅しては相手が可哀想である。

プロ選手の早婚が成功してみえるのは、性欲の円滑公明な処理が、スポーツのコンディション維持に良好な結果をもたらすからであろう。しかしスポーツ以外の世界では、肉体的明朗よりも、肉体的不明朗なままの青春のほうが、多くのものを生みそうに思われるのである。

（四月号）

ベビイ・ギャング時代

近ごろ、小学生同士の恐喝事件やら、卒業式に先生がリンチを喰う事件やらが頻発して、ベビイ・ギャングの漫画がいよいよ現実化してきた気配に、世の親たちは、又しても、ギャング映画やテレビの悪影響を云々している。何でもテレビや映画のせいにするのは、全くチエのない話である。

コクトオが「阿片」のなかで、モスコオのある寄宿舎の女監が子供たちに、

「皆さんの警察は皆さんでなさい。ものを判断することを覚えなさい。仲間に悪いことをする者があったら、皆さんの手で罰しなさい」

と言ったところが、たちまち明る朝、一人の生徒が仲間の手で首を縊られてぶら下っているのを発見した、という話を書いている。コクトオの「恐るべき子供たち」や、谷崎潤一郎の「少年」は、数十年前から早くも、ベビイ・ギャング時代の到来を予言している。

精神分析学の最大の功績の一つは、子供というものが決して無垢の天使ではない、という発見を普及させたことだが、それでも世の親たちは、自分の子供だけは例外と思いたがる。私がむしろおそれるのは、少年犯罪あるいは幼児犯罪を、映画やテレビをふくめて、すべてを社会的原因から説明しようとする親たちの、怠慢な意識が、子供たちに及ぼす反映である。子供は長ずるに及んで、ますます自分の責任を回避して、みんな社会が悪いのだと思いこむにいたる。アメリカで見た『ウエスト・サイド・ストーリイ』というミュージカルで、不良少年たちが合唱する、

「俺たちは社会的病気だ。社会学的病気だ。俺たちが悪いのじゃない」

という歌を、こういう傾向に対する見事な皮肉として、私は面白くきいたことがある。

子供は天使ではない。従って十分悪の意識を持ち得る。そこに教育の根拠があるのだ。

（五月号）

一億総通訳

文部省が今度「英語教育改善協議会」を設置して、「読む英語」にかたよりすぎているといわれた中学・高校の英語教育を、もっと「役に立つ英語」にしてゆこうとたくらんでいるそうだ。またしても文部省の卑近な便宜主義である「役に立つ」ために。「役に立つ」ことばかり考えている人間は、卑しい人間ではないか。

一体、語学教育は国際政治の力のわりふりに左右されがちなものだが、日本中が英語の通訳だらけになってしまったら、文部省の意図するところは達せられたというべきであろう。もちろん語学には、会話も必要だし、外人との意志の疎通も必要である。西印度諸島ハイチ島の観光ホテルの支配人は、十四ヶ国語を喋ると自慢していたが、日本のホテルの支配人は、英語も満足にできないのが沢山いる。ホテル業者はなるほど「役に立つ」英語を喋ってもらいたい。

しかし、ホテルと教養とは別である。テーブル・マナーと教養とは別である。いまだに英仏の知識人の間には古代ギリシア語やラテン語が、教養語として生きているが、一体文部省は、何を日本人の教養語とするつもりなのであるか。教育的見地からは、そのほうが重要である。

戦後の教育は、日本人から、かつての教養語であった漢文のたしなみを一掃してしまった。さらにズサンな国語改革案で、日本語を「役に立つ」日本語に仕立てあげようとして、教養語としての日本語を、日本古典を読解する力を、すっかり弱めてしまった。その上、ここへ来て、またまた英語を、教養語としての座から引きずり下ろそうとしている。

私は、「ユー・ウォント・ア・ガール・トゥナイト?」なんて言葉がすらすら出てくるより、会話はできなくても、誰でもシェークスピアが読めるほうが、日本人としても立派だと思うのだが……。

（六月号）

後家と英雄

横綱栃錦の引退は、桜の散りぎわを思わせるいさぎよさで、日本的美学に愬《うった》えるところから、世間の拍手を浴びた。二敗というところで引退声明を出したのは、絶妙なタイミングというべきで、三敗まで行っていたら、これほど賞讃されたかどうかわからない。「人に惜しまれて退く」というのには、正確な情勢判断がよほど大切である。

日本人というのには妙なところがあって、二敗で引退すれば拍手するが、三敗で引退すれば全然拍手しないか、もしくは著しく拍手の数が減るという妙な汐時がある。だから岸首相のように、もういつ引退したって人に惜しまれ褒められてもらえないとなると、（それでも引退しないよりはマシであるが）すっかり居直り一本で行くようなことになる。

桜の散りぎわのよさをたたえるセンチメンタリズムは、時にはへんな逆作用を惹き起す。日本人には、叩かれても叩かれても、ねばりにねばり、世間の非難をものともせず、あらゆる屈辱を甘受して初志を貫徹する、という種類の人間にあんまり同情がなく、いつも目先ばかり見ているから、逆に、つまらない後家のガンバリや、功利的な居直りや、無意味な居据りをやっている当人に、孤独壮絶なる英雄主義的自己陶酔を与えることになる。大体、居直り専門の政治家には、権力にしがみついていたい人間の本性もあるだろうが、同時に、こういう日本的センチメンタリズムの浮動的感情的世論に対する不信（それは新聞及びジャーナリズム一般への不信に通ずる）から、却って自分を、「人に理解されない孤独なる英雄」と錯覚してしまう傾向もあるように思われる。誰だって自分のしていることを、ただの「後家のガンバリ」と知ったら、すぐ放り出したくなるだろう。

新聞その他のいわゆる世論も、もう少し別の面を出してほしいものである。日本にもひねくれ者の正論はあるのであり、そのほうが効果的な場合もあるのである。（七月号）

バレエ日本

日本のバレエ界には、バレエを踊る人が一人もいないそうだ。これはソ連から来た先生の御託宣である。

クラシック・バレエの正統的な伝統は、ソ連に保たれているというのが定説であって、あんなに訓練にも公演にも金がかかる旧時代的芸術は、もはや資本主義国家では抱え込みきれないという点もあるだろう。

しかし、外国の先生にそう決めつけられて自信を失うのはおろかな話で、日本のバレエの伝統は浅く、本当のところ戦後になって、はじめてバレエらしい公演が持たれたと言っても過言ではないのだから、十五年でバレエが完成したら、そのほうがふしぎである。しかし、英国の王室バレエや、米国のニューヨーク・シティー・バレエも、いずれも戦後に花の咲いたもので、それが今日では、両国の呼び物になっているのに比べれば、日本のバレエ界がモタモタしているということはいえるであろう。国家や市の補助もなく、群雄割拠で、貧しい中をやってきた日本バレエであるが、大同団結して、日本独特の民族的バレエの方向へ進んでいたら、もう少しどうにかなっていたろうと思われる。英国や米国の発展とちがって、そもそも下地のないところではじめた仕事だから、それだけ思い切った新境地へ出てゆける筈なのである。

シティー・バレエがいいお手本だが、「白鳥の湖」でも「牧神の午後」でも、どんどん装置や衣裳を日本式に変えて、音楽はそのまま使って、日本的珍品を続々創作してはどうだろうか。高股立《たかももだち》の侍の恰好など、そのままバレエに使える。そして日本の「白鳥の湖」、日本の「眠れる美女」はこういうものだという定本を作ってしまえば、ソ連の先生もおどろき呆れて、閉口するだろうと思われる。

ただ困ることは、日本の舞踊界でそうするには、バレエ技術そのものよりも、抜群の政治力が要るということなのである。

（八月号）

暗殺について

岸信介氏が刺客におそわれてから、日本もふたたび暗殺時代に入ったようなイヤな予感に襲われている人が多い。しかしこの位政治が混迷していると、そのマイナスばかり言っているのも片手落ちである。少くとも一部の政治家には、こういう事件がいい薬になろうし、政治が命がけの仕事となれば、少しは政治家の背骨もシャッキリするだろう、ということも考えられる。

しかし、命がけだからいい仕事をすると限らぬのが人間の浅ましさで、ヤクザの親分連中でも、麻薬密輸の御歴々でも、命がけで悪いことをやっている。甘い汁を吸える仕事となると、命がけでぶつかる人間は沢山いるので、暗殺事件が起れば起るほど、「身命をかえりみず」などという美名をふりまわす殉国の英雄気取の悪政治家も少なからず出てくることであろう。

私には、「暗殺」ということの政治的危険性は、このほうが大きいように思われる。日本人は、「命をかけて」とか、「自分の命を鴻毛の軽きに置いて」などという文句にバカに弱いのである。政治及び政治家は何事をも利用するので、政治の局面で死者や負傷者があらわれると、これを花々しく利用することになり、一方ではその犠牲から思いがけない利益をうける人たちも出てくる。暗殺者が昔ながらの右翼から出たのは、一片の笑話かもしれないが、これで右翼の人気もいくらか上り、岸氏も同情票をいくらかかせぐだろうし、左翼も暴力反対の実績がますます上り、八方得のようだが、そこに正に危険がひそんでいる。日本人は、「決死の覚悟」の人間と見ると、信用しやすいから、ハッタリ専門のヤクザ親分的風格ほど得をすることになり、執拗に生きのびようとする誠実な精神は、妙に卑怯に見えてくる。……こんなことになっては困るから、やはり暗殺なんてものは、ないほうがよいのである。

（九月号）

女性の政治的能力

いよいよ女の大臣が出た。モーリス・テスカという皮肉家の書いた「女性に関する十五章」という本によると、いわゆる「女らしさ」とは、男性が地上の権力を維持するために、女を操縦しやすくしようとして発明したもので、政治や軍事に向いているのは、本来、男ではなくて女なのだそうである。男は本来、芸術や花つくりや裁縫や料理に向いているのだそうだ。してみると、中山マサ厚相の出現は、性の特質がようやく所を得たということになる。

私の子供のころ、といっても昭和初期であるが、女が自転車に乗ってる！ というと、わざわざ物見高く、玄関の外まで駈けて出たものだ。それが今では女性のオウナー・ドライヴァーの姿を見ても、誰もふしぎがらない。

女性に操縦の天賦があるかどうかは別としても、政治の世界でおそらく女性的天賦が功を奏するのは、この面倒な世界の人間関係を処理することだろうと思う。一体ゴルジアスの結び目を一刀両断したのが、アレキサンダー大王という男であったというのはへんな話で、これが女だったら、寓話はもっと的を射たことであろう。人間関係にあって、通例、鋭敏で、傷つきやすくて、孤独になりがちなのは男であり、これがますます人間関係を複雑にしているのは、男ばかりの官僚組織を見てもよくわかる。人間関係の煩わしさに対して、女性は意外にタフであり、無神経であり、耐久力もあれば決断力もあるのは、ひとり夫婦関係に限らない。政治家と官僚とが悪知恵の限りを尽しているような政界のクモの巣の只中で、中山マサ女史の女性的決断が、案外キッパリと、ゴルジアスの結び目を断つかもしれないのである。女性の政治的能力の盲滅法の正義派の強みがあらわれることは、この間の安保闘争における加藤シヅエ女史の声明においても、すでに見られたところである。

（十月号）

創刊四十五周年を祝う

こうして私は偉そうに巻頭言なぞ書いているが、『婦人公論』の年齢は私より十年も多く、伯母さんに向って講釈をしているようなものである。顧みて忸怩《じくじ》たらざるを得ない。

そもそも日本における婦人雑誌という存在の特異性は、外国のファッション雑誌などと類を異にして、明治のブルー・ストッキングの諸女史の、女性解放運動に端を発し、その啓蒙主義の流れに沿うて発展してきたものである。こういう伝統に今日なお最も忠実な婦人雑誌は、『婦人公論』を措いて他に求められないということは、いささかの懸値もなしに言える。しかも婦人に参政権の与えられた戦後の今日もなお、こういう雑誌の存在理由があるということは、形の上では女性が解放されているようでも、その実、男性以上に、今なお旧習旧慣の桎梏《しっこく》に、地方は言わずもがな、都市区域でも、女性が深く暗く縛《いま》しめられているという現実を反映している。悲観的なことを言えば、たとえ日本に共産革命が起っても、革命後もしばらくは、この雑誌は存在理由を残すであろう。

しかし一方では、女性の未解放の悲劇には、社会的経済的原因だけで覆いつくせぬ、女性特有の心理的錯綜が一つの原因をなしているので、この点で、『婦人公論』が、必ずしも女性の耳目に甘くないような文学作品を、谷崎潤一郎氏の『細雪』をはじめとして、種々収載してきた功績も挙げなければならぬ。

そう言うと、いいことだらけのようだが、『婦人公論』の功罪の罪のほうを挙げれば、かえって女性の偏頗《へんぱ》なエリット意識と知的スノビズムを養成した点も指摘しなければならない。本来知性は普遍的なもので、女性だけの知性などという妙なものはありえようがない。この雑誌は、素朴で有能な男性を徒らにおびやかすような女性を養成したことも確かである。

四十五歳というとそろそろ更年期だが、どうか『婦人公論』が更年期障碍のヒステリーなど起さず、たえず柔軟性のある不死の若さを保つことこそ、読者の一人としての私の願いである。

（十一月号）

一九六〇年の若者

今年の政治的社会的事件の最大のものは、いうまでもなく六月十九日深夜の自然承諾を大詰とする大規模な安保闘争であろう。この間、ハガチー投石事件あり、樺美智子さんの死あり、全学連の名は世界にとどろいた。

今この闘争の成否得失についてはほうぼうで論じられているが、別の面からこの一年を回顧すると、前面に押し出されているのはいつも若者の姿である。樺さんをその一人とする全学連がそうである。岸首相刺傷事件は一篇のファルスとして除外するとしても、つい最近社会党浅沼委員長を暗殺した右翼少年もわずか十七歳である。今年の政局は左右両翼の若者によって左右されたという感が深い。一方は組織的、一方は一人一殺的であるにしても。

いうまでもなく若者が無気力で、その日その日のことしか考えない国や時代、若者が何ら危険性を持たない国や時代というものは、好ましいものではない。完全な福祉国家は若者を無力化するし、全体主義国家は、若者の危険性そのものを国の凶暴性に転じてしまう。日本は目下のところそのどちらでもないので、それだけ若者の危険性エネルギーが内攻するわけであるが、日本の政治がみんな若者の力で左右される状態は、お世辞にも頼もしい状態とはいえない。

いっそ二十代の内閣でも組織して半年ぐらい政治を担当させてみたら大人の苦労もわかりそうなものだと思うが、そうなったら今度は、大人のほうが、抵抗運動の狡猾さ巧妙さ加減で、全学連の十倍もの実力を見せるかもしれない。しかし思うに、そうなったら、却ってますます大人の軟弱さがバクロされて、阿諛追従《あゆついしょう》と奴隷根性が天日の下にさらされるかもしれないのである。

私には「若者を怖れる」という精神は、幕末以来の日本の政治軍事文化の伝統の抜きがたい特質であって、ただこの精神を免かれているのは、実業界だけのように思われる。

（十二月号）

◆◆**カバー写真について**

女優の岸田今日子とともに写った一枚。『婦人公論』一九五二年十二月号の巻頭グラビア「冬の日」に掲載された。撮影は大竹省二。誌面には三島由紀夫による以下の文章が添えられている。

岸田今日子さん

今日子さんの舞台をはじめて見たのは『キティ颱風』の時だったが、彼女独特の平然たるセリフ廻しのおかげで、よっぽどネンパイのおばさんが若い役に化けてるのかと思った。岸田〔國士〕先生の北軽井沢のお宅へ上って、そこで素顔の今日子さんに会ったときは、今度はあんまりウラ若いお嬢さんでびっくりした。いたずらをしじゅう企らんでいる大きなよく動く目は、舞台も素顔もかわらないが、平然たるおちついた物言いは、素顔の口からきくと、一寸妖精の落ちつきみたいなところがある。

お父様の御病気でフランス行は延期になり、今日子さんは文学座へかえった。その上彼女は日本の踊りも習っていて、私が藤娘なんてへんでしょうと言った。

三島由紀夫略年譜

一九二五年（大正14）……**0歳**
1月14日、東京市四谷区（現・新宿区）永住町二番地に、父・平岡梓、母・倭文重の長男として生まれる。本名・公威。

一九四四年（昭和19）……**19歳**
10月、東京大学法学部に入学。『花ざかりの森』刊。

一九四五年（昭和20）……**20歳**
8月15日、世田谷の親戚の家で終戦を知る。

一九四六年（昭和21）……**21歳**
6月、「煙草」を『人間』に発表。

一九四七年（昭和22）……**22歳**
11月、東大を卒業。12月、高等文官試験に合格。大蔵省銀行局に勤務（翌年9月に退職）。

一九四八年（昭和23）……**23歳**
9月、「没落する貴族たち」を『婦人公論』に発表（『婦人公論』初登場）。

一九四九年（昭和24）……**24歳**
7月、『仮面の告白』刊。

一九五〇年（昭和25）……**25歳**
1月より小説「純白の夜」を『婦人公論』に連載（～10月）。6月、『愛の渇き』刊。

一九五一年（昭和26）……**26歳**
11月、『禁色』刊（第二部、53年9月刊）。

一九五四年（昭和29）……**29歳**
9月、『主婦の友』で「三島由紀夫氏の希望対談」と題して岸田今日子と対談。以降、中村勘三郎（11月）、高峰秀子（12月）、石井好子（翌年3月）と連続対談。

一九五六年（昭和31）……**31歳**
8月、「私の永遠の女性」を発表。10月、『金閣寺』刊。12月、『永すぎた春』刊。

一九五七年（昭和32）……**32歳**
6月、『美徳のよろめき』刊。9月、宇野千代と対談「女はよろめかず」。

一九五八年（昭和33）……**33歳**
3月、「心中論」を発表、越路吹雪と対談「ミュージカルスみやげ話」。6月、日本画家杉山寧の長女・瑤子と結婚（媒酌人は川端康成夫妻）。7月、「作家と結婚」を発表。

一九五九年（昭和34）……**34歳**
1月、『婦人公論』別冊付録として『文章読本』を刊行。8月、「女が美しく生きるには」を発表。9月、『鏡子の家』刊。

一九六〇年（昭和35）……**35歳**
1月より一年間『婦人公論』の巻頭言を執筆。3月、主演映画『からっ風野郎』公開。11月、夫人同伴で世界旅行に出発（翌年1月帰国）。

一九六一年（昭和36）……**36歳**
3月、インタビュー「世界の旅から帰った三島由紀夫氏」。

一九六二年（昭和37）……**37歳**
10月、『美しい星』刊。

一九六三年（昭和38）……**38歳**
4月、「私の中の〝男らしさ〟の告白」を発表。

一九六四年（昭和39）……**39歳**
1月より小説「音楽」を『婦人公論』に連載（～12月）。

一九六五年（昭和40）……**40歳**
9月、「春の雪」連載開始。11月、『サド侯爵夫人』刊、初演（紀伊國屋ホール）。

一九六六年（昭和41）……**41歳**
7月、「ナルシシズム論」を発表。

一九六七年（昭和42）……**42歳**
3月、森茉莉との往復書簡を発表。9月、『婦人公論』で西郷輝彦、加藤郁乎らとともに「カッコいい男性ベスト5」に選ばれる（「三島由紀夫氏との50問50答」）。

一九七〇年（昭和45）……**45歳**
11月25日、『豊饒の海』脱稿。自衛隊市ヶ谷駐屯地東部方面総監室にて自決。

執筆者紹介（五十音順）

蒼井　優（あおい・ゆう）
女優。一九八五年生まれ。映画『フラガール』『彼女がその名を知らない鳥たち』、舞台『サド侯爵夫人』『かもめ』など。

有吉佐和子（ありよし・さわこ）
小説家。一九三一～八四年。著書に『紀ノ川』『香華』『一の糸』『華岡清洲の妻』『出雲の阿国』『恍惚の人』『複合汚染』など。

石井遊佳（いしい・ゆうか）
小説家。一九六三年生まれ。二〇一七年、「百年泥」で新潮新人賞を、翌年、同作で芥川賞を受賞。他の著書に『象牛』がある。

石井好子（いしい・よしこ）
シャンソン歌手、エッセイスト。一九二二～二〇一〇年。著書に『巴里の空の下オムレツのにおいは流れる』『私は私』など。

宇野千代（うの・ちよ）
小説家。一八九七～一九九六年。著書に『色ざんげ』『人形師天狗屋久吉』『おはん』『或る一人の女の話』『生きて行く私』など。

円地文子（えんち・ふみこ）
小説家。一九〇五～八六年。著書に『ひもじい月日』『女坂』『なまみこ物語』『朱を奪うもの』『源氏物語』（現代語訳）など。

岸田今日子（きしだ・きょうこ）
女優。一九三〇～二〇〇六年。文学座、「劇団雲」を経て、「演劇集団 円」の創設に参加。舞台『サロメ』、映画『破戒』『砂の女』など。

北村紗衣（きたむら・さえ）
武蔵大学人文学部准教授。一九八三年生まれ。著書に『シェイクスピア劇を楽しんだ女性たち』『お砂糖とスパイスと爆発的な何か』など。

倉橋由美子（くらはし・ゆみこ）
小説家。一九三五～二〇〇五年。著書に『パルタイ』『聖少女』『アマノン国往還記』『夢の浮橋』『大人のための残酷童話』など。

越路吹雪（こしじ・ふぶき）
元宝塚歌劇団男役トップスター、シャンソン歌手、女優。一九二四～八〇年。代表曲に「愛の讃歌」「ラストダンスは私に」など。

柴門ふみ（さいもん・ふみ）
漫画家、エッセイスト。一九五七年生まれ。漫画『東京ラブストーリー』『恋する母たち』、エッセイ『大人恋愛塾』など。

酒井順子（さかい・じゅんこ）
エッセイスト。一九六六年生まれ。著書に『負け犬の遠吠え』『女子と鉄道』『金閣寺の燃やし方』『男尊女子』『百年の女』など。

杉村春子（すぎむら・はるこ）
女優。一九〇六～九七年。築地小劇場を経て、文学座結成に参加。舞台『女の一生』『鹿鳴館』『欲望という名の電車』など。

高峰秀子（たかみね・ひでこ）
女優。一九二四～二〇一〇年。映画『綴方教室』『二十四の瞳』『浮雲』『流れる』など。エッセイに『わたしの渡世日記』ほか。

武内佳代（たけうち・かよ）
日本大学文理学部教授。一九七五年生まれ。博士（人文科学）。共著に『21世紀の三島由紀夫』『混沌と抗戦』など。

中村勘三郎（十七代目）（なかむら・かんざぶろう）
歌舞伎役者。一九〇九～八八年。前名三代目中村米吉、四代目中村もしほ。五〇年、勘三郎を襲名。女形、立役をともにつとめた。

平岡倭文重（ひらおか・しずえ）
三島由紀夫（平岡公威）の母。一九〇五～八七年。漢学者・橋健三の娘。手記「暴流のごとく」（『新潮』一九七六年十二月号）を発表。

美波（みなみ）
女優。一九八六年生まれ。舞台『エレンディラ』『かもめ』『サド侯爵夫人』、映画『逃亡くそたわけ』『乱暴と待機』など。

南 美江（みなみ・よしえ）
女優。一九一五〜二〇一〇年。宝塚歌劇団、文学座などを経て、「演劇集団 円」の創設に参加。舞台『サド侯爵夫人』『黒蜥蜴』など。

森 茉莉（もり・まり）
小説家、エッセイスト。一九〇三〜八七年。著書に『父の帽子』『恋人たちの森』『枯葉の寝床』『贅沢貧乏』『甘い蜜の部屋』など。

ヤマザキマリ
漫画家、文筆家。一九六七年生まれ。漫画『テルマエ・ロマエ』『プリニウス』（共作）、エッセイ『国境のない生き方』など。

湯浅あつ子（ゆあさ・あつこ）
三島と親しく、瑤子夫人との縁談を取り持つ。『鏡子の家』の主人公のモデル。ロイ・ジェームスの妻。著書に『ロイと鏡子』がある。

芳村真理（よしむら・まり）
タレント。一九三五年生まれ。モデル、女優として活躍したのち、テレビ番組『夜のヒットスタジオ』などで司会を務めた。

若尾文子（わかお・あやこ）
女優。一九三三年生まれ。映画『女は二度生まれる』『しとやかな獣』『赤い天使』、テレビドラマ『新・平家物語』『武田信玄』など。

編集後記

●三島由紀夫の死から五十年目を迎えようとしている。この半世紀、三島のイメージは型どおりのものになってはいないか。たとえば、それは村上春樹『羊をめぐる冒険』のなかで、ヴォリュームが故障したテレビに映し出されたあの日の姿に。だが、三島その人は「大声で笑う快男児」であり、「カッコいい男性ベスト5」に選出されるスタア作家でもあった。▼本書は、三島事件の影の外に出て、事件によってできた死角を照らそうとしたものである。編集にあたって『サド侯爵夫人』に倣い、執筆者、対談相手はすべて女性に限った（中村勘三郎を除く）。また、三島自身の発言も『婦人公論』から再録し、同時代の女性に何を語りかけたのか、その一端が垣間見えるようにした。男らしさが匂い立つ世界とはまた別の世界、さらに「夢多く純粋な普通の人間だった」面も堪能していただければと思っている。▼改めて驚かされるのは、女性誌を舞台とする軽妙なエッセイや対談、映画出演など当時の様々なメディアでの精力的な活躍ぶりである。そしてこうしたメインストリームとははずれた仕事に対するスクエアなまでの勤勉さである。これは文字どおり三島のいう「浮世のつきあい」なのか。それとも「軽蔑するものに絶対服従を誓う」という『鏡子の家』のニヒリスト杉本清一郎的な実践なのか。いずれにせよ、この勤勉さこそが三島を三島たらしめているのでないかと思う。（太田）

●三島の没後十年以上してから生まれた身としては、彼の死は遠い「昭和の事件」であり、彼の生はさらにその彼方にあった。それが今は、少し身近に感じられる。▼新規エッセイを酒井順子、ヤマザキマリ、石井遊佳、北村紗衣の活躍めざましい四氏にご寄稿いただいた。四者四様の「三島」に感じ入る。（田嶋）

＊

本書に収録した作品は、初出誌を底本とした。収録にあたり、旧字は新字に、旧かな遣いは新かな遣いに改め、明らかな誤植と考えられる箇所は訂正した。

＊

本書中、湯浅あつ子「三島由紀夫の青春時代」は、二〇二〇年九月十二日に著作権法第六十七条第一項の裁定を受け収録したものである。

＊

本書には、今日の人権意識に照らして不適切な語句や表現が見受けられるが、著者および対談者が故人であること、発表当時の時代背景に鑑みて、底本のままとした。

中央公論《ちゅうおうこうろん》特別編集《とくべつへんしゅう》
彼女《かのじょ》たちの三島由紀夫《みしまゆきお》

2020年10月25日　初版発行

編　者　中央《ちゅうおう》公論《こうろん》新社《しんしゃ》
発行者　松田陽三
発行所　中央公論新社
〒100-8152 東京都千代田区大手町 1-7-1
電話　販売 03-5299-1730　編集 03-5299-1740
URL　http://www.chuko.co.jp/

印　刷　図書印刷
製　本　大口製本印刷

Published by CHUOKORON-SHINSHA, INC.
Printed in Japan ISBN978-4-12-005347-4 C0095
定価はカバーに表示してあります。
落丁本・乱丁本はお手数ですが小社販売部宛お送り下さい。
送料小社負担にてお取り替えいたします。